如果悲傷能被抹去，眼淚能被挽回，
我願為你而來，一遍又一遍。

來自何方

FROM WHERE

上

晨羽 著

左萱 繪

我有一個心願。

第一章　唐念荷

第一堂課開始前的空檔，游彩青喚我出教室。

她交給我一個蘋果綠色的信封，「那就拜託妳嘍。」

「妳確定要讓我拿給對方？」我滿懷不安，「我沒見過那個人，根本不曉得他長什麼樣。」

「那又怎樣？妳只要走進教室，隨便找個人問『宋任愷』是哪一位不就好了？妳親口答應幫我的，不能反悔！」她表情微變，似乎不滿我事到臨頭還不乾不脆。

我只得妥協，「……真的只要把信交給他就行了？」

「對啦，妳從走廊盡頭的樓梯上去，三樓第一間就是他的班級，我在這裡等妳！」她朝我背後指去。

望著她臉上充滿期待的笑容，我忽然懷疑，也許她一開始就是打著要我幫忙的主意，才會對剛轉學來的我如此親切熱絡。

初來乍到新環境，我不想與新同學打壞關係，於是當她苦苦哀求我幫她這個忙時，我狠不下心拒絕，只得勉強同意幫她送情書給一位素未謀面的學長。

揣著既忐忑又無奈的心情，我拿著那封信，走到樓梯間，深深嘆一口氣。

正要踏上階梯，一陣咆哮聲卻阻斷了我的腳步。

聲音是從樓梯旁的水泥牆後方傳來的。

樓梯間只有我一個人，安靜得能清楚聽見冷風吹動樹梢的細碎聲響，自然也可以清楚聽見只有一牆之隔的對話。

是一對男女在吵架。

女生的聲音很激動，每個字音都裹著濃厚的哭腔。

「是不是我不吭聲，你就以爲我無所謂？」她控訴對方，「還是你以爲我已經習慣了？麻痺了？不會有任何感覺了呢？」

「我沒有這麼想。」

男生的聲音飄忽疲軟，不帶半點情緒與重量，話像是在說出口的瞬間就被吹散，消失在風裡。

不知是不是被他的回答刺激到，女生抑制不住哭出聲。

「你知不知道我很累？」她邊哭邊說，話音破碎，「我眞的好累，累得快要不能呼吸，不知道怎麼撐下去了！」

「我知道。」男生話聲一頓，「我眞的知道。」

與其說男生是在回應女生，聽起來更像是在對自己說話。

兩人的交談陷入凝滯，一時無人再出聲。

我緊張地屏息，不敢移動腳步，怕被他們發現我躲在這裡偷聽，就這麼錯失了離開的時機。

過了一會兒，上課鐘響起，一道身影忽然從牆後竄出，哭泣的女孩朝走廊另一頭奔去，迅速消失在轉角處。

還沒來得及回神，我又被另一個冷不防從牆後走出來的人嚇得迸出驚呼，心臟更是差點跳出喉嚨。

那個男生就站在我面前，與我四目相對，他眼裡寫滿錯愕，似乎也被我嚇著了。

我的目光下意識地往下移動，卻瞥見令我更震驚的畫面。

宋任愷。

他白色的制服上端正地繡著這三個字。

我不敢相信居然有這種巧合，手足無措之下，拿著信的手竟就這麼伸了出去。

「這是給你的。對不起！」我交出信就落荒而逃，連對方的臉都不敢看。

驚慌失措地衝回教室，只見游彩青還在走廊上等我，她面色不豫地抱怨：「妳怎麼這麼慢？都上課了！」

「對不起，因爲發生了一點狀況。」我用力吞嚥了一口口水，「我剛剛在樓梯口遇到那位學長了，但是他好像正在跟女朋友吵架，結果……」

「女朋友？」她起先滿臉疑惑，在聽完我的說明之後，忽然瞪大眼睛，抓住我的手，「等一下，我怎麼愈聽愈覺得奇怪？妳到底把信交給誰了？」

「就是宋任愷本人呀。」我不明所以。

「他長什麼樣？頭髮是不是比較短？有露出額頭？」她開始形容對方的髮型。

儘管只是匆匆一瞥，我對那位學長的長相，還是留下了深刻的印象，他的髮型和游彩青形容的一模一樣。

我點點頭。

她一臉死灰，發出近乎哀號的尖叫：「妳怎麼把信給那個人？我那封信才不是寫給他的！」

我驚愕地說：「可是妳明明說過要將信交給宋任愷，而且我親眼看到他的制服上繡著這個名字——」

「妳說的是二年級的宋任愷，但我說的是三年級的宋任愷！」她氣急敗壞，「我們學校有兩個宋任愷，他們剛好同名同姓，妳送錯人了啦！」

我完全傻了，跟著慌張起來，「那妳怎麼沒告訴我？我根本不知道學校有兩個宋任愷。」

「誰叫妳不直接去教室送信。如果妳沒有中途跑去聽別人吵架，就不會鬧出這種烏龍了！」她臭著臉教訓我，「我不管，信是妳送的，妳得負責拿回來，跟對方解釋清楚，我才不要讓那個人誤以爲我喜歡他呢！」

那一整天，我煩惱到完全無心上課，也沒勇氣去要回那封信。

就寢之前，我除了反覆思量要怎麼索回信件，也不由得回想起那個男生與女友的對話。

他們之間發生了什麼事？

爲什麼那個女生哭得那麼傷心？

直到隔天朝會結束，我坐在教室裡仍爲此苦惱，無意間抬頭往教室門口望去，頓時全身一震。

二年級的宋任愷就站在教室門口。

他的目光在教室裡搜尋，像是在找人。

我朝託我送信的游彩青看去，她也注意到宋任愷了，卻只用眼神示意我自行去善後，然後繼續跟別人聊天，一副置身事外狀。

硬著頭皮走出去，宋任愷一見到我，便定定地看著我，看來他確實是來找我的。

大概是想找個方便談話的隱密地方，他領著我去到昨天的那處樓梯口。

「妳的信，我已經看過了。」他頓了下，「對不起。」

這聲道歉讓我無地自容，臉頰溫度驀地升高，腦袋一片混亂。

我承受不了這種被誤解的難堪，決定據實以告：「該、該道歉的是我，是我讓你誤會了，非常對不起……」

「誤會？」

我向他解釋了這樁烏龍的來龍去脈，他先是一怔，隨後笑了出來。

「原來是這樣，我就覺得奇怪。」他微微紅了臉，「其實我也有想過這封信會不會是送錯人了，沒想到果然是這樣。」

「眞的很抱歉，我剛轉學到這所學校不久，很多事都還不熟悉，不曉得學校裡有兩個宋任愷。」

「哦，既然如此，那妳會弄錯也是正常的。」雖然他表情尷尬，卻明顯鬆了一口氣，「不過幸好是一場誤會，不然要拒絕對方，我會覺得很愧疚。」

我忍不住多看他幾眼，「是因爲你已經有女朋友了？」

他微微一愣，「對。」

儘管心中的臆測得到確認，我卻爲自己的莽撞感到懊惱。我幹麼要在這個時候提到他的女友？說不定他們到現在都還沒有和好呢！

我急急回到正題，「我想跟你拿回昨天那封信，可以嗎？」

「當然可以，我正好有帶過來。」他馬上將放在口袋的信交還給我，「妳要再把這封信送去給三年級的宋任愷嗎？」

這次送信的過程已經夠折騰了，我實在不想再經歷一次。

於是，我聲線緊繃地回道：「我想還是先把信還給我同學，看看她要怎麼做比較好。」

「說的也是。」他摸摸頭側，「那……就這樣嘍。不好意思，特地把妳叫來這裡。」

「我才不好意思，是我先送錯信的！」

他莞爾一笑，對我說聲再見，便轉身步上樓梯離開。

宋任愷親切的態度讓我有些感動，尤其是他誠懇靦腆的笑容，令我留下深刻的印象。

眞的是個非常好的人呢。

✦

即便順利把信拿回來，也跟二年級的宋任愷把誤會解釋清楚了，游彩青似乎還是怪罪於我。

她不再託我送信，對待我的態度也不若以往熱情，更不再找我說話。

那天中午，卻有另一個女同學主動邀我共進午餐。

她名叫葉艾亭，是個隨和健談的女孩。

我們邊吃邊聊，她忽然指著正與其他同學有說有笑的游彩青，悄聲問我：「她是不是請妳幫忙送情書給宋任愷？」

我大吃一驚，「妳怎麼知道？」

「因爲她也拜託過我。上學期我和她交情還不錯，直到有一天她要我幫她送信給宋任愷，我不答應，她就翻臉不認人，後來也沒再往來，超級現實呢。」

「爲什麼她不自己去送信？」我百思不解。

「她不敢呀，她喜歡的那個宋任愷，是問題學生，身邊的人都很恐怖的。她曾經積極找機會接近對方，大概是她態度太囂張，被一群學姊修理得很慘。她怕再被學姊教訓，卻又不肯死心，所以才一直找別人替她送信，後來班上同學也察覺到她居心不良，沒人願意做替死鬼。」

原來如此。

葉艾亭嘆了口氣，又繼續說：「妳轉學過來的第一天，她馬上跑去找妳搭話，那時我就擔心，她會不會也是想利用妳去送信，沒想到眞是如此。我想提醒妳，可是她老是黏著妳，我實在找不到機會……直到今天，我看到二年級的宋任愷過來班上找妳，然後游彩青對妳的態度明顯轉爲冷淡，我太好奇了，才會想問問妳，這到底是怎麼回事呀？」

「我不小心把情書送錯給二年級的宋任愷了。」我苦笑。

這頓午餐迅速拉近我和葉艾亭的距離。

儘管不幸被人利用，卻也因此讓我交到眞正志同道合的好友，算是因禍得福吧。

至於二年級的宋任愷，我們再無接觸，只是偶爾會在校園裡瞥見他的身影。

有一次，我和艾亭站在走廊聊天，注意到身著運動服的他，像是剛上完體育課，正朝教室大樓的方向走來。

注意到我望過去的視線，艾亭開口：「妳是不是很在意宋任愷？」

「爲、爲什麼這麼問？」我不小心結巴。

「因爲每次他一出現，妳都會這樣盯著他看呀。」

這是我初次意識到自己這種匪夷所思的行徑。

不知道爲什麼，我的目光總會不由自主地跟隨著他。而且只要見到他，我都會回想起那一天。

想起他將信慎重歸還給我的模樣，還有略帶困窘的赧紅笑臉，以及不忍傷害愛慕者心意的那份溫柔體貼……

「妳喜歡上宋任愷了嗎？」

我的心重重跳了一下，連忙否認，「怎麼會？當然沒有！」

「哈哈哈，妳臉紅了耶，喜歡他的話就承認嘛！」她樂不可支地推我。

「眞的沒有，我只是……看到他就會想起之前送錯情書的事，覺得他待人很溫柔友善，就這樣而已！」

聞言，艾亭收起曖昧的笑容，不再調侃我，像是安下心似地說：「那就好，宋任愷已經有一個交往很久的女朋友了。要是妳喜歡上他，我怕妳會難過。」

我呆了呆，好奇反問：「很久是多久？」

「我也不確定，只知道他們從國小到高中都同校。他的女友是我們桌球校隊的成員，長得漂亮又很活躍，挺引人注目的，就算我不認識她，也聽說過她和宋任愷在交往。妳還沒見過宋任愷女友吧？下次如果在學校碰見，我再指給妳看。」

隔日，我和艾亭去到福利社買東西，她忽然拍拍我的肩膀，要我往冰櫃的方向看。有三個女學生站在冰櫃前聊天，其中一位紮著短馬尾的女生，就是宋任愷的女朋友。

見到她廬山眞面目的這一刻，我同時知曉了她的名字，余茉莉。

親眼見到余茉莉之後，我便未再萌生一丁點「踰矩」的念頭，即使她和宋任愷曾起了那樣嚴重的衝突，而且似乎不一定能挽回。

與其說是介懷余茉莉「宋任愷的女朋友」這個身分，不如說在我的潛意識裡，並不認爲自己可以贏得過這個人，儘管我根本不確定自己對宋任愷抱著何種感情。

但是余茉莉的存在，確實讓我對宋任愷的想法就此戛然而止，自那天之後，我慢慢不再繼續關注他，也不再對他的事耿耿於懷。

我以爲自己跟他的交集就到那一天爲止了。

一個星期後，某堂下課時間，我走出洗手間，見到一群學生正好從前方的理化教室走出來，而宋任愷就在其中。

就在那時，我注意到幾步之遙的地上有枝原子筆，連忙上前拾起，原子筆的頂端黏著姓名貼紙，上面的名字居然就是宋任愷。

這應該是他剛剛不慎遺落的，我馬上帶著筆追上去。他獨自走在人群最末端，就算叫住他也不至於太引人注目，於是我低聲喊出了他的名字。

他扭過頭，滿是意外地朝我看來。

我登時覺得口乾舌燥，「我……我在長廊那邊撿到這枝筆，上面有你的名字。」

他瞥了眼我遞出去的筆，眨眨眼說：「這不是我的耶。」

「咦？姓名貼上的名字明明是……」我倏地打住話。

三秒鐘後，我與他異口同聲地說：「三年級的宋任愷！」

他噗哧一笑，我則尷尬不已，竟然又弄錯了！

「誰叫我剛好經過，妳會誤會也是正常的啦。」他親切地為我找臺階下。

「……眞的很不好意思。」我恨不得挖個地洞把自己埋起來。

「沒關係，那妳現在要把筆送回去給對方嗎？」

「嗯，當然還是要物歸原主比較好。那、那我先走了。」

我萬分困窘，正想要轉身跑開，他卻霍地抓住我的手腕。

「妳把筆給我。」

我依言將筆遞過去，宋任愷迅速翻開自己的理化課本，用那枝筆在其中一頁上試寫，卻不見墨水的痕跡。

「已經斷水了。」他宣布。

我睜圓了眼睛，「那怎麼辦？」

「只好丟掉了，既然不能寫，妳也用不著專程還回去了。」

「可是對方說不定正在找這枝筆……」我有點意外他會這麼說。

「是沒錯，但老實說，我不建議妳接近那個人。」他態度變得有些嚴肅，「妳不能證明這枝筆在妳撿起之前就斷水了，對吧？要是對方發現筆不能用，說不定會怪罪於妳。那個『宋任愷』惹過不少事，是個危險人物，最好別與他有所接觸。」

看來那位三年級的宋任愷，真的惡名昭彰到眾所皆知，連他都如此慎重地警告我。

然而比起另一個宋任愷的可怖，眼前這一個宋任愷對我表現出的擔憂，反而更令我緊張，呼吸略微急促了起來。

「既然這樣，我就不還給他了，當作沒這回事。」我決定聽從他的建議。

笑意自他嘴角綻開，「我會替妳保密的。」

我的胸口微微一揪。

「妳喜歡哆啦A夢？」他突如其來地問，指了指我隨意套在手腕上的哆啦A夢髮圈。

見我點頭，宋任愷眸底裡浮上一抹光芒，似是正要開口說些什麼，卻被上課鐘聲打斷。

「妳中午有沒有空？」他匆匆問：「方便的話，請妳下午一點到圖書館大樓一趟。我有東西給妳。」

面對他倉促的邀約，我沒有半點猶豫，傻愣愣地點頭應下。

到了約定時間，我帶著複雜的心情，來到離教室頗有一段距離的圖書館。

我到的時候，宋任愷已經拎著一個紙袋站在那裡等我了。

他領著我走到四樓資料室的樓梯間，從紙袋裡取出包裹著一層透明袋的哆啦A夢布偶。

「如果妳喜歡，這個給妳吧。」他說。

我大吃一驚，「那怎麼行？」

「沒關係，既然妳也喜歡哆啦A夢，那麼就送給妳，妳不需要介意。」

聽出這句話的弦外之音，我反問：「這是你本來打算送給別人的禮物？」

他頓了下，隨即坦然點頭，「這本來是要送給我女友的，她跟妳一樣喜歡哆啦A夢。今天是她的生日，我特意挑了這個布偶，作爲她的生日禮物。」

我幾乎以爲自己聽錯了。

「那不就是非常重要的東西嗎？怎麼可以給我？」

「今天早上，她的幾個好友合送給她一個同樣款式的哆啦A夢布偶，足足大了這個好幾號，我覺得沒必要再送她一模一樣的東西。」

乍聽下有理，我卻無法苟同，急著勸他：「就算不小心準備了類似的禮物，也沒什麼大不了的。這個布偶代表你的心意，怎麼能以大小來衡量？況且男朋友送的跟朋友送的，意義也不同。說不定比起巨大版的哆啦A夢，她會更喜歡你送的這一個呢！」

他淺淺一笑，「我知道，所以我才不打算送出去。」

我愣住。

「也許妳不能理解，可是對我來說，我會希望我女友可以擁有更好的，而不是其次的。」他看了眼布偶，「前陣子我們鬧得不太愉快，我本來打算今天上午把禮物送給她，沒想到她的朋友已經搶先一步給她驚喜，我只得作罷。」

他將布偶遞到我面前，「這份禮物我送不出去，也不忍心丟掉，才想交給同樣喜歡哆啦A夢的妳。假如學妹妳無法接受也沒關係，只要替我保密就好，拜託妳了。」

他笑容溫和，好似這件事完無關緊要，我怔怔地望著他，輕輕點了點頭。

「謝謝妳。」他開心地說。

「可是，這樣你不就沒有禮物送給余學姊了？」我仍難以釋懷。

「哦，不要緊，反正她不太喜歡我送她禮物。」他語調輕快，好奇地問：「妳怎麼知道她姓余？妳認識她嗎？」

「我不認識，只是偶然聽朋友提過，並且曾在福利社看過她，感覺她人很好，是個很優秀的女生。」我連忙解釋。

宋任愷溫柔一笑，「嗯，茉莉她真的很好。」

我的喉嚨彷彿被什麼堵住。

一起離開圖書館大樓的時候，他語帶關心地問我：「學校的環境妳都熟悉了嗎？」

「嗯，差不多吧。」

「那麼妳知道哪些地方禁止學生進入嗎？」

這倒是沒聽艾亭說過。

「我不知道，是哪裡呢？」

他帶我繞到圖書館後方，指向不遠處的一棟建築。

「妳可千萬別靠近那裡，要是被人發現擅闖禁地，是會被記過的，嚴重的話還會被退學喔。」他正色叮囑我，「那裡原本也是教學大樓，好幾年前發生一場大地震後，就變得很奇怪。」

「怎樣奇怪？」我的好奇心被勾起。

「據說地震之後，不少在那裡上課的學生，都莫名感到身體不適，情緒也不穩定，因而釀成流血暴力事件，甚至還鬧出人命。校方分別請法師和風水師勘查過，都說那棟校舍磁場不好，是不祥之地，建議最好立即拆除。」他表情神神祕祕的，「說也奇怪，負責拆除的工人紛紛因爲不明原因生病倒下，就像是被詛咒一樣，從此再沒人敢動那棟校舍，校方也只好將其棄置不用，嚴禁任何人靠近。」

我聽得一愣一愣的。

他的目光停在我臉上，似是在觀察我的表情：「妳害怕聽這種話題嗎？」

「有、有一點。」我向來敬鬼故事而遠之，他又講得繪聲繪影，難免令我心生膽怯。

他歪著頭看我，噗地一聲笑，「妳連聲音都在抖了。」

「你別笑我啦！」我有些難爲情。

「抱歉抱歉，我沒想到妳會怕成這樣。那我們就別再聊這個了，走吧！」

正準備各自返回教室，他像是又想到了什麼，回頭問我：「我還不曉得妳叫什麼名字耶。」

「唐念荷。想念的念，荷花的荷。」

他的嘴角輕輕揚起，「學妹，今天謝謝妳的幫忙，如果妳在學校有什麼不了解的，或是有需要幫忙的地方，可以來找我，我會盡全力幫妳。很高興認識妳，再見。」

宋任愷離開後，我依然站在原地不動，胸口被一種不知名的情緒填滿，我從來不曾有過這樣的感覺。

回想起最後他那親切的叮嚀，我不由得抱緊懷中的布偶，情不自禁露出微笑。

第二章　孫一緯

晚上九點半，我走進夜市裡的小吃攤，點了碗陽春麵。

一個頂著一頭亂髮，衣著休閒的中年男人，在我動筷不久後，忽然走進店裡，逕自在我面前坐下。

他朝我碗裡看了一眼，開口問我吃的是什麼，見我不理不睬，便轉而詢問老闆，然後也點了一碗陽春麵。

「這家的陽春麵好吃嗎？」男人笑呵呵地自問自答，「既然是一緯你選的，那一定非常好吃！」

「你在跟蹤我？」我冷著聲音問。

「沒有，我出來買退熱貼，順便幫你媽媽買吃的，碰巧發現你在這裡。」

麵送上桌後，他馬上低頭唏哩呼嚕吞了一大口，直說這是他吃過最好吃的陽春麵，還跟老闆加點一份外帶。而我靜靜凝視著還剩半碗麵條的湯碗，頓覺索然無味。

男人的聲音又響起：「你最近都很晚才回家，是跟同學一起去哪裡嗎？」

他耐心等待我的回應。

我緩緩吸了口氣，答得非常簡略：「晚自習。」

「喔，原來是留在學校念書啊！」他恍然大悟道，語氣裡多了幾分關心，「高三了，課業壓力更大了吧？不過我相信憑你的實力，什麼學校都能考得上。一緯你想要念哪一所大學？已經有打算了嗎？」

「我爲什麼要告訴你？」這是他在我對面坐下之後，我首次正眼看他，「你是我什麼人？」

對方沉默不語，像是被我的話噎住了。

我也不理會他，直接背上書包起身離開。

回到那條寧靜的短巷，我停在一扇紅色鐵門前，從書包裡找出鑰匙，那個男人也拎著外帶的陽春麵，跟在我身後快步進屋。

「一緯，你讀了一整天書，應該很累了吧？你早點洗澡睡覺，晚安。我去準備宵夜給你媽媽吃。」他溫聲對我說完，隨即進到廚房，把塑膠袋裡的麵倒入碗裡。

不過幾分鐘，他從廚房走了出來，腳步因爲端著麵碗而明顯謹慎許多。

我悄然走近他進入的那個房間，聽著門後傳來的細微交談聲。

「頭很痛？家裡好像沒止痛藥了……沒關係，我去買。對了，一緯已經回來了，他參加學校晚自習，我讓他先去休息了。剛才我們在夜市一起吃陽春麵，我也幫妳帶了一份回來，妳嚐嚐看。」

我沒有繼續聽下去，轉身回到自己的房間。

隔天早上出門上學之前，我輕手輕腳來到媽媽的床邊，往她額上探去，高燒的熱度已然退去，出了一身汗。媽媽睡得很香甜，鼻息聲也不若前陣子那般沉重，顯然正在逐漸康復。

我往另一側望去，那個男人就在床邊打地鋪。哪怕天氣再冷，他仍堅持睡在離媽媽最近的地方。只要感覺躺在床上的媽媽一有動靜，他就會馬上跳起來察看，媽媽一個輕輕的翻身都有可能喚醒他。

默默看著他好一會兒，我悄然退出房間。

我習慣在第一堂課結束後才吃早餐，趁著下課時間在福利社隨便買了麵包和牛奶裹腹。

排隊結帳時，我注意到前方站著一個短髮女生。她結完帳後轉過身來，正好與我視線相對，我還未來得及捕捉她眼中的情緒，她便跟朋友相偕走出福利社，始終沒有回頭。

我腹中飢腸轆轆的感覺一下子消失不見，買好的牛奶都沒喝上一口。

下午的體育課，我一個人待在教室裡。

升上高三後，為了讓考生有更多時間準備考試，老師默許我們利用體育課的時間自習，體育課因此形同虛設。

然而這天除了我以外，教室空無一人，畢竟難得有偶像劇的劇組來學校拍攝外景，大家都跑到現場去圍觀明星了。對於所謂的偶像明星，我向來興致缺缺，自然選擇留在教室念書。

做了一會兒練習題，我覺得有點累，想站起來伸展一下筋骨，於是踱步到窗邊，俯瞰一樓中庭，劇組就在那邊拍戲。

我才看過去一眼，目光便定住了，但吸引我的不是那些光彩四射的明星，而是圍觀學生中的一個短髮女孩，也就是早上在福利社巧遇的那個女孩。

她與幾個朋友以劇組爲背景，開心地一塊自拍。

我的視線始終跟隨著她，直到耳邊傳來一道輕快的嗓音：「你不下去看嗎？」

我大吃一驚，扭頭看去，只見一個面容陌生的女孩笑盈盈地站在我身後。

她穿著學校運動服，一頭烏黑長髮垂在胸前，眼睛晶亮有神，充滿朝氣。

「妳是誰？」我傻愣愣地問。

「楊於葳。」她的嗓音不帶一點雜質，宛若微風拂過風鈴，乾淨清脆。

「妳在這裡做什麼？」

「沒做什麼呀。我們班的人都去看劇組拍戲了，我沒興趣，待在教室覺得無聊，便出來走走，結果發現你們班也只剩下你一個人。」

那有必要特地進來跟我說話嗎？我在心裡默默吐槽。

「我認識妳嗎？」

「我剛剛不是自我介紹過了嗎？」像是看出我心中的不以爲然，她馬上解釋，「我先聲明，我本來就知道你這個人，所以才會進來跟你說話，可不是隨便亂找人搭訕喔！」

聞言，我忍不住仔細打量她，「妳知道我什麼？我跟妳又不熟，我還是第一次見到妳。」

「你沒見過我，不代表我不知道你呀，你叫孫一緯。」她雙眼直勾勾地看著我，「你的作文被貼在中庭的公布欄上，寫得很棒，是我看過寫得最好的作文。」

她突如其來的讚美，讓我一時不知該如何回應，而且我完全不曉得自己的作文何時被貼在公布欄。

「那妳看過的作文應該不夠多。」我生硬地答道。

「不用謙虛啦，除了作文，我還讀過你發表在校刊上的新詩和散文，你眞的很多才多藝耶。我很喜歡你的文筆，也想再看看你寫的其他作品。」她話中透露出明顯的期待。

「不會再有其他作品了。」我在她詫異的注視下匆匆移開視線，不再看她，「妳在公布欄看到的作文，應該是我上禮拜模擬考寫的，被國文老師擅作主張貼上去。最近我忙著準備考試，早就沒心思再寫東西了。」

始終沒有聽到女孩的回應，我以爲她自討沒趣地離開了，轉頭望去卻發現她還站在原地，靜靜地看著我。

「好吧。雖然有點可惜，不過既然你這麼說，那就沒辦法嘍。」她聳聳肩。

不知道是因爲她那灑脫的態度，還是因爲她識相地沒有追根究柢，我對她的抗拒感頓時少了許多，甚至對她萌生些許好奇。

「妳是校刊社的學妹？」

「不是，我沒參加社團，而且我跟你一樣都是高三生，這學期才從日本轉學回來。」

我恍然大悟，難怪我沒印象見過她，不過……

「等等，如果妳是高三才轉學過來的，怎麼會看過我寫的新詩和散文？那些都是我高一時用筆名發表在校刊上的，除了校刊社的人，沒人知道是我的作品。妳是怎麼知道的？」

她還沒回答，下課鐘聲便搶先響起，四周很快盡是學生的喧嘩聲與腳步聲。

「這個嘛，下次碰到再告訴你。」她笑嘻嘻地對我揮手，「拜拜！」

奇怪的女生。

雖然不懂她爲何故弄玄虛，但我也不是眞的想知道答案，對於是否會再次與她相遇，更絲毫不抱期待。

不知爲何，儘管很快就把這件事拋在腦後，我卻擺脫不了與她交談之後，始終在心底徘徊不去的抑鬱。

直到晚自習結束，我依然覺得煩悶，索性去到一間電子遊樂場，熟門熟路地坐上位在角落的賽車機台。

手持方向盤，我全神貫注地盯著螢幕裡彷彿沒有盡頭的跑道，一路向前狂飆。

店裡人聲混雜，遊戲機台大鳴大放的配樂理應震耳欲聾，然而我像是被切斷了聽覺神經，耳中的世界寂然無聲。

離開遊樂場後，我走進夜市裡的便利商店。

等待結帳的客人排得老長，店員一時半刻無暇留意周遭。

我不動聲色地走到糖果架前。

看著琳琅滿目的各式商品，我慢慢吞嚥一口口水，喉嚨仍因緊張與恐懼而發乾，呼吸也漸漸急促。

覷一眼結帳櫃台和斜上方的監視器，確定沒人注意，我飛快從架上拿起一塊巴掌大的巧克力，迅速繞到監視器拍不到的死角，再神不知鬼不覺地將巧克力塞進外套口袋。

步出便利商店，我一路狂奔回家，關上房門之後，連燈也沒開，整個人無力地癱坐在門邊，心臟劇烈地跳動個不停，幾乎讓我懷疑下一秒它就要破胸而出。

我閉起雙眼，在全然的黑暗中喘息，直到感覺一行冷汗從額頭淌下，才緩緩睜開眼睛。

凌晨三點，我再次回到那間便利商店，櫃台值班的員工還是同一人。

我陸續在購物籃裡放進一堆零食，經過糖果架時刻意放慢了腳步。

趁店員轉過身，我將藏在袖子裡的巧克力，原封不動地放回原處。

拎著一籃滿滿的零食走到櫃台，店員一邊替我結帳，一邊親切地攀談：「今天又買這麼多啊？」

「嗯。」

我扯扯嘴角。

✦

前陣子闖進教室找我說話的女生，這天再度出現在我眼前。

她拍我的肩膀時，我正在福利社買早餐，雖然記得她的長相，卻想不起她的名字。

「楊、於、葳！」她一臉不滿，「居然這麼快就忘了！」

「都兩個禮拜了，我怎麼可能還記得？」

結完帳後，我拿著麵包和牛奶走出福利社，她也亦步亦趨跟著我。

我一愣，「幹麼？」

「不是說好了嗎？再次碰面的時候，我會告訴你，爲何我知道你曾在校刊上發表過作品。」

我想起似乎有這麼一回事，卻不甚在意地擺擺手，「反正不是從校刊社的人口中聽說，就是從老師那裡知道的，妳不告訴我也無妨。」

「你確定嗎？說不定這兩個答案都不是呀。」

「無所謂，我沒興趣了解。」我冷漠地回道。

經過中庭的時候，一個女孩迎面走來，我下意識放慢了腳步。

她原本正在和朋友聊天，一看到我，笑容明顯凝結在唇角，腳步未停，緩緩與我擦肩而過。

直到感覺她已走遠，我才忍不住回頭。

楊於葳留意到了，「你跟那個短頭髮女生怎麼了？」

「什麼怎麼了？」

「你不是在看她嗎？上次你一個人在教室，好像也是一直在注意她。」

我一愣，沒想到會被她察覺。

「妳看錯了。」我沒承認。

「是嗎？不過，她也有看你的作文喔。」

「什麼？」

楊於葳走到公布欄前，指指貼在上頭的稿紙，「那個女生曾站在這裡看你被貼出來的作文喔。」

我半信半疑，「眞的？」

「眞的呀，有一次我看到她一個人站在這裡，站了很久，等她離開之後，我好奇上前一看，才發現她是在看你的作文。我也是因爲這樣才知道你這個人。」她歪著頭像是陷入了回憶，「當時我印象挺深的，那個女生在看你的作文的時候，好像……」

「好像怎樣？」我脫口而出。

楊於葳定睛看我，曖昧地笑了，「你好像很在意她，莫非你喜歡她？」

「不是。妳話不要只講一半，她到底怎麼樣？」

「你如果想知道，放學後在校門口見，到時候我再告訴你。」她愉快地轉過身，臨走前又回頭叮嚀，「不過你別再忘記我的名字，要不然我就不告訴你了。」

我無奈地看著她哼歌離去。

放學後，我依約在校門口等她。

儘管如此，我仍爲自己爲何會站在這裡而感到茫然，但這也證明我對那個人的事還是難以釋懷，無法假裝不在乎。

暗自嘆了一口氣，我抬起頭，不偏不倚對上楊於葳的眼睛。

我嚇得倒退一步，「妳什麼時候來的？既然來了，幹麼不出聲？」

「我想看你嚇一跳的表情嘛。」她歡快大笑，注意到我空手而來，「你怎麼沒有背書包？」

「我還要留校晚自習，妳就在這裡說吧。」

「肚子好餓，我想吃東西，不吃東西我就沒精神，沒精神就不想說了。」她對我的話置若罔聞，指向對街那間便利商店，「可以請我吃點東西嗎？我不小心把今天的零用錢花光了。」

我完全傻眼。

五分鐘後，我們坐在便利商店附設的座位區，她津津有味地一口接一口吃著我請的飯糰，神情滿足。

等她吃得差不多，我淡淡地開口：「可以告訴我顧可釩的事了吧？」

「哦？原來那女生叫顧可釩。」她吞下最後一口飯糰，「瞧你一臉嚴肅，她到底是你什麼人啊？你眞的不是對她有意思？」

「就跟妳說不是了。」

「能不能再請我喝一罐飲料？」

「喂，楊於葳！」

她先是安靜不語，隨後揚起笑容。

「好啦，我只是看你那麼認眞，就想鬧你一下。」她用小指捻掉黏在嘴角的海苔碎屑，「那我就告訴你吧。那天她在看你寫的作文的時候，好像哭了喔，當時她抬手抹了一下眼睛，眼角也紅紅的。」

我不禁沉默。

「我本來以爲，會不會是因爲你那篇作文很感人，看完之後卻覺得不是那麼回事，這讓我好奇起來，莫非那篇作文藏著只有你們兩個知道的祕密？」

「怎麼可能？那只是一篇普通的作文。」

顯然嘴巴上這麼說，但若是顧可釩看完我那篇作文之後，眞有那種反應，我也不會太意外。

她應該是藉由我的文章，在看著別的東西。

「那你跟她是什麼關係？」

「和妳無關吧。」我起身作勢要走，「我回學校了，妳想喝飲料的話就去拿，算是這次的謝禮。今後妳就別再打擾我，甚至是像這樣找我出來了。」

「爲什麼？」她張大眼睛。

我納悶問道：「難道我們還有其他非見面不可的理由嗎？」

聞言，楊於葳默默站起來，從架上拿了罐飲料到櫃台。

結完帳後，她也沒招呼一聲，逕自頭也不回地走掉。

我讓她不高興了嗎？

但我並沒有開口叫住她，目送她的背影片刻，便轉身走回學校。

當天晚上，我又去到那間位於夜市裡的便利商店。

這次我偷了一包濕紙巾，並在凌晨再度返回同一間店，將東西放回原處，接著就像要補償店家似的，大肆採買了一整袋零食回家。

循規蹈矩的日常生活無法帶來任何刺激，唯有這麼做，才能讓我從失控的心跳中確定自己還有感覺。

確定自己還沒有眞的發瘋。

「孫一緯，有人找你！」

同學的叫喊讓我從書本中抬起頭。

一看清站在教室外的人，我愣住幾秒。

白。

我跟著她來到人跡罕至的校舍後方，陽光灑在她的短髮上，清楚映照出她臉上的蒼

從幾次相遇時的無聲對視與擦肩而過，到今天她親自找上門來，這種發展是我始料未及的。

「孫一緯，謝謝你肯跟我見面。」她的聲音低低的，沒什麼起伏，「我只是想問你一件事，如果你不願回答，也沒有關係。」

我無法知曉自己臉上的表情，只能聽著不像是自己的聲音從喉嚨裡發出，「嗯。」

「那個人……」她微微一頓，「現在還在你家嗎？」

她的語氣不帶感情，彷彿只是念出課本上的一段句子。

我沉默片刻，「嗯。」

她點點頭，「我知道了，謝謝你。」

過了半分鐘，她輕輕抬起臉，原本平靜的面容出現一絲變化。

「其實我到現在還是不知道該怎麼面對你。」她輕咬下唇，「也許我說這些，你會覺得我是在替自己辯解，但是，我和我媽媽也是受害者。即使到現在，我們也沒有比你好過，還是一樣會痛苦。」

我默然不語，只是木木地看著她。

強作鎮定地做了個深呼吸，她繼續說：「如果你想狠狠罵我一頓，我會承受；你想要我跟你道歉，我也可以做到。你認爲我厚臉皮也無所謂，但我希望你會願意試著理解

我們一點點，我和我媽媽是無辜的，我們也不想這樣。不管是我家還是你家，都已經不再完整。那個人帶給我跟你的傷害，是一樣大的。」

良久，我才乾巴巴地問出一句：「妳媽媽現在還好嗎？」

她的眼眶瞬間紅了，但她強忍著不讓眼淚掉下來。

「嗯，謝謝你的關心。」她壓抑住不小心溢出的哽咽，「我知道你不會想見到我，所以我只來找你這一次。再見，還有對不起。」

「顧可釩！」在她轉身離去時，我忍不住叫住她。

她回過頭，神情已恢復先前的淡定，「我現在不姓『顧』，而是跟著我媽媽姓『翁』。對我來說，那個人已經跟我們沒有關係了。」

說完，她的身影迅速消失在轉角。

深夜回到家裡，那個男人在客廳與廚房之間忙進忙出。

他張羅了幾碟小菜放在客廳桌上，熱絡地對我說：「一緯，我今天買了你喜歡吃的那家陽春麵給你當宵夜。你媽媽正在洗澡，你先開動吧！」

我放下書包坐下，卻遲遲沒有動筷。

「不餓嗎？還是想吃點別的？」他關心地問。

「你打算繼續這樣多久？」我面無表情地看著他，「眞的非要我媽開口叫你走，你才肯滾回去？」

男人靜默了一會兒，訕訕地回：「一緯，我說過我一無所有，沒有可以回去的地方。你媽媽現在需要人照顧，所以我……」

「那都是你自己的選擇吧？」我咬牙切齒，「毀了我家之後，你連自己的家也一併毀掉，這就是你所謂的補償？你除了持續不斷傷害我，究竟還爲其他因爲你而痛苦的人做過什麼？憑什麼講得像是你身不由己？你憑什麼留在我家當僞君子？你到底想要演給誰看？」

他眼底仍不見波動，語氣平緩，「一緯，我知道我已經連補償的資格都沒有，我只是想在你媽媽還需要我的時候，陪在她身邊協助她，直到她不再需要我爲止。爲了好好做到這一點，有些事情我只能放棄。其他無法彌補的虧欠，我等下輩子再償還。」

聽到這裡，我拳頭攥得死緊，幾乎就要忍不住朝他臉上揮拳，此時媽媽卻突然從浴室裡喚他，使我胸中的熊熊怒火瞬間被澆熄，空落落一片。

他連忙回應媽媽的呼喚，從他與媽媽的對話裡可以得知，似乎是沒有熱水了，於是他動作俐落地到陽台更換熱水器的電池，讓媽媽得以繼續洗個舒舒服服的熱水澡。

我呆坐在原處，一口麵都沒有吃。

隔日深夜的便利商店，櫃台站著一張新面孔，不是原來的店員。

即便不熟悉新店員的做事習慣，不過店內顧客不少，對我來說是更有力的掩護，於是我一如既往地開始挑選下手的目標。

最後我站在泡麵貨架前，拿起一碗牛肉麵。

左右張望了下，確定沒人注意，我便要將泡麵放進書包……

「喂！」

我的心臟猛然一縮，全身幾乎不能動彈，僵硬地回過頭，見到的竟是穿著便服的楊於葳。

她指著我手上的泡麵嚷嚷：「不是跟你說過我不喜歡吃這個牌子的牛肉麵嗎？你為什麼每次都忘記？一點也不用心。你要是再買這種泡麵給我，我真的會跟你分手喔！」

她到底在說什麼？

我呆若木雞地看著楊於葳氣鼓鼓地搶過我手上的泡麵，塞回架上，接著在眾目睽睽之下拉著我走出便利商店，引來其他客人的側目與訕笑。

走出一段路後，她才停下來並且放開我，伸手在我眼前揮了揮，「孫一緯，你還好嗎？嚇傻啦？」

我恍若大夢初醒，難以置信地望著她。

「妳怎麼會出現在那裡？」

「我和同學來逛夜市呀，順便去便利商店買點東西，誰知道會碰巧遇見你。」她笑了起來，「真是千鈞一髮耶，你差點就被逮個正著。你也太大意了，難道你沒發現當你拿起泡麵的時候，店員就已經在關注你了嗎？」

我驚訝到說不出話來。

因爲店內顧客眾多，我才少了點戒心，卻也自認沒有鬆懈到讓人一眼就能察覺的程度。

倘若眞如楊於葳所言，那麼只有一種可能——新店員從我一進到店裡就留意我了，而過去我的所作所爲，恐怕也已經被店家發現了。

如果楊於葳剛才沒有及時阻止我，後果鐵定不堪設想。

但是比起被她撞見的難堪，此刻她的反應卻更令我疑惑。

「……妳沒有其他話想對我說？」

「其他話？」她先是歪了歪頭，當她意會過來後，立刻擺擺手，「這沒什麼啦，我以前也偷過東西呀。我小時候偷過同學的筆，還偷過鄰居家賣的糖果——」

「那不一樣，我不是小學生，早在幾個月前我就開始在那間便利商店行竊，是個累犯，甚至沒有停手的打算。這樣妳也還是覺得沒什麼？」

「所以，你不是希望我睜一隻眼閉一隻眼，而是希望我開口關心你『爲什要這麼做』？」她認眞地望著我。

我一時語塞。

眼睛忽然間有些酸酸的。

「孫一緯，我不會說出去的。」楊於葳沒有那樣問，只拍拍我的肩，「但是你欠了我很大的人情喔。」

「什麼？」

「我讓你免於被送入警察局，鬧得學校、家裡人盡皆知，我不就等於是你的恩人嗎？」

「所以呢？」我擰眉道。

「所以，今後我可以想叫你的時候就叫你，想跟你說話的時候就跟你說話，不必見到面卻還要裝作不認識，對不對？」

我一愣，完全不懂她的邏輯，「這就是妳想要的？」

「當然！」楊於葳笑得極爲燦爛，「和你成爲朋友，是我一直以來的心願。」

第三章　唐念荷

坐在書桌前，我拄著下巴凝視桌上的原子筆。

聽了宋任愷的建議，我沒有把這枝斷水的筆還給三年級的宋任愷，卻也沒有將它丟棄。

因爲若不是撿到這枝筆，我不會有機會和他交談。

將筆放進抽屜裡的收藏盒後，我看向他送給我的哆啦A夢布偶，陷入沉思。

他不將生日禮物送給學姊的理由，起初令我感動，但是現在回想起來，卻覺得矛盾。

他說他知道學姊會喜歡他的禮物，之後又說學姊並不喜歡他送禮。這是怎麼一回事呢？

無論如何，宋任愷將布偶轉送給我這件事，我不能告訴任何人，包括艾亭。她已經提醒過我，宋任愷有女友，要是她知道我收下了宋任愷的禮物，說不定會不諒解我。我想宋任愷也是擔心這麼做容易惹來誤會，才會拜託我保密。

繼斷水的原子筆，我和他又有了第二個祕密。

這種難以言喻的微妙感覺，讓我一整天的心情都無法平靜。

直到睡前，我反覆在腦中回憶著他的笑容。

還有今天他拉住我的那雙溫暖的手。

「嗨。」

當我在走廊上迎面見到宋任愷時，我的呼吸忽地一滯。

他主動向我打招呼，大概是注意到我手中的課本和筆袋，他隨口問道：「要去別間教室上課？」

「對，要去音樂教室。」一陣緊張讓我差點咬到舌頭。

「眞巧，我們班才剛上完音樂課。」他輕輕一笑，隨即向我道別。

在旁邊目睹這一幕的艾亭，頗爲意外地問我：「妳跟宋任愷已經變得這麼熟啦？」

「還、還好吧？只是偶爾遇到會聊幾句。」我回了個還算安全的答案，艾亭點點頭，沒再追問下去。

宋任愷沒有爲了避嫌，而刻意與我保持距離，也許他只當我是個普通的學妹，自然不會多想，然而對我來說，與他的每一次見面都是得來不易的緣分。

隨著一次次的偶遇，我發現自己一次比一次期待。

期待明天，還有明天的明天，我都能見到他，就算只是匆匆一瞥也無所謂。

我的願望似乎眞的被聽見了。

週末，我和爸媽出門吃飯、看電影，準備返家的時候已近晚上十點。我坐在爸爸車上的後座，欣賞窗外飛逝而過的街景，忽然之間，我猛地側轉過身，幾乎將整張臉貼在車窗上。

我一眼就認出了宋任愷的身影，他一個人走在夜晚的街上。

爸爸察覺到我動作有異，好奇地問：「念荷，怎麼了嗎？」

「沒事。」我調整坐姿，微微地笑了。

不可思議。

當我愈是常想起那個人，見到他的機會也似乎愈來愈多。

週一午休前，我來到學校圖書館二樓。

我站在書架前挑書，感覺肩膀被人輕輕點了一下，扭頭看去，宋任愷的笑臉冷不防映入我的眼簾。

「我剛在門口看到妳。妳來借書？」

我心中一顫，差點沒抓牢手上的書，「對，學長也是？」

「我來吹點風。」

「吹風？」

「嗯，其實這裡有個適合看風景、呼吸新鮮空氣的好地方喔。妳有興趣知道嗎？」

我二話不說就點頭。

他領著我來到圖書館四樓的資料室，斜對面有一道隱密的樓梯，之前我從來不曾留意過。

宋任愷領著我走上樓梯，盡頭是一扇通往頂樓的鐵門。

推開鐵門，一踏出去便沐浴在耀眼的陽光下。

他踩上女兒牆前的矮階，指著遠處說：「這裡視野很好，可以清楚看見校舍。」

確實，從此處眺望過去，教室大樓與後山樹林一覽無遺，頭頂上的藍天也更加遼闊。

我低頭往下看去，卻見下方的鐵皮屋頂上有一堆長短不一的菸蒂，不曉得平時是誰躲在這裡抽菸。

「等春天一到，攀爬在對面那棟校舍上的藤蔓會開滿漂亮的花，景色會更好看。今天雖然有太陽，不過還是有點冷，待太久的話妳會受不了，我們下去吧，以後有機會再來。」

「好。」風中的寒意令我微微打顫。

來到鐵門邊，宋任愷突然定住不動。

「怎麼了？」我問。

「好像有人上來了。」

果然門後傳來一陣腳步聲，以及七嘴八舌的說話聲。

是一群男生。

「糟糕。」宋任愷馬上抓起地上的一根鐵棍，將門板扣住，緊接著鐵門就碰地晃動了一下。

「喂，門打不開，該不會被反鎖了吧？」一個粗啞的聲音說。

「那就算了，反正今天還挺冷的，乾脆別上頂樓了。」另一個人說。

又是一陣雜沓的腳步聲響起。

直到再也聽不見任何聲響，宋任愷悄悄移走鐵棍，小心翼翼地打開一道門縫向內探去。

「他們走了嗎？」我小聲問。

「還沒，在樓梯口抽菸。沒想到偏偏是他們，運氣眞差。」

「他們是誰？」

「就是三年級常惹事的那些人，包括跟我同名的另一個宋任愷。」他苦笑。

我心下有些惶然，「那現在該怎麼辦？」

「只能等他們抽完菸離開了，但在這之前，圖書館館員應該會先聞到菸味，然後通報教官把他們趕走。要是他們發現我們在頂樓，肯定會找我們麻煩。我們先在這裡待一會兒吧。」

眼下也只能這樣了。

頂樓沒有任何遮蔽物，我們兩人縮在牆角，宋任愷往我身前站一步，像是在替我擋風。

「對不起，害得妳被困在這裡，很冷吧？」他滿是歉意。

「不會，我不覺得特別冷。」我盡量忽視手臂上不斷冒出的雞皮疙瘩，努力笑得不那麼僵硬。

宋任愷看著我，迅速脫下外套爲我披上。

「妳先披著。」

「我眞的不冷，而且這樣你會感冒！」我驚慌道。

「不會，我不怕冷。」他的表情不像是在說謊，但語速加快了些，而且不曉得是不是爲了轉移注意力，他問起另一件事：「妳見過另一個宋任愷了嗎？」

我吶吶道：「這個……平常我與三年級的學長姊沒什麼接觸，不過每次朝會的時候，教官固定會叫幾個學長去司令台罰站，我不確定其中是不是就有另一個宋任愷。如果有的話，那我就只是不確定哪個是他而已，所以我也搞不清楚這樣算不算是見過另一個宋任愷……」

他愈聽嘴角愈是翹起。

我怔住，「怎麼了嗎？」

「我發現我們不是叫那個人爲『三年級的宋任愷』，就是『另一個宋任愷』，好像在說繞口令喔。乾脆我們稱呼他爲『宋學長』，妳就叫我『宋任愷』，這樣簡單多了。」

「我可以直接叫你的名字？」我又是一愣。

「可以啊，我也只大妳一歲嘛。而且作爲朋友，直接叫名字不是很正常？」他頓了頓，「要是妳並不這麼想，那就……」

我用力搖頭，「我也想跟你做朋友！」

宋任愷靦腆地笑了。

滿溢胸口的激動幾乎讓我忘記此刻的寒冷。

但也因爲這份狂喜，讓我開始眞正意識到某個人的存在。

宋任愷的現任女友，余茉莉。

我瞄向他的側臉，「你……曾說和女友鬧得不太愉快，她生日那天還跟她大吵一架……你們後來有和好嗎？」

「喔，有啊。說到她生日，那天的狀況還眞不少。」

我的臉上一定是露出了好奇的神色，他看了我一眼，對我微微一笑，然後娓娓道來。

「其實，在我把布偶送給妳之前，我女友才被歷史老師誣陷，指控她闖進辦公室偷竊。問題是我女友當時明明人就在教室，所幸她的同學都出面替她作證，才還她清白，可是她心情還是很不好。」

我瞠目結舌，「那個老師好過分。」

「就是啊，他一口咬定是茉莉做的，卻提不出任何證據。那個老師很難相處，老是對學生冷嘲熱諷，而茉莉又很有正義感，曾經爲了朋友跟他起過衝突，所以大家都認爲他是因爲對茉莉懷恨在心，才故意誣陷她。」

「茉莉學姊好可憐。」我由衷感到同情。

「她那段期間確實很不好過，加上我們又冷戰，她的情緒一直很低落，好不容易在生日那天收到朋友精心準備的禮物，心情稍微好了些，偏偏又碰到這種事。」他嘴角染上一抹淺淡的笑意，「不過，那天晚上我陪著她一起過生日，她很開心，我們現在也沒事了。」

送我布偶的那一天，宋任愷並沒有提起這件事。

如今他願意告訴我，表示他把我當成朋友了吧？

我很高興。

明明很高興，然而在看到他述說茉莉學姊的遭遇時，眼中自然而然流露出的心疼，卻也讓我覺得胸口緊緊的。

這時鐵門另一頭傳來一陣吵鬧聲。

教官的怒吼清楚穿透鐵門，緊接著是一連串乒荒馬亂的腳步聲和大笑聲，不到一分鐘，一切重新回歸平靜。

宋任愷再次開門察看，鬆了口氣，開心笑道：「太好了，他們果然被教官趕走了，我們也趕快下去吧。」

「好。」

與宋任愷得以脫身的喜悅相比，我有點捨不得結束這段難得能與他獨處的時光。

步出圖書館，他對我說：「看來『宋學長』他們常常去那裡抽菸，頂樓以後不是想去就能去了。不過等到天氣變得暖和些，還是希望妳能找機會上去看看，我特別喜歡在夏天的時候過去。」

「為什麼會特別喜歡在夏天的時候去？」

「呃……直接說出理由有點尷尬，我不好意思講。」他摸摸鼻子。

「那等夏天到來，你可以再帶我去一次頂樓，然後告訴我嗎？」

聞言，宋任愷明顯呆住，我也被自己嚇一跳，內心所希冀的願望竟然就這麼脫口而出，我感覺自己的臉簡直燙得可以煎蛋了。

「好啊。」他微微揚起嘴角，乾脆地應允，「不過妳上去之後，千萬不要往左邊的方向看。」

「為什麼？」

「因為我跟妳說過的那棟詭異的廢棄校舍，就在那個方向。曾經有人晚上躲在圖書館頂樓抽菸，卻看到那棟本該空無一人的校舍，其中一間教室的燈光亮了起來……」宋任愷說到這裡，停頓了一下，目光在我臉上打量，「妳還好吧？」

「你是故意提起的嗎？」我渾身發毛，用哀怨的眼神看向他。

「我只是覺得要事先提醒妳，否則要是妳下次在頂樓突然看見那棟廢棄校舍，很有可能會被嚇到。」他連忙解釋，神態有些驚慌。

他這副緊張兮兮的模樣，讓我心中的恐懼頓時全消，忍不住噗哧一笑，見狀，他也一塊笑了。

這樣應該沒關係吧？

我只是想讓自己跟他之間的距離從陌生人更近一步，想再更靠近他一些些，並沒有想從誰那裡奪走什麼。

這樣還不算是越界，對不對？

✦

被困在圖書館頂樓的那一天，宋任愷雖然借我外套禦寒，我卻還是著涼了，傍晚便覺喉嚨乾澀疼痛，隔天就開始發燒。

我在家裡休息了整整兩天，艾亭打電話來，確定我明天就能返校上課，便打消來探病的念頭。

她語帶神祕地說：「念荷，今天我遇到宋任愷，他向我問起妳。我告訴他妳這兩天請病假，他的反應有點大，既緊張又焦慮，還立刻問我要妳的手機號碼，這是怎麼回事啊？」

「這個……」我不知道該怎麼解釋。

我的吞吞吐吐令艾亭起了疑心，「難道妳的病和他有關？到底發生什麼事了？念荷，妳和宋任愷最近是不是私底下愈走愈近？妳不會有事瞞著我吧？」

艾亭的連番追問讓我招架不住，只能答應明天再跟她說清楚事情的來龍去脈，她才甘願掛掉電話。

我才把手機放下，立即收到一則訊息，來自一組陌生的號碼。

「學妹，我是宋任愷，聽說妳生病了。還好嗎？」

我心跳加快，又驚又喜地馬上回傳，告訴他我的感冒已經痊癒，明天就會去學校。

「太好了。那妳明天朝會結束後，可以再去一趟老地方嗎？我拿個東西給妳，不會耽誤妳太多時間。」

看到「老地方」這三個字，我腦海中馬上浮現出圖書館頂樓的畫面，幾乎不需思考。

艾亭的話言猶在耳。

但我還在安全範圍以內，對吧？

朝會結束，我前往圖書館四樓。

我沒有上去頂樓，而是站在鐵門前等候，沒有多久，一陣急促的腳步聲傳來。

見到宋任愷的那一刻，他綻放的笑容像是散發出光芒，瞬間點亮了這處陰暗的空間。

「妳的感冒真的都好了嗎？」

「嗯，謝謝你的關心。」我莫名覺得口乾舌燥，「你找我有什麼事？你不是說『宋學長』他們還會過來這裡，我以爲你暫時不會再來了。」

「說到這個，前幾天教官抓到他們躲在這裡抽菸後，索性禁止他們進入圖書館，反正他們自入學以來不曾在圖書館借過書。我一聽說就想馬上通知妳，可是妳沒來上學，昨天也請假缺席，於是我問了妳朋友，才得知妳生病在家休養。」

原來如此。

他遞給我一個袋子，「我找妳是想把這個給妳，如果妳還有哪裡不舒服，希望這些東西對妳有幫助。」

我伸手接過，打開一看，袋裡裝著退熱貼、暖暖包、感冒糖漿、維他命C熱飲，還有一罐運動飲料。

「我猜想妳應該是那天在頂樓吹了太久的冷風，才會受寒，而且妳還一連請假兩天，我昨天一整天都很擔心妳的病情。」

「你一整天都很擔心我的病情？」我很驚訝。

「嗯，畢竟妳會生病都是我害的，總覺得過意不去。對了，袋子裡面的維他命C飲料，是我剛剛去福利社買的，妳趁熱喝。」他笑嘻嘻地說。

我久久說不出話。

等我回到教室，眼尖的艾亭發現我手中多了一個沉甸甸的塑膠袋，她朝我投來一個意味深長的眼神。

中午吃飯的時候，她果然問起那個袋子，我也不打算瞞她，直接把袋子遞過去給她看。

「宋任愷給妳的？」艾亭問我。

前一晚的電話，加上今早她看我的眼神，讓我知道她已經起了疑心。我愈是想掩飾，愈是容易弄巧成拙。

於是我點點頭，坦然相告我與宋任愷認識以來的種種經過，唯獨沒有說出他將原本要送給茉莉學姊的生日禮物，轉送給我。

我仍選擇讓這件事成爲只有我和宋任愷兩個人知道的祕密。

「艾亭，妳不要說出去。」我央求她。

「我當然不會說，要是傳到余茉莉耳裡，妳不就慘了嗎？」艾亭的眼中多了分憂慮，「我相信妳和宋任愷沒什麼，可是我還是很擔心。」

「擔心什麼？」

「擔心妳和宋任愷相處愈久，說不定會對他動心……」她支支吾吾地說，「坦白說……我甚至懷疑妳其實已經喜歡上他了。」

「不會，我知道他有女朋友。」我馬上澄清。

「這是兩回事，妳還是有可能會被他吸引呀，要是知道對方有女友，就不會對對方產生感情的話，這世上也不會有那麼多橫刀奪愛的戲碼，也不會有那麼多第三者了！」

「可是我又沒有要橫刀奪愛。」我聲音微顫，眼眶驀地熱了起來，「我從來沒想過要傷害誰。」

自相識以來，宋任愷做出的那些體貼的舉動，我知道那純粹只是出自於對一個朋友的關懷。即便如此，我的心卻還是無法不被他牽引，無法不被他的溫柔打動。

艾亭的話讓我很受傷，也很委屈，因為我一直相信自己並沒有更多的期盼。然而此刻我這句不假思索的辯駁，卻等同於揭露我最眞實的心情，連自己都未能完全察覺的心情。

艾亭見我眼中含淚，連忙握住我的手，愧疚地道歉：「念荷，對不起啦。我不是在罵妳，我只是怕妳會愈陷愈深，怕最後受到傷害的人會是妳。我不希望見到妳痛苦。」

咬住下唇，我點了點頭。

我懂艾亭的意思。

她希望我和宋任愷保持適當的距離，在還能夠抽身的時候，讓這份悸動回歸平靜，回到我還只是單純有點在意他的那個時候。

宋任愷對我的感覺，一直都在安全範圍內。

但我卻不是了。

「哇，對不起！」

我在福利社門口和突然衝出來的一位短髮學姊撞上，她手上未封蓋的礦泉水潑灑了出來，濺濕了我的外套。

那位學姊驚慌失措，不斷跟我道歉，她身邊一位綁著短馬尾的女孩從口袋掏出面紙，仔細為我擦拭外套上的水漬。

「學妹，對不起，是我們沒有看路。」她語帶歉意。

我呆呆地望著仍低頭為我擦拭外套的茉莉學姊。

外套是防水的，很快就乾了，我用沙啞的聲音向她道謝。

「對不起喔。」她對我微笑，便與朋友相偕離開。

艾亭察覺到我的目光始終跟隨著逐漸走遠的茉莉學姊，她握了握我的手，像是在安慰我。

茉莉學姊和宋任愷一樣，都是非常溫柔的人。

若是傷害這樣的好人，我一定也會難過。

雖然這麼想，但是茉莉學姊和宋任愷之間本來就沒有我能介入的餘地。

儘管初次遇見他們時，他們正在大吵，關係一度緊繃，然而那天宋任愷在圖書館頂樓提及茉莉學姊時，他的每一個眼神，每一句言語，都讓我知道他的心裡始終只有她一個人。

他對我的好，與他對茉莉學姊的好截然不同，所以我不能再耽溺其中，不能再從他給予我的那些小小美好裡，催眠自己可能、也許、說不定，仍有那麼一點點的機會。

還能在學校裡見到他，看見他美好的笑容，我就已經十分感激。即使沒能再與他獨處，那天在圖書館頂樓的回憶，足夠我在每晚入睡前細細回味。

我想我會繼續喜歡著他，直到有一天這份感情慢慢趨於平淡。

「那等夏天到來，你可以再帶我去一次頂樓，然後告訴我嗎？」

「好啊。」

只是，每當想起這段對話，我內心深處便依然隱隱抱著期待。

他還記得嗎？是否早已拋到腦後？

有沒有可能，在約定的季節來臨前，我就已經先忘掉這份感情了呢？

✦

「念荷，爸爸剛剛打電話回家，媽媽說妳還在外面。」

「嗯，我和艾亭在一起，剛剛看完電影，正準備回去。」

「那妳在電影院附近待著，爸爸也下班了，現在過去載妳，我們一起回家。」

「好。」

那是時序剛進入春天不久的某個週五夜晚。

我在電影院旁的百貨公司門口等爸爸，卻意外瞥見對街出現一個熟悉的身影。

即使隔著一段距離，我仍一眼認出那是宋任愷。

他一個人筆直地往前行去，身上穿著便服，應該是放學回家後再外出。

將近晚上十點了，他要去哪裡？

是和茉莉學姊有約嗎？

我找出手機上他的號碼，定定地看了好一會兒，最後還是默默收起，打消傳訊息告訴他我就在附近的念頭。

不料隔天傍晚，他又再度出現在我的視線裡。

我一從餐廳走出來，就看見他站在前方，心跳瞬間漏了一拍。

這一次我沒能壓抑住內心澎湃的情緒，衝動地叫住了他。

宋任愷回頭，一臉詫異地望著我。

我快步走到他面前，難掩喜悅地說：「你也在這裡呀？」

「嗯，對啊。」他注意到跟在我身後的爸媽，嘴角的笑意似乎凝滯住了。

「念荷，妳同學嗎？」爸爸問。

「他是我學長。剛轉學過來的時候，他幫了我很多忙。」

「同學，謝謝你幫忙照顧念荷。」媽媽親切地對他笑了笑。

宋任愷搖頭，「不用客氣，我沒做什麼。」

說完，他不動聲色地退後一步，與我們拉開些微距離。

爸爸提議開車送他回家，宋任愷卻表示另外還有事，禮貌婉拒了。

「下週見。」宋任愷笑笑地對我揮手道別。

一直到上了車，我都還在為這段巧遇而雀躍不已。

爸爸笑著對媽媽說：「當初讓念荷轉學的時候，我還擔心她無法輕易適應新環境。念荷比較內向，不敢主動親近人，幸好遇到願意照顧她的學長。」

「是啊，那個男生很有禮貌，看來是個懂事的孩子。」媽媽點點頭，「不過感覺不太對勁。」

「怎麼說？」

「那個孩子身上的衣服有點髒，手指也黑黑的，不曉得是去做什麼了。」

「也許是去哪裡玩吧，男孩子因為愛玩而稍微髒了點，也不是什麼大不了的事。」爸爸不以為意地笑笑。

剛剛在街上和宋任愷交談的時候，因為太過喜出望外，我根本沒有留心他身上的髒污，即便聽到媽媽這麼說，我也和爸爸一樣不在乎。

週一，趁著午休之前的空檔，我去圖書館還書。

還完書後，我不經意想起，宋任愷曾說過，到了春天，攀爬在圖書館對面那棟校舍上的藤蔓，會開出許多花。

我心念一動，決定上去頂樓看看。

四樓意外地沒有開燈，只能仰賴窗外昏暗的光線透照進來，我注意到有個學生蜷縮在牆邊。

我先是一愣，隨即覺得對方的身形有些熟悉。

等我認出他是誰時，驚訝得瞪大了眼睛。

「宋任愷？」

他聽到我的聲音之後，微微一震，從抱住雙膝的手臂中抬起臉。

我立刻在他身邊蹲下，「你怎麼了？身體不舒服嗎？」

爲了看清楚他的臉色，我急著想要找尋電燈開關。

「等一下，先別開燈。」他制止我，並且用雙手使勁搓揉雙眼，「我只是不小心睡著了。」

「眞的不是身體不舒服？」我再次確認。

「不是。」他放下雙手，抬頭對上我的視線，「妳怎麼會來這裡？」

「我來圖書館還書，突然想到你說這個季節從頂樓望去，可以看見攀爬在對面校舍上的藤蔓所開出的花，所以就順道上來……」

聞言，他靜默不語，目光像是落在遙遠的遠處。

「可是現在好像開始下雨了，還是等下次吧，要是妳淋了雨又感冒，那就糟了。」

經他一提，我才往窗外看去，不知何時落下的大雨已將窗上的玻璃打得一片濕。

見宋任愷始終坐在地上，似乎沒打算起身，我不免疑惑，「你平常都在這裡午睡？」

「不是，只是這個時間圖書館很少會有學生過來，特別安靜，所以我才來這裡待著，讓腦袋放空一下。」

「就你一個人？」

「嗯，沒人知道我有這個習慣，今天還是第一次被人撞見。」他嘴角微揚。

連茉莉學姊都不知道嗎？

我呆了呆，不僅沒有離開，還在他的身邊坐了下來。

理智告訴我不該這麼做，可是我無論如何都想把握住這段可遇不可求的時光。

我不會貪求什麼的，所以讓我任性這一回吧。

「雖然上次跟妳說『下週見』，但沒想到我們眞的在禮拜一就碰面了。」他打趣道。

「對呀。」我的心怦怦亂跳，「而、而且不只上週六，其實在那之前，我就已經在街上看見你兩次了，只是沒有出聲叫你。」

「是喔？」他眨了下眼，「那天妳跟家人去逛街？」

「我們去吃飯，我們家週末都會外出吃飯。」

「每個週末嗎？」

「對，週末一定會到餐廳用餐，也會一起逛街看電影，從以前到現在都是如此，除非碰到不得已的情況才會取消，像是我爸去國外出差的時候。」

室內光線太暗，我看不清宋任愷臉上的表情，不知道他會怎麼看待我。

我有點難爲情地問：「你會不會覺得我每個週末都跟爸媽黏在一起很奇怪？在我以前念的那所學校，就有同學說我這樣很怪。」

宋任愷搖頭，「不會，這表示妳和家人的感情很好。而且你爸媽給人的感覺很和善，是很好的人。」

「嗯，我爸媽他們眞的很好。」我深感認同，口氣裡流露出藏不住的驕傲，「那你爸媽呢？」

「他們人也很好。妳當初爲什麼會轉學？」

他突然切換話題讓我覺得有些突兀，但我沒多想，很快回道：「因爲我爸爸調職。我們本來住在台中，今年他升官，被調回總公司。我爸不希望我們全家分隔兩地，所以就決定舉家搬過來了。」

「是喔？」

聽到他只淡淡地回了這兩個字，我隱隱察覺今天的他不太一樣。

「你心情不好嗎？好像沒什麼精神耶。」我輕聲開口。

捕捉到他眸裡一閃而過的淡光，我決定更大膽地直接問：「你跟……茉莉學姊又吵架了嗎？」

聽到這個名字，他眼神一變，筆直地迎向我的目光。

「學妹。」

「嗯？」

「其實我有個念頭，妳能不能聽我說就好，別告訴任何人？」他臉上面無表情。

我怔了半晌，「好。」

應下之後，我的心臟突然開始狂跳。

不知爲何，他這一刻的眼神，讓我心中浮現一股沒來由的強烈預感。

我彷彿可以猜到他準備跟我說什麼。

良久，宋任愷低聲說：「我想要和茉莉分手。」

第四章　孫一緯

遊戲機螢幕跳出大大的「GAME OVER」，我閉上酸澀的眼睛，仰頭吐出一口長氣。

看看時間，再不離開就極有可能會被警察盤查，我拎起書包走出電子遊戲場，在門口迎面碰上一群別校的男學生。

「孫一緯。」其中一人叫出我的名字。

從對方的表情看來，他並非眞心想跟我打招呼，只是因爲過於驚訝，才會不小心脫口而出。

於是我向他簡單點個頭，他也同樣對我點個頭，沒再多說一句。

「他是誰？」

我聽見旁人問他。

「就是我曾經跟你們說過的，那個警察……」他低聲答道。

「啊，那個讓兇手住進自己家——」另一人驚呼。

「靠北喔，他還在後面，你小聲點！」

隨著我的步伐向前，那些細碎的交談聲逐漸再也聽不見。

經過夜市裡的那間便利商店，我盯著門口看了一會兒，便直接回家。

在那天之後，我沒再踏進過這間便利商店。

但我也沒有轉移陣地延續過去的偷竊行爲。

翌日朝會結束後，我在返回教室的途中，被人用力拍了一下肩膀。

「哈囉，神偷孫一緯。」楊於葳笑嘻嘻地站在我身後。

「痛死了，妳搞什麼？」我狠狠瞪她，「不是讓妳別再那樣叫我了？」

「那今天我們一起吃午飯。」

「我幹麼跟妳一起吃午飯？」

「你又沒訂學校的午餐，我可是考量到你要參加晚自習，怕影響你休息，才不約你吃晚餐的耶。」她答非所問。

「誰要妳擅自替我安排？我不會跟別人一起吃飯，妳自己吃。」我說完就走。

「好吧，那我就繼續叫你神偷孫一緯，直到某天有人好奇問我：『楊於葳，爲什麼妳要這麼叫他呀？』也許一個不小心，我就會說溜嘴嘍。」

我閉上眼睛，深吸一口氣，回過頭去看她，「妳親口保證過不會說出去，現在打算說話不算話？」

「說話不算話的人是你，明明答應跟我做朋友，卻連一起吃頓飯都不願意。你就是個性古怪難相處，人緣才會這麼差。」

被抓住了把柄，還要被損，實在很難不火大。

「那妳幹麼非要纏著我？上次妳說跟我做朋友，是妳一直以來的心願，這句話到底是什麼意思？」我難掩怒氣道。

「你如果想知道，中午就在學校後門見，拜拜！」她丟下話就愉快地跑開。又來這招。

我煩躁地抓抓頭，覺得自己徹底被她牽著鼻子走了。

自從那晚被楊於葳逮到我意圖偷竊後，她在我身邊打轉的頻率變得更高了。

我依然不想跟她太過靠近，對她那些「求親近」的要求一概不理，於是她開始叫我「神偷孫一緯」，讓我又好氣又好笑。

不過，說也奇怪，被她這樣叫著叫著，竟對我產生了一股莫名其妙的約束力。每當我心中又湧現想要偷東西的欲望時，耳邊似乎就會跟著響起她戲謔的叫喚，令我瞬間打消了行竊的念頭。

乍看之下，是她導正了我的偏差行爲，迫使我回到正軌，但我卻變得比從前更加無所適從。

失去了麻痺自己的方式，讓我像是罹患了恐慌症，經常恐懼著安靜。除了上課的時候，我開始耳機不離身，時時刻刻都將音樂的音量調到最大，隔絕那片進駐我世界已久的死寂。

我不想再聽見那些我心裡的沉默。

暖洋洋的陽光灑在學校後門的每一寸角落，空氣裡冬天的味道漸漸散去。

我選了牆邊一塊大石頭坐下，緩緩閉上眼睛。

沒過多久，眼睛忽然被人用雙手摀住，那人手心冰冷，肌膚柔軟，我下意識睜開雙眼，陽光透過指縫若隱若現。

楊於葳將雙手移開，迅速摘下我一邊的耳機，「孫一緯，你音樂到底是開得多大聲？我叫你好幾次了。」

我不耐煩地覷她一眼，把耳機從她手上奪回來，「妳別亂動。」

「你終於願意來了耶，眞開心！」她喜上眉梢，分別挽起衣袖和褲管，「那我們開始吧。」

「開始什麼？」我困惑地問。

「翻牆呀。」

原來這傢伙計畫偷溜到校外覓食。

無法光明正大從校門口出去，只好另尋他法，然而後門早已被封鎖，於是她決定找個踏板好翻出牆外。

那個踏板毫無疑問就是我。

她費了好一番工夫才爬上牆頭，坐在上面狼狽地喘氣，陽光照在她身上，像是爲她鍍上了一層閃亮的光邊。

本來打算幫她攀上牆頭之後，我就要扔下她走開，此時她身上的陽光卻讓我心念一轉，索性一躍而上，雙手一撐，輕鬆翻牆而過。

楊於葳隨後也跳了下來，滿臉驚訝地看著我。

「妳重死了。」我涼涼地說。

「亂講，人家才四十七公斤，哪裡重？」她羞惱之下，居然自己爆料。

我們去到附近一間小吃攤，我點了陽春麵，楊於葳見狀，跟著點了一碗。麵送上桌，她的那碗多了兩顆滷蛋，她用湯匙舀起一顆放進我的碗裡。

「幹麼？」我看向她。

「請你吃呀。」

「我不要。」

「不用客氣啦，你不覺得湯麵裡加顆滷蛋，感覺更美味嗎？我最喜歡這樣吃了！」她愉快地表示。

百般無奈地看著那顆蛋，我放棄了掙扎。

「所以妳一直糾纏我的理由是什麼？」

「理由？我只是想跟一個寫文章能感動我的人做朋友。因爲喜歡你的文字，進而喜歡上你這個人，希望跟你多相處、多說些話，僅此而已。」她噘著嘴嘟囔，「居然說我在糾纏你，眞過分。」

楊於葳這番話讓我有些過意不去，但我還是想向她明確表明自己的想法。

「我現在不想跟任何人過於親近，也不想要朋友。多認識一個人，對我來說，就只是多一個說閒話的人罷了。」

「你被人說閒話？為什麼？」

「與妳無關。」

「我猜猜看，和那個叫翁可釩的女生有關吧？每次提到她，你就不太對勁，表情也會變得很僵硬。」她放下筷子，指指我的臉，「就像現在這樣。」

我沒回答她，低頭默默吃麵。

兩人的碗很快見底，楊於葳用桌上的餐巾紙擦過嘴後，滿足地歡呼：「果然還是在外面吃飯最棒了，學校賣的東西都不怎麼樣，而且跟孫一緯你一塊用餐，感覺也特別好消化！」

我斜覷她一眼，「妳這句讚美我聽了不是很舒服。」

她開懷大笑。

忽然間，安靜的巷內響起一道尖銳的女聲。

「搶劫啊！」

一個雙手抱著一款女用手提包的粗獷男人朝巷口直衝而來，嚇得路人紛紛閃避。

男人一面狂奔一面大聲叫囂要路人滾開讓道，就在他從我身邊掠過的那一瞬間，我不動聲色地伸出右腳，將對方絆倒。

他狼狽地從地上爬起，顧不上逃跑，反倒一把揪住我的衣服。我並不害怕，也不慌張，立刻按壓住他的手掌，再迅速托起他的手肘向後扭轉。

男人痛得當場跪下，一時無法動彈。

同時，圍觀的群眾也一窩蜂地擁上前，聯手制住他。

被搶的婦人開心得不得了，不斷向我道謝。

聽見逐漸接近的警鳴聲，我驚覺此地不宜久留，正想對楊於葳使眼色，卻見她呆立在一旁，不知道在想些什麼。

也來不及跟她多作解釋，我馬上抓住她的手臂，拉著她快步跑開。

直到翻過圍牆，重新回到校內，楊於葳才如夢初醒，激動地為我鼓掌。

「孫一緯，你好厲害，那個歹徒那麼凶狠，你居然可以輕易將他制伏。你使出的那是什麼招式呀？」她興奮地模仿我抓住對方的動作。

「只是一般的擒拿術。」我拍掉衣服在翻牆時沾上的灰塵。

「眞的太帥了，你教我好不好？要是哪天我遇到壞人，說不定也可以用這招把對方摺倒！」她一副躍躍欲試的樣子。

「妳還是算了吧。妳別看擒拿術好像很簡單，其實並不容易，不是學個皮毛就能在實戰上派上用場。如果沒有練到熟練，眞正遇到危險時，反而會害自己遭殃。我是因為有過長時間的練習，才知道該怎麼應用，妳最好別抱著好玩的心態去學。」

「這麼說，你很小就開始練了嗎？是在哪裡學的？」

我頓了一下，「不干妳的事。」

「告訴我有什麼關係？而且你率先制伏了那個歹徒，怎麼就這麼跑了，應該讓警察表揚你的英勇事蹟呀！」

「妳瘋啦？要是警察通知學校，我跟妳溜出去的事也會曝光。不想被記警告的話，就把嘴巴閉緊！」我嚴肅地叮嚀她。

「好吧。」她萬分惋惜地聳聳肩，接著微微一笑，「可是你眞的很勇敢耶，就像是英雄一樣，我對你刮目相看了喔！」

我斜睨她，「妳忘了我是偷竊慣犯？今天早上妳才叫我神偷，現在馬上變成英雄了？」

說完，我沒等她回話，掉頭就走。

原以爲在警察趕到前離開就不會暴露，不料事與願違，我抓住搶犯的事情終究還是被校方知道了。

被搶的婦人記住了我繡在制服上的名字，不但告訴警察，警察還馬上聯絡學校。

雖然翻牆偷溜出校園違反校規，協助逮捕搶犯一事卻足以讓我將功贖罪，免於受罰。

隔天的朝會上，校長還當著全校師生面前大力表揚我，甚至還有記者特地前來採訪。

我頓時成爲校園裡的熱門話題。

然而接受掌聲的同時，原本就潛藏在暗中的謠言，也跟著浮上檯面。

所謂好事不出門，壞事傳千里，壞事永遠比好事容易引起注意。

伴隨著我的知名度升高，我身上的八卦也火速傳入眾人的耳裡，到最後已經沒什麼人記得孫一緯立下什麼功勞，只記得這個人的背後有著怎樣荒謬的故事。

事件發生後的那個星期，走在校園裡，我接收到的不是讚美，而是異樣的眼光。

那些荒謬故事一旦被渲染出去，勢必會影響到翁可釩。

當我碰到那幾個時常跟她走在一起的女同學，她們看著我的眼神更應證了我的想法。從那些眼神裡，我也能猜出她們的心思，或許她們認爲我做出這種引人注目的事，是刻意想讓翁可釩難堪。

家裡的那個男人得知我的作爲後，也曾熱烈地讚美我。

「一緯的勇氣一定是遺傳自你爸爸。他既勇敢，又極富正義感，你愈長大就愈像他，說不定未來也能跟他一樣當個了不起的——」

我不想答理那個男人，聽到這裡，卻再也無法忍受下去，我用力往桌上一拍。

「由你來講這種話，你不覺得很諷刺？少得意忘形了！」我冷冷地說道，「再讓我從你口中聽到他，你就立刻滾出我家！」

他收起笑容，低聲說：「我知道了。對不起，一緯，我確實有點得意忘形了。」

我感覺自己就快到極限了。

這種日子對我而言與煉獄並無二致。

身邊明明充斥著各種聲音，有嘲笑、有質疑，也有唾棄，我耳中的沉默卻還是愈來愈巨大，變成像是隨時都會將我吞噬掉的怪物。

一張畫上笑臉的便條紙，被貼在我正在看的參考書上。

納悶地往旁邊看去，楊於葳手上拿著我的筆坐在隔壁，雙唇一張一闔，像是在對我說話。

我摘下靠近她的那只耳機。

「妳說什麼？」

「我說，」她的嗓音清晰地傳來，「你聽得見我的聲音嗎？」

不知道是否被困在寂靜裡太久，她這句話暗暗觸動我的心房，我關掉音樂。

這堂由體育課換成的自習課，我沒留在教室，而是到圖書館的閱覽室念書。

如今班上同學有意無意投來的每道視線，都宛如無聲的譴責，比直接當著我的面說三道四，更像是一種凌遲，讓我無法繼續平靜以對。

楊於葳從我們溜出學校吃中飯的那天起，就沒再出現在我面前了，直至今天。

「孫一緯，謝謝你沒有把我供出來。」她由衷地說。

「妳是擔心我供出妳才躲起來？」我調侃她。

「不是這樣啦，那天之後，我就進醫院了，今天早上才出院，然後我中午就來學校了。」

我上下打量她，「妳怎麼了？」

楊於葳眼裡浮上笑意，似乎很開心我會關心她。

「我罹患了重感冒，那天晚上一回到家，我就開始發高燒，遲遲無法退燒，好慘喔。」

「是嗎？」我反應不大。

「當然，不信你看，這是我在醫院打點滴留下來的瘀青。」

她亮出左手背，白皙的肌膚上果然有一塊暗綠色的痕跡。

「我絕對不是怕受罰才沒來找你，我不是那麼不講義氣的人。你千萬別誤會我！」

楊於葳再三保證。

我望著她片刻，什麼話也沒說，將視線落回書本上。

她湊了過來，「雖然這幾天沒來學校，不過我還是有聽到消息。聽說你被校長表揚，還有電視記者前來採訪你，沒能親眼看見你上台領獎的樣子，真的太可惜了！」

「妳只聽到這些嗎？應該還有聽說其他事吧？」我頭也不抬地說。

「其他什麼事？」她好奇地問。

我想到她說自己今天中午才到學校，可能沒來得及獲知那些傳聞。

但謠言傳得沸沸揚揚，舉校皆知，她又認識我，知道也是遲早的事。

「對了，孫一緯，雖然你勸我別隨便嘗試擒拿術，可是我還是很感興趣。你就教我你制住歹徒的那招就好，我保證一定會努力練習！」

「為什麼一定要學？」我不解地看向她。

「因為我希望能夠和你有共通點，你會的東西，我也想要學。」她毫不害臊地說：「而且我真心認為學這個很好。我希望有天也能利用擒拿術保護自己或別人，就像你一樣，偏偏你就是不肯告訴我是在哪裡學的……」她邊說邊噘起嘴。

「我不是在外面學的。」我低聲說：「是我爸教我的。」

「真的？你爸爸是教擒拿術的教練？」

「不是，他是警察，擅長各式擒拿術，從我小學的時候，就開始跟我爸學。」

「哇，難怪你這麼厲害。那麼這次你當街抓到了歹徒，你爸爸是不是很開心？」

「我不知道，他已經去世了，我不曉得他會有什麼反應。」我不帶情緒地說，「而且在他去世之前，我跟他已經很久沒說過話了。平常他對我也不聞不問，所以就算他知道了，可能也不會有什麼感覺。」

楊於葳靜默了一陣，「你爸爸是怎麼走的？生病嗎？」

「車禍。一年前他開車送一個喝醉的朋友回家，對方在車上大吵大鬧，三番兩次和我爸搶方向盤，車子因此失控，衝向對面車道，那時剛好駛來一輛闖紅燈的大卡車……最後我爸那個朋友只受了點輕微的皮肉傷，他卻傷重不治。」

楊於葳沒有出聲，我也沒有看她，逕自往下說。

「那個間接害死我爸的男人，就是翁可釩的父親。我媽接獲噩耗，因為打擊過大，導致精神狀態不穩，身體也出了問題，生活幾乎無法自理。那個男人得知後，居然不惜拋家棄子，也要跑來我家照顧我媽，然後各種荒謬骯髒的傳言就出現了。」

不用轉頭去看，我也能感覺到楊於葳落在我身上的灼灼視線。

不可思議的是，當我坦言相告，原本潛藏在我耳朵裡的那隻怪物，似乎消停了下來。

在那什麼都沒有的荒蕪裡，我重新聽見自己那微弱的破碎聲音。

「你會那麼在意翁可釩，是因爲你恨她？」楊於葳問。

我吞了口口水，「我確實恨她，畢竟她父親是奪走我爸性命的罪魁禍首。只不過，周圍的人不僅唾棄接納那個男人的我們，也嘲笑被那個男人拋棄的翁可釩和她母親，翁可釩跟我一樣活在被譏笑、被議論的日子裡。當我親眼目睹她和她母親心力交瘁的模樣，就無法再遷怒於她們。」

我喉嚨乾澀，聲音無比沙啞，此刻卻不吐不快，我知道自己的情緒已然起了波動。

「每天看著那個毀掉我和翁可釩的兇手，住在我爸爸買的房子裡，我痛苦到沒有一天不想殺掉他，可是實際上，我連將他趕出家裡都做不到。現階段的我沒有餘力照顧好我媽，只能眼睜睜看著身體虛弱又神智不清的她，變得如此依賴那個男人。」我深吸一口氣，「結果，我最無法原諒的人，就是明明憎惡這一切，卻什麼也做不了的自己。」

楊於葳輕輕握住我的左腕。

她指尖的冰冷讓我驀地一凜，同時注意到自己的左手，竟跟著我的聲音一起發顫。

「你是爲了發洩這份憤怒，才跑去偷東西？」她問。

我沒有撥開楊於葳的手。

她的觸碰讓我逐漸冷靜下來，呼吸也恢復平穩。

「我沒有想發洩什麼。」我低聲回，「只是打從那個人住進我家，陸續耳聞別人對我們的許多議論與指責之後，我就慢慢聽不到聲音，並不是我聽力出了問題，而是我總覺得耳朵裡有什麼東西隔絕了一切，再大再雜亂的聲音都影響不了我。我不知道該怎麼形容……但那種像是從整個世界抽離出去的感覺，令我覺得自己像是行屍走肉。」

楊於葳依然沒有鬆開我的手，但也沒有用力，就只是輕輕握著。

我伸舌舔了舔乾燥的嘴唇，「也不知道爲什麼，有一天，我伸手偷了便利商店裡的橡皮擦。過程中那漫上心頭的恐懼感和緊張感，讓我感受到自己還活著，也讓那種阻隔了世界的『安靜』暫時消失。於是，我開始透過這種方式來刺激自己，等到容易得手的小東西已不能滿足我的時候，我就挑戰難度更高的物品，我知道那是不對的，但我就是控制不住。比起害怕被逮到，那永遠停不下來的『安靜』，更讓我痛苦。」

說到這裡，我微微用力，掙開被她握著的手，「可能妳會以爲我是在找藉口吧？」

「我沒這麼說。」她溫和地說：「謝謝你，孫一緯。」

「謝什麼？」我不解。

「謝謝你願意告訴我這些。」

她眞摯的語氣，倒使我莫名彆扭起來。

「反正現在學校一堆人都在討論這件事，妳早晚也會聽聞，不如先告訴妳，以免屆時妳又跑來纏著我問東問西。」

「那你現在跟我說話，那種『安靜』還存在嗎？」她問。

我頓了下，「沒有。」

其實她最先和我交談時，我就注意到了。

當她跟我說話，那種「安靜」就會消失，仔細回想，之前幾次跟她在一起，好像也是這樣。

我從和她的對話中，確切聽到了自己的聲音，並且急切地想再聽到更多，便情不自禁說了許多原本沒想要說出口的事。若非如此，我不可能將那些事全都告訴楊於葳。

問題是，會出現這種情況，原因究竟在她，還是在於我？

「眞的？我一跟你說話，你就暫時不會有那種感覺？」她很是興奮。

「我不知道啦。」我有些焦慮。

「不能不知道，不然我要怎麼幫你？如果你是生活過得太封閉，與他人缺乏交流，那麼你今後就該多跟別人說說話；但如果你是精神壓力太大，導致心理出問題，就該有其他健康的發洩出口才對。」她雙手抱胸，振振有詞，「就我的想法，我認爲你是兩者皆有！」

她的分析讓我一時無語，卻也有點意外，她的想法竟跟我不謀而合。

「我倒希望是後者，因爲我現在不想跟別人打交道。」我涼涼地道。

「你這個自閉男！」她又幫我取了一個難聽的綽號，此時下課鐘聲響起，於是她嘆了口氣，「好吧，下次再說，我要回教室了啦。」

這時我才覺得奇怪，「妳方才怎麼過來了？不用上課？」

「我上堂課也是由體育改自習呀，我不想待在教室，就假裝去上廁所，溜去你班上找你，想要跟你賠罪，誰知道你根本不在教室，你同學也沒人知道你去哪裡，我就一路找到這裡來了。」

「賠什麼罪？」

「你因爲我而被老師抓到違反校規，我卻沒跟你共患難。還有就是，我是你的朋友，雖然我事先不知情，但很抱歉我沒有在你被別人說閒話的時候，在你身邊支持你。」

我不甚自在地說：「我不需要妳的支持。」

「既然是朋友，就不要這麼見外了啦！」她猛地拍打我的肩膀，依然不懂得控制力道，「孫一緯，告訴我你的手機號碼吧，這樣我下次找你比較方便。」

本來打算回絕，但一張口我就遲疑了。

楊於葳像是看穿了我的心思，用閃亮亮的眼神盯著我看，令我更難拒絕。

無奈之下，我報出了自己的手機號碼，她沒寫在便條紙上，而是直接寫在手心。

「最近我會打電話給你，你要接唷！」她喜悅地攤開掌心，對我微笑。

我發現自己的心境有點變了，不再那麼抗拒楊於葳的接近。

但那不是因爲楊於葳扭轉了我的想法，而是因爲她的出現，讓那種不愉快的感覺暫時不見，於是對她的抗拒便不再如之前強烈，甚至覺得這樣未嘗不好。

有種如釋重負的感覺。

我靜靜地看著楊於葳貼在我參考書上的那張笑臉。

也許就像她所說的，我確實把自己關起來太久了。

✦

週六清晨，我被手機的來電鈴聲吵醒。

我迷迷糊糊地接起，眼睛仍緊閉著，「喂？」

「孫一緯，你起床沒？」

「妳誰啊？」我蹙眉。

「世界第一美少女！」

認出對方的聲音，我睜開眼睛，從床上坐起身。

看向鬧鐘，我無力地撫著額頭，「楊於葳，妳眞的是……」

「哈哈哈，我太早叫你起床了嗎？」

「廢話，現在才六點！」我忍不住罵。

「可是我已經醒啦，而且我說過最近會打電話給你的嘛。」

「妳的『最近』是以兩個星期爲單位嗎？」

手機那一頭先是一陣沉默，隨即響起一串清脆的爆笑。

「笑屁啊？」我不悅地說。

「我好驚訝，孫一緯你居然痴痴地等待我的來電耶！」她似乎頗爲喜出望外。

「妳是從哪句話得出這種結論？」

「對不起，讓你久等了。那你先去補個眠，晚點我們一起出去讀書，怎麼樣？」楊於葳自顧自地說。

我在心裡翻了無數次白眼。

但我沒有拒絕她。

幾個小時後，正在客廳穿外套的男人見到我下樓，笑著問我：「一緯，今天還要去學校念書？」

「嗯。」不想多作解釋，我隨口應了聲。

「是嗎？我要帶你媽媽去醫院做例行檢查，已經叫了車，要不要順路送你？」

我朝媽媽的房間瞥過去一眼，「我還要一會兒才出去。」

「好，那我們先走了。」

穿戴整齊的媽媽一從房間裡走出來，他便細心地幫她繫上圍巾，領著她出門。

等到他們上了計程車離開，我緩緩走出大門，只見幾個在附近聊天的鄰居，正對著駛遠的計程車議論紛紛。

我漠然地頂著眾人意味不明的視線離去。

抵達與楊於葳約定的地點，我呆立在店家的玻璃櫥窗前，望著來來去去的行人出神，直到左邊的耳機冷不防被人摘下。

楊於葳將那只耳機塞進自己的耳裡。

我睨了她一眼，「妳能不能不要每次都這樣嚇人？」

「你戴著耳機，就算叫你，你也聽不見呀。」她跟著耳機裡的音樂輕輕擺動腦袋，「音量開得那麼大，又聽不見聲音了嗎？」

我沒回答。

「先去吃飯吧？我快餓死了。等吃完飯，我有重要的事要跟你說。」

我疑惑地朝她看去，她只是狡黠地對我眨眨眼。

隨意走到附近百貨公司樓下的美食街用餐，我們各點了一碗湯麵。

楊於葳一樣又多點了兩顆滷蛋，也一樣用湯匙舀了一顆給我。

「別再給我蛋了。」

「可我就想給你呀。」她嘿嘿笑著，「這兩個禮拜，你真的沒有在等我打電話過去？」

「沒有。」我有些言不由衷。

「那你還好嗎？有再去偷東西嗎？」

我搖搖頭。

「那就好，我這陣子有點忙，所以沒辦法經常去找你。」

「妳在忙什麼？」我對會這麼問的自己感到不解。

她也像是沒料到我會這麼問，眨了眨大眼睛，「當然是跟朋友在一起呀。還有我爸，他最近從日本回來看我，我們每天晚上都會開車出去兜風，超開心的！」

我並非以爲楊於葳沒有自己的生活圈，只是她回答得如此理所當然，語氣也如此歡快喜悅，不知爲何，我心裡有些不是滋味。

「孫一緯，我吃不下，你幫我吃。」她把自己的碗推給我。

「妳只把蛋吃掉而已吧？不久前不是還在說很餓嗎？」我詫異地看著她根本沒吃幾口的麵。

「但我眞的已經吃不下了，拜託嘛。」

她那張笑意不減的臉，讓我突然湧起一把無名火，厲聲道：「我不管妳，妳自己吃完！」

楊於葳被我嚇了一跳，默默地把碗拉回去，努力將麵吃到僅剩一些些。

離開美食街後，她安靜地尾隨在我身後，走了一段路才出聲。

「孫一緯，你還在生氣嗎？」

「我討厭浪費食物的人，尤其是故意裝小鳥胃的女生。」我冷漠地回。

我本來就因爲她而莫名鬱悶，偏偏她又踩中我的地雷。

楊於葳快步追上我，「好啦，我下次不會了，你別生氣了啦！」

我其實自己心裡明白，剛發的這頓脾氣有一半是在遷怒，聽見她連聲道歉，反倒心虛起來，然而氣氛已經被我弄僵，我一時不知該如何打破僵局。

我聲音平板地問：「妳想回去了嗎？」

「不行，我們不是約好一起念書嗎？而且我說過有事要跟你說！」楊於葳急得跳腳。

她硬是把我拉進一間茶飲店。

儘管平日我不太到這種地方念書，不過對我來說，在哪裡念書都沒差。只是當我目睹楊於葳從包包拿出一本言情小說，我不禁傻眼。

「妳在看什麼？」

「小說呀，我昨晚看到一半，這本很好看喔。」她翻到夾著書籤的那一頁。

「妳說要讀書，結果是來看小說？」

「對啊！我沒辦法在外面念書，要是現在一本教科書擺在我面前，我肯定會睡著，但反正都是在看書嘛，只是類型不同。況且如果我不用這種說法，你絕對不會答應跟我出來吧？」

我被她問得啞口無言。

假如是剛認識那時候，我確實不可能答應她的邀約，後來是察覺到她對我當前的困境有所幫助，才不牴觸與她相處，甚至願意在學校以外的地方見面。

說到底，我也只是在利用她，憑什麼認為她理應以我的事為重？

「孫一緯。」

我回過神來，「幹麼？」

她湊到我耳邊，低聲說：「坐在你右後方那桌那幾個人，好像一直在看我們。」

我順著她說的方向轉頭過去，很快發現幾張熟面孔。

上次在電子遊樂場門口遇到的那個男生也在其中，一共三男兩女，全都用好奇的目光打量我們。

「你認識的人？」楊於葳問。

「以前在補習班的朋友。」我言簡意賅地說，隨後翻開參考書，「妳有什麼事想跟我說？」

她大大「啊」了一聲，闔上小說，坐直了身體。

「你不是覺得自己聽不到聲音嗎？要是你爲了尋求刺激，又做出不妥的行爲，就算暫且讓心情平靜下來，都只是治標不治本，我也不希望你再去偷東西。雖然我曾經懷疑，也許你是因爲太封閉自己，導致心理出現問題，但我也不想勉強你去跟別人互動。如果我能幫上你的忙，那當然最好，不過我不可能一天二十四小時都在你身邊和你說話吧？所以——」

「講重點。」我翻了個白眼。

「重點就是，我想到一個辦法，即使我無法時時刻刻陪在你身邊，說不定也能減輕你的症狀。」

我挑眉，「什麼方法？」

她舉起桌上那本小說。

「就是這個，你去寫小說吧！昨晚我忽然靈光一閃，冒出了這個念頭。有好幾個小說作者都曾提到，當他們動筆寫作，小說中的人物便會浮現在他們的腦中行動與說話。如果你也提筆寫小說，創造出各式各樣的人物，讓那些角色在你的腦中盡情說話，或許你就不會再爲『聽不見』的毛病所苦了！」

楊於葳的異想天開著實令我瞠目結舌。

「這怎麼可能？而且我又不會寫小說。」

「你又還沒試，怎麼知道不可能？何況孫一緯你有寫作的天分，散文和作文都寫得那麼好，小說一定也沒問題。再說，重點也不是你到底會不會寫，而是這或許可以改善你的問題呀！」說到最後，她重重拍了下桌子。

我被她的氣勢震懾住。

過了一會兒，我才勉強說：「就算妳這麼說，我也不曉得該怎麼開始，更別說現在準備考試都來不及了，哪還有時間寫這種東西？」

「現在當然是你的身心狀況更要緊啊！」她滿臉正色，語氣認眞嚴肅，「你不接受幫助，只丟著問題不管，再這樣下去，說不定在考試之前，你的身心就先垮了，那還有什麼意義？你是眞的認爲跟健康比起來，考試才是最重要的嗎？」

楊於葳的伶牙俐齒，讓我無從反駁。

我實在招架不住她的步步進逼，只好藉口要去洗手間，離開座位。

步。

沒想到她也會有這樣的一面。

鄰近洗手間，就見幾個人在門口排隊，一段對話飄進我的耳裡，讓我不由得停下腳步。

「那個人現在還住在孫一緯家？」

「好像是。」

是後桌關注我的其中兩個男生，他們也在排隊的行列。

「靠，他爸不是那個人害死的嗎？到底在想什麼？」戴眼鏡的男生語氣鄙夷。

「誰知道？那個人跟妻子離婚後，居然搬進孫一緯他家，天天陪在他媽媽身邊，聽說兩個人似乎從前就認識，所以有人懷疑他們之間的關係並不單純，甚至還有陰謀論，說那個人是爲了跟孫一緯的媽媽在一起，才處心積慮除掉孫一緯他爸。」另一個理平頭的男生邊說邊笑。

「這是有點扯了啦。不過即便事實並非如此，有誰能接受和害死自己老爸的人住在同個屋簷下？難道孫一緯在他爸死掉以後，也跟他媽一樣，腦筋變得不正常了？」

「可能吧？你沒看到他還可以開開心心地跟女生約會？」

「這傢伙眞叫人毛骨悚然，還好已經沒什麼來往，不然我還不敢跟別人說他是我朋友。」

我還沒決定好該如何反應，是要繼續留下來排隊，還是默默回到座位上，楊於葳就一個箭步衝過來，揪住眼鏡男的衣襟，放聲大罵。

「你以為你是誰呀？你憑什麼這樣說孫一緯？你有親自問過他本人那是怎麼回事嗎？有聽過他的解釋嗎？明明什麼都不知道，就在背後妄自批評人家，你這種人根本不配當孫一緯的朋友！」

楊於葳的舉動引來店內其他顧客側目，我趕緊上前制止，她卻死抓著對方不肯放。眼鏡男神情驚慌，一邊極力想要掙脫，一邊嚷嚷著說：「妳搞什麼？快點放開我！」

「我才不放呢，你不馬上跟孫一緯道歉，我就──」她忽然打住話，另一隻手猛地摀住嘴，臉色驟變。

「楊於葳？」我注意到她的異樣。

她定住了動作約莫五秒鐘，接著弓起身軀，作勢欲嘔，我才驚覺不妙。但是來不及了，眼鏡男隨即發出慘叫。

沒錯，她吐了。

走出茶飲店，我無言地望向表情無辜的楊於葳。

她嘿嘿傻笑，「還好我反應迅速，最後沒什麼事，不然我就要穿著沾有嘔吐物的衣服一整天了。」

「妳當然沒事，畢竟妳全吐在別人身上了。」我此刻心情非常複雜，「之所以會吐，居然是因為午餐吃太多，妳會不會太誇張？」

「我也不想呀。孫一緯你又不肯幫我吃麵，還對我那麼凶，我只好硬著頭皮吃下去，誰知道那個時候會突然反胃啊。要不是看到你呆站在廁所前方的通道上，我也不會過去察看，然後聽到那個人說你壞話，我這樣也算是幫你教訓他了吧！」她說得一副理直氣壯的樣子，絲毫不覺愧疚。

好可怕的傢伙。

但若不是我要她自己把食物吃完，她也不至於會因爲吃得太撐而不舒服，思及此，我不免湧生出罪惡感。

「現在好點了沒？」我問。

「嗯，吐完以後暢快多了。」她看著我，「孫一緯，對不起。」

「幹麼？」

「坦白說，我原本認爲只要問心無愧，就算被指指點點，也沒什麼大不了，所以一直覺得你有點小題大作，但是剛剛親眼目睹你過去的朋友竟如此不客氣地羞辱你，我才眞正體會你不願再輕易讓別人靠近的心情。」

她接著問：「發生那件事之後，你就跟那些人斷了往來嗎？」

「嗯，翁可釩的父親住進我家的事一傳開，我便中斷補習。剛才那個理平頭的男生和我同一所補習班，他父親也是警察，是我爸過去的同事。那男生把我家的事告訴補習班的其他朋友，因爲不能理解，或者是不想和我扯上關係，他們明顯疏遠我，而我也不想主動解釋。」

楊於葳了然地點點頭。

「對不起。」

聽到我說出這句話，她詫異地揚眉。

「孫一緯，你在跟我道歉嗎？爲什麼？」

「因爲……」回想起今天和她碰面以來所發生的種種，我略顯僵硬地再次說了一句：「總之，對不起了。」

楊於葳呆呆地望著我，似乎不敢相信我會跟她道歉。

「還有，雖然妳給的建議不太實際，但妳也是爲我好，我想試試看，念書之餘，應該還是能抽空寫一點東西。話說在前面，試了一個月後，如果有效，我就持續寫，直到症狀完全消失；如果一個月後什麼都沒有改變，我就不會再寫了。」

聞言，她樂得歡呼了好幾聲，還興奮地一把抱住我，完全不把男女之間的分際放在心上。

不管是爲我想方設法改善「聽不見」的癥狀，還是在我被人說三道四時挺身而出，楊於葳對我的付出，讓我難以忘懷。

直到與她道別之前，潛藏在我耳朵裡的怪物始終沒有作怪。

然而，當楊於葳一離開，我頓時覺得世界一下子安靜得令人心慌。

我於是明白一件事，也許是她的存在，讓我不藥而癒。

✦

楊於葳再次現身，是在三天後。

我正在學校餐廳吃飯，她走過來屈指敲了敲餐桌，臉上戴著大大的粉紅色口罩。

「妳怎麼了？」我納悶地問。

她抬手摸摸額頭，然後指指喉嚨，再擺擺手，最後則搖搖頭。

我立刻讀懂她豐沛的肢體語言，「妳又感冒了？」

她點點頭，連話都說不出來，那應該挺嚴重的。

「有去看醫生嗎？」

她拉起衣袖，秀出手臂上的小小瘀青，表示她已經去醫院打過點滴了。

在我身邊坐下後，她從口袋抽出一本隨身筆記本和一枝筆，快速寫下一行字。

「我的喉嚨快痛死了，所以沒辦法跟你聊天，對不起。」

我的目光從那行文字移至她的臉上，「沒必要特地道歉。」

她雙眼微彎，接著寫：「開始寫小說了嗎？」

「還沒。」見她睜大眼睛瞪我，我馬上解釋，「這兩天是模擬考，至少等到考試結束再開始吧？」

即使楊於葳沒出聲，那雙黑白分明的大眼睛彷彿會說話似地，我一眼就能看出她想表達的意思。

「知道了，今晚回去就會動筆，不會騙妳的。」我無奈地向她承諾。

她滿意地點點頭，打開買來當作午餐的鹹稀飯。

這時，兩個女生有說有笑地端著午餐走過來，其中一個女生直接將餐盤擺在楊於葳的桌面上。

楊於葳轉頭拉下口罩，用難聽的破鑼嗓子對那個女生說：「這裡有人坐嘍。」那個女生嚇了一跳，似乎這才意識到楊於葳的存在，匆匆向她道歉後，便與朋友另尋其他座位。

我有些困惑，「難道她沒看到妳坐在這裡？」

「可能聊得太專心，所以沒留意吧。不過，我不意外啃。」她繼續用那恐怖的沙啞嗓音說話，見我皺起眉頭，一副快要聽不下去的樣子，復又拿起筆在記事本上寫：「偷偷告訴你，我有化身爲隱形人的特異功能。」

「妳在說什麼？」我斜眼看她。

她寫道：「我從小就沒什麼存在感，玩躲貓貓從來沒被找到過。如果我現在坐在角落完全不說話，我相信整天都不會有人發現我。」

我大翻白眼，「最好有這種事。」

「是眞的啦。」寫下一長串的文字似乎讓她失去耐心，索性扯下口罩，劈里啪啦地說：「我很容易被旁人當成空氣，連朋友都常忽視我的存在。上課的時候，老師很少會點名我，像我國二那一年就沒被任何老師點名回答過問題，眞的一次都沒有喔。這可不是件容易的事耶！」

「是不容易，但也不是光榮到非得大聲宣告的事吧？」況且，她今天用這種聲音說話，對我不僅不是救贖，反而是種折磨。「再怎麼沒存在感，人明明就近在身邊，卻始終沒注意到，還是很不合理吧？」

「嗯哼，但你也從來沒在我出聲喊你前先發覺到我呀！」她得意地昂起頭。

「怎麼可能？」我啼笑皆非，然而仔細回想，卻有些不確定，「眞的沒有嗎？」

她眼裡閃過一抹淘氣的光芒，「不然我們來打賭，現在起每次相遇，誰先發現並叫住對方就獲勝，贏家可以問輸家一個問題，怎麼樣？」

「我不想玩。」我興致缺缺。

「我就知道，你沒信心能贏我。」她撥了撥頭髮。

我表面上不動聲色，心中卻對她的說詞抱持懷疑。

我不相信楊於葳每次都能贏，而且我自認哪怕輸了，現階段也沒有不能回答她的問題，對我來說並沒有什麼損失。

因此儘管知道她想用激將法逼我應下賭約，我仍決定接下戰帖。

「那就賭吧，前提是妳不能犯規，不能像第一次見面那樣，突然闖進我們班教室找我。」

「沒問題，我會擬定好遊戲規則，你放心！」她拍胸脯保證。

我們莫名其妙地開啓這場賭局。

首先，雙方一定要是碰巧遇見，不能刻意去對方教室找人，因此以下三種情況不包含在賭局內：有要緊事必須見到對方時、平常用電話或訊息聯絡彼此時，以及約定見面時。

其次，必須靠近對方周圍五公尺內才可開口叫人，否則有失公平。假若楊於葳從高處俯瞰看到我，這種情況顯然對我不利，同樣不能算她贏。

最後，贏家每贏一次，就可以問輸家一個問題，輸家不得說謊，更不得拒答。但如果輸家連輸五次，輸家可反問贏家一個問題，贏家有權決定是否回答。

「最後這條規則難道就不會有失公平？」我提出異議。

「怎麼會？說不定到時我心情好，願意回答你的問題呀。這一條是我特別爲你加上去的，我怕你一直輸，打擊會太大。所以我特別通融，你連輸的這五次，我都不會問你任何問題，但最終你可以問我一個問題，怎麼樣？」她賊笑。

「講得好像妳穩贏。」

「那當然嘍。」她自信滿滿地大笑，喉嚨卻也到了極限，不僅再也說不出話來，還乾咳個不停，狼狽地抓起我的礦泉水猛灌，囂張的氣焰霎時全消。

那模樣讓我看了既解氣又好笑，忍不住唇角失守。

原來平靜無波的生活被楊於葳這傢伙硬生生擾亂，現在我居然要著手寫小說了。

可我不但沒寫過小說，自從爸爸離世後，更不曾再提筆創作，對我而言這是項難度不低的挑戰。

星期六的下午，我又來到學校圖書館的閱覽室，過不久，一道清脆的呼喚聲從門邊傳來。

「孫一緯。」

我愕然地抬頭望去，楊於葳站在那裡竊笑。

「我贏了。」她的聲音已恢復如常，對我豎起食指，表示第一回合由她獲勝。

我難以置信地看著她走到我面前，「妳怎麼知道我在這裡？」

「我不知道呀，只是經過學校附近，忽然覺得你有可能會來這裡念書，便繞進來看看，沒想到我的預感眞準。而且我是直接走到閱覽室，沒有去你教室找過，不算違反遊戲規則喲。」她一臉得意。

「就算妳有去我也不會知道。」

「我才沒那麼奸詐呢。」她嘟嘴，環顧空蕩蕩的四周，「你也眞奇怪，爲什麼喜歡待在這間舊閱覽室念書？不少人都比較喜歡新建的那間，那裡不是比較乾淨？」

「這裡也不差，而且在四下無人的環境更能專心。」

「好吧。」她拉開椅子坐下，「對了，你的小說寫得怎麼樣了？」

我頓了頓，「還沒寫。」

「爲什麼？你明明答應過我的，怎麼到現在還沒動筆？我很期待耶。孫一緯你眞過分，怎麼可以一直騙我？」她極度失望地連番抱怨。

我從背包找出一本筆記本扔給她，「妳自己看。」

楊於葳解開筆記本上的綁繩，翻開讀了幾頁，眼底慢慢浮上詫異之色。

「這些都是你寫的？」她注視著已經寫了將近半本的筆記本，「你不是已經寫了這麼多嗎？」

「那只是草稿，這個禮拜我試寫了幾次，都不滿意，反覆重寫，到現在連題材都還沒辦法定下。」

「你想太多了啦，隨便寫寫就好，反正寫小說也只是爲了治療你的『病』，又不是要你寫出什麼曠世鉅作，幹麼要給自己壓力呢？」

「妳倒是站著說話不腰疼，妳親自來寫一次，就知道這種東西無法隨便寫寫，至少我沒辦法。既然要寫下一個有頭有尾的故事，當然不能什麼都不考慮，想到什麼就寫什麼吧？」

楊於葳饒富興味地朝我看了過來。

「你眞的是那種做什麼都很認眞的人耶。」她噗哧一笑，「如果你是在爲題材煩惱，那麼寫你自己的故事會不會比較容易些？」

「我沒什麼故事好寫，也不想寫，那相當於是在寫日記，若是日記，我就不會讓妳讀了。」我駁回她的提議。

「龜毛。」楊於葳嘀咕了句，隨即眼睛微微一亮，「那乾脆由我提供題材給你？」

「對呀，你想不出要寫什麼，要不要先寫我想的故事？這樣就不會繼續浪費時間啦。」

「妳提供題材給我？」

我思忖半晌，決定先聽聽看她的構想。

「妳想的故事是關於什麼？」

「這個嘛……」

楊於葳兩手托腮，對著桌上的筆記本陷入沉思，眼神也變得深沉。

短暫靜默後，她微笑著說：「一個女孩，愛上一個有女朋友的學長的故事。」

第五章 唐念荷

宋任愷對我說，他要和茉莉學姊分手。

親耳聽見他說出這句話，導致我一整天心神不寧，神思恍惚，不敢相信那是真的。

早在宋任愷開口之前，我便察覺他眼神黯然，隱約猜想到這件事一定與茉莉學姊有關，而且不會是什麼好事。

他沒有向我透露想和茉莉學姊分手的原因，我也沒有勇氣追問。

深夜，我在床上輾轉難眠，一度想打電話跟艾亭聊聊，希望藉由她的幫助來梳理心中的紊亂，可是又想到自己承諾過宋任愷不會將此事告訴任何人，只得作罷。

我不想辜負他對我的信任。

雖然不知道他為什麼決定分手，也不知道為何他唯獨告訴我，但我還是能意識到一件事。

宋任愷和茉莉學姊，這次真的走到了盡頭。

在對宋任愷仍未能忘懷之際，就得知此消息，我心中五味雜陳，無法不動搖。

隔天同一時間，我再次去到圖書館，希望能見到宋任愷。

然而這次我撲了個空，步上樓梯推開鐵門，頂樓也不見他的身影，不免悵然若失。

但我沒有馬上離開，而是走到矮牆前眺望對面那棟校舍。

今天天氣陰陰的，纏繞在校舍的藤蔓上綴著不少紫色和桃紅色的花朵，那樣的美在昏暗的天色下並不特別張揚，卻還是讓人不禁多看幾眼。

目光往下移，被扔在下層屋簷的菸蒂，似乎比之前看到的時候更多了。

一時無聊，我又踱步到頂樓的左方隨意張望，無意間瞥見那棟廢棄不用的舊校舍，就是宋任愷說過疑似鬧鬼的那棟建築物。

我先是緊張了一下，立即注意到一個怪異之處。

這棟校舍理應無人使用，二樓的幾扇窗戶卻向外透出光，像是教室裡的燈被點亮。

這個發現讓我心中愈來愈毛，頭皮也跟著一陣陣發麻，我不確定自己是否眼花，卻也提不起勇氣再看一次，只能匆匆逃離現場。

接下來幾天，我還是會到圖書館四樓的資料室打轉，不過暫時不敢登上頂樓了。

儘管沒能在資料室碰見宋任愷，我和他還是會在校園偶遇。

他依舊會停下腳步跟我閒聊幾句，一如從前那般溫暖親切。

可是，我卻希望可以再見到那個陌生的宋任愷，因爲我覺得，只有那個時候才有機會聽到他更多的內心話。

不過這一切只是我的痴心妄想。

關於他與茉莉學姊的後來，我一無所知，他沒再提起，我也沒去探聽。

「學妹。」有人在我肩上輕輕拍了一下。

這天在福利社把我叫住的人，是曾經不小心把水潑到我身上的二年級短髮學姊，也是茉莉學姊的朋友。

見對方突然找上門來，我意外之餘，竟也有些倉皇。

「我有事想問問妳，不會耽誤妳太多時間。」短髮學姊客氣地說。

此時，她另兩位朋友結完帳後走過來，發現她在與我說話，目光隨之停留在我身上。

「妳是不是認識宋任愷？我是說二年級的那個。」短髮學姊又說：「妳是不是跟他很熟？」

心跳猛地失速，我一度結巴了起來：「還、還好。請問怎麼了嗎？」

「喔，也沒什麼，只是碰巧遇到妳，就想順便打聽一下……宋任愷好像跟妳很熟稔，還有人見過幾次你們一起從圖書館出來，所以我有點好奇你們的關係是不是很好？」

意識到艾亭投來的視線有些改變，我不安地輕咬下唇，強作鎮定地答道：「我……我是認識宋任愷沒錯，但我們每次在圖書館見面，都只是碰巧遇到，這是眞的，妳們不要誤會……」

然而，我卻覺得自己愈描愈黑。

我的心虛太過明顯，辯駁的音調也太過軟弱，連我自己都騙不過。

就在我以爲短髮學姊肯定看出我在扯謊，下一秒就會面露不悅，要我跟宋任愷保持距離時，她卻說出一句讓我大感意外的話。

「就算不是誤會也無所謂啦，這樣說不定比較好……」短髮學姊低喃。

聞言，我不禁面露詫異。

另一位學姊見狀，伸手輕推短髮學姊，示意她別再說下去了，接著才和氣地對我說：「沒事，學妹。我們不會誤會的，妳不用在意。」

待她們三人離開，艾亭拉拉我的手：「念荷，妳會不會覺得那個學姊最後說的那句話很奇怪？」

「妳也有聽到？」我的心跳快了一拍。

「有啊。她那句話聽起來，像是希望妳跟宋任愷真有什麼曖昧關係似的，而且另外兩個學姊的態度也避重就輕。」她仔細觀察我的臉色，「念荷，妳有什麼頭緒嗎？」

我神情微僵，輕輕搖頭。

儘管那天學姊們態度和緩，卻仍讓我餘悸猶存。

要是哪天又被撞見我跟宋任愷一同進出圖書館，必然會引起不必要的誤會，我決定風波平息前都要遠離圖書館。

一個月後，艾亭在深夜裡打電話給我。

連招呼都沒打，艾亭劈頭就說：「念荷，聽說宋任愷和余茉莉分手了！」

我腦中一片空白，幾乎不能思考。

「是眞的嗎？妳是從哪聽來的？」我喉嚨乾澀。

「我認識的學姊和余茉莉還算熟，我剛和學姊聊天，話題中提到她，結果學姊居然說，她和宋任愷好像分手了！」

即使是茉莉學姊的熟人所言，我仍不敢盡信，「可是，都說了只是『好像』，不能確定這消息是否屬實。妳學姊有說他們爲什麼會分手嗎？」

「我來不及問，一聽到這個消息，我就急著通知妳。我現在去跟學姊確認，然後再跟妳說。」接著她話鋒一轉，「念荷，我知道妳還喜歡宋任愷。假使他們眞的分手了，妳要怎麼辦？」

怎麼辦？

艾亭問得猝不及防，我還來不及回應，恰巧敲門聲響起。

「念荷，很晚了，妳怎麼還在講電話呢？」媽媽輕斥。

擔心媽媽會生氣，我倉促回道：「艾亭約我明天早上在學校附近吃早餐，現在正好講完電話，要睡了！」

說完，我迅速關上桌上的檯燈，躲進被窩，悄聲對電話另一頭的艾亭說：「我們明天再聊，好嗎？」

「嗯，乾脆明天一起去吃早餐吧，去最近新開的那間店，七點鐘見。」她切掉通話。

那一晚，我幾乎徹夜未眠。

隔天睜開眼睛，首先浮現在腦中的，是艾亭問我的那個問題。

我提早抵達早餐店，此時天空降下雨來，一群等候點餐的學生站在遮雨棚下排隊。爲了節省時間，不等艾亭到來，我便先排隊點餐，等我點完兩人份的餐點，準備結帳時，卻怎麼都找不到錢包。

我身後還排著一長串人龍，感覺到背後射來一道道不耐的目光，我心中更慌了，然而不管我怎麼翻找書包，就是不見錢包的蹤影。

就在我急得快哭出來時，有人伸手遞過一張百元鈔給老闆，溫聲說：「老闆，我先幫她付。」

我愣然看去，是茉莉學姊。

她接過找回的零錢，對我微微一笑，轉身走到隊伍末端，重新排隊。

店內座無虛席，我一點完餐，恰巧有兩名學生起身離開，我連忙入座。

等候餐點的同時，我不時偷瞄隊伍裡的茉莉學姊。

大概是因爲昨夜沒睡好，醒來後心神恍惚，才會忘了帶錢包出門吧。如果茉莉學姊沒有及時伸出援手，我眞不知道該怎麼辦。

茉莉學姊終於點完餐，她手裡拿著一杯豆漿，環顧店內一圈，視線在我這兒停下，而後筆直向我走來。

她瞥了一眼我用來幫艾亭占位子的書包，親切地問：「學妹，這裡有人坐了嗎？」

想到她剛才幫了我，我無論如何都無法拒絕。

我匆匆將書包拿開，吶吶地回：「這是我幫朋友占的位子，不過她還沒來，學姊妳可以先坐，沒關係。」

「謝謝。」她輕輕一笑，拉開椅子坐下，「我忘了帶傘，雨又下得這麼大，希望等一下雨勢能變得小些。妳放心，我會盡量吃快一點，把位子還給妳朋友。」

此時，店員將我點的餐點，以及茉莉學姊點的蘿蔔糕送上桌來。

茉莉學姊立刻津津有味地吃起蘿蔔糕來，我卻有些坐立難安，又不知道該跟她聊些什麼，最後索性默默用餐。

「這家的油條蛋餅好吃嗎？」茉莉學姊突然問。

我過了三秒才反應過來，她問的是我正在吃的早餐。

「我、我覺得不錯，油條蛋餅好像是這間店的招牌，學姊沒吃過嗎？」

「沒有耶，雖然看起來很美味，可是我還是不敢吃。」她語帶惋惜，「我小時候對雞蛋過敏，曾經不小心誤食半熟的炒蛋，吃完全身起紅疹，頭暈目眩，還吐個不停。經歷過兩三次後，我便對雞蛋有了陰影，就算現在已經不會再對雞蛋過敏，但我仍清楚記得被送往醫院急救的痛苦回憶，至今不敢輕易再碰。」

我不由得看向她面前的蘿蔔糕，並想起一件事。

「學姊，剛才謝謝妳幫我付錢，我會盡快把錢還妳。」

「啊，不用了。」她稍稍傾身，湊到我耳邊說：「其實我早上在路上撿到兩百塊，我用那筆錢付掉了我和妳的早餐費，也把剩下的零錢投進櫃台的愛心箱。既然那不是我的錢，妳也用不著還我了。」

她眼裡流露出的俏皮笑意，讓我喉嚨驀地一梗，再也吃不下任何東西。

當她吃完最後一塊蘿蔔糕，也恰巧發現認識的人，她高聲叫住一位剛買好早餐的女同學，對方手裡拿著一把雨傘。

茉莉學姊離去前不忘跟我揮手道別，我愣愣地看著她逐漸走遠的背影出神。

此刻，我的肩膀被人輕輕一拍，抬頭一看，艾亭已經站在桌邊。

「念荷，妳還好吧？」她語氣緊張，「我一進來就看到妳和余茉莉坐在一起，嚇得心臟都快停了。因爲妳們正在交談，所以我沒有立刻過來。她跟妳說了什麼嗎？是不是在問妳宋任愷的事？」

我搖頭，「學姊什麼也沒問我，只是隨便聊了幾句。」

艾亭在我對面坐下，仔細觀察我的神色，「那妳……想清楚了嗎？」

我有些侷促，「我不知道，又不能確定分手的消息是不是眞……」

「是眞的。」她篤定地道：「昨晚和妳通完電話，我馬上跟學姊確認過了。她向余茉莉的死黨打聽，證實兩人已經分手，而且對方還透露了一點他們分手的原因。」

「原因是什麼？」我不由得心跳加速。

「據說是宋任愷的問題，好像是跟他家中長期無法解決的某件事有關。」

「家中長期無法解決的某件事……難道是欠債之類的？」我擅自臆測。

「不知道，說不定眞的是喔。總之，是宋任愷提分手的，聽說他們分手之後不僅不再見面，也沒有聯絡，分得乾乾淨淨，連朋友都不是了耶！」

艾亭一邊吃起我爲她買的油條蛋餅，一邊感嘆萬千：「學姊說，他們兩個從小學三年級就在一起了，妳能相信嗎？小學三年級耶！如果不是因爲其中誰對感情不忠，導致撕破臉，有必要斷得這麼徹底，連朋友都做不成嗎？即便沒有背叛，純粹只是感情淡了才分手，但連朋友都不能做也太可悲。如果我是余茉莉，我一定會覺得心灰意冷。」

回想茉莉學姊方才的一顰一笑，我茫然道：「可是茉莉學姊看起來一點也不傷心。」

艾亭將一塊蛋餅送進嘴裡，「應該只是沒有在妳面前表現出來吧。雖然不知道她是不是因爲妳和宋任愷走得很近，才故意接近妳，不過我除了同情她，也有點欣賞她了。她什麼都沒問妳，也不像是在對妳施壓，這樣反而讓我覺得宋任愷很殘忍，想不到看起來那樣溫和的一個人，對八年的感情會做得這麼絕。」

「他不是那麼冷血的人，他會這麼做，一定是有不得已的原因！」我不禁爲宋任愷辯護。

我清楚記得過去他談及茉莉學姊時的溫柔眼神，以及決定與她分手時的黯然面容，因此我難以接受艾亭如此評論他。

我的反應似是嚇到了艾亭，她趕緊改口。

「也、也是啦。我不該在還不明眞相的情況下，就隨便說宋任愷的壞話，抱歉。」

她小心翼翼地覷著我，「可是念荷，我想余茉莉也不是眞的不傷心。學姊告訴我，他們剛分手的那段期間，偶爾會看到余茉莉眼睛紅紅的。也許宋任愷提出分手，其實傷她非常深喔。」

我點點頭，垂下頭低聲說：「我也不是認爲茉莉學姊會無動於衷，我只是……」

艾亭輕撫我的肩，「我知道啦，妳也別想太多，還是先把蛋餅吃完吧，不然就要遲到了。」

老實說，不光是艾亭，我也很想知道自己接下來會怎麼做。

宋任愷想和茉莉學姊分手這件事，他只告訴我一個人，最後也眞的這麼做了。

學校有不少人將我和宋任愷的親近看在眼裡，但這段日子以來，我並沒有因爲宋任愷與茉莉學姊分手而被人質疑，也沒聽到什麼不好的傳言，就連上次在福利社碰見的那幾位學姊，都沒再來找我說過什麼。

他們分手的消息，並未引起太大的討論，似乎只有少數幾個熟人知情，且誰也沒有刻意張揚。

有時候我不禁會懷疑，這一切其實只是誤傳，並非事實。

我不僅一次想聯絡宋任愷，卻一直提不起勇氣，只能被動等待下次的偶遇，於是我又開始去圖書館了，心心念念期盼著下一秒就能遇見他。

這個願望很快就實現了。

當我瞥見他的身影出現在圖書館頂樓時，我還以爲是自己眼花。

「妳也來啦？」他驚訝地眨眨眼。

我迷迷糊糊地點頭，情不自禁地從門裡踏出去，與他一同站在燦爛的陽光下。

「我以為你不會再來這裡了。」我的呼吸有些不穩。

「怎麼會？我只是有一陣子沒過來而已。之前天氣一直不大好，難得碰上大晴天，我忍不住上來曬曬太陽。」他愜意地伸了個懶腰，指向對面的校舍，「妳看過藤蔓上開的花了嗎？是不是很漂亮？」

「嗯。」

對我來說，比起那些花兒，此刻他被陽光照亮的笑顏，才是最最美麗的。

注意到我的沉默和欲言又止，他問：「怎麼了？妳想跟我說什麼嗎？」

我點點頭，「上一次見面的時候……你跟我說要跟茉莉學姊分手，後來怎麼樣了呢？」

我不想讓他知道我是從別人口中聽說這件事的，因此我直接問他。

「喔。」他的神情沒什麼變化，「我們分手了，托妳的福。」

「托我的福？」我錯愕不已。

「啊，不是不是，我說話跳得太快，對不起！」他慌張地澄清，「我的意思是，這件事我已經考慮了很久，只是猶豫著沒有付諸行動，我會告訴妳，就是想逼自己下定決心。這樣往後每次再見到妳，等於提醒我自己，不能再逃避，一定要和她分手。」

我沒料到他之所以告訴我那個祕密，竟是出於這個理由，登時啞口無言。

宋任愷小心留意我的表情，再次慎重地道歉：「對不起，我這麼做，可能會讓妳感到不舒服，但我沒有任何惡意。這件事跟妳沒有關係，我只是需要一個推動我的力量，所以希望妳不要有……因爲妳，我和茉莉才會分手的想法，好嗎？」

我心中百感交集，不知該作何反應。

「可是你爲什麼會選擇告訴我呢？」爲什麼是我而不是別人？

「因爲……我覺得自己和妳挺聊得來，也滿投緣的。雖然認識不久，不過我認爲妳很值得信賴。我不像茉莉有許多知心好友，平常也不會跟誰談論感情問題，所以……」他難爲情地撓撓臉。

即使他還在苦思該要怎麼表達才恰當，我已能感受到他的眞誠。他是眞的信任我，相信我不會將祕密洩漏出去，才願意告訴我。這讓我很高興。

我只想繼續沉浸在這樣的心情之中，暫且不想探問其他內幕。

「那你現在還好嗎？」我問他。

「嗯，我很好。」宋任愷微微一笑。

除此之外，他什麼都沒再多說。

與他一前一後走下圖書館的樓梯，我望著他的背影問：「你最近還會再來嗎？」

「不曉得耶，怎麼了嗎？」他沒有停下腳步。

「沒有，只是問問。」我依舊不敢告訴他，自己很想再見到他。

宋任愷突然回頭，「不然這樣，如果我哪天想過來了，我就傳訊息通知妳。」

我心中一震，「眞的？」

「對啊，妳也很喜歡上來頂樓吧？既然這樣，偶爾一起聚在這裡聊聊天也不錯。」

我強壓住內心的激動，卻無法忍住鼻間湧上的酸楚。

晚上回到家裡，我撥電話給艾亭。

「艾亭，如果我說……我對宋任愷的感情沒有改變，並且還想留在他的身邊，妳會怎麼想？」我忐忑地說出自己的心情，「我可以這麼做嗎？」

電話另一頭的她沒有即刻回應，像是陷入了苦思。

「這個……既然宋任愷和余茉莉都分手了，沒人可以阻止妳喜歡他，只要妳不介意別人的想法就好。畢竟知道他們分手的人不多，要是妳經常跟宋任愷在一起，說不定會被有心人造謠，最後傳進余茉莉耳裡唷。」

聽到茉莉學姊的名字，我的呼吸一滯。

當我想起她的親切溫柔，想起她曾那樣義不容辭地幫助陌生的我，我的心竟微微抽痛。

要是那天沒在早餐店遇到她，或許我心中的掙扎不會如此強烈。

我不敢猜測要是茉莉學姊知道我喜歡宋任愷，心裡會怎麼想？又會用怎樣的眼光看我？

要是她依然喜歡宋任愷，那麼我的心意和行爲，是不是會對她造成二次傷害？

愈想愈徬徨的我，不知不覺竟淚盈於睫。

「艾亭，我真的不願意傷害茉莉學姊，可是我發現自己好像比以前更喜歡宋任愷了，要是以後不能再見到他，我會很難過。如果我不顧茉莉學姊，執意留在他身邊，妳會覺得我很過分嗎？」

艾亭不疾不徐地說：「念荷，妳想太多了啦。既然妳跟宋任愷還是朋友，持續碰面也是很正常的呀。除非宋任愷也喜歡上妳，決定跟妳交往，否則妳根本不需要對茉莉學姊這麼戒慎恐懼，妳就像普通朋友那樣跟宋任愷相處就好了，千萬別給自己太大的壓力，好嗎？」

艾亭這番話點醒了我，也讓我不再那麼糾結。

我確實太在乎茉莉學姊的存在，才會處處顧慮她，擔心自己走的每一步都會踩踏在對方的傷口之上。

她和宋任愷一同走過如此漫長的歲月，我不認爲他們是因爲對彼此的感情不再，才會分手，況且即使他們已經分手，我也不覺得自己比茉莉學姊更靠近他。

我還能有再前進一步的機會嗎？

是否等到茉莉學姊的影子逐漸從宋任愷心裡淡去，而我也不再對茉莉學姊如此耿耿於懷的那一天，我就能期待那些過去從來不敢期待的事？

✦

「唐念荷，我聽說了唷。」

曾經託我幫忙送情書給宋學長的游彩青，走到我和艾亭面前，眼神寫滿八卦。

「聽說什麼？」我愣愣地問。

「妳跟二年級宋任愷的事呀，聽說他會跟余茉莉分手，是因爲妳的關係，這是眞的嗎？你們已經交往了嗎？」

艾亭馬上駁斥：「喂，妳別隨便亂講話好嗎？」

「我哪有亂講？我聽到的就是這樣啊。欸，難道自從妳送錯信後，你們兩個因此勾搭上了？」

「什麼勾搭？有必要講得這麼難聽嗎？」艾亭更不高興了。

「事實如此啊。宋任愷和余茉莉本來交往得好好的，後來卻爆出他經常跟念荷私下見面，沒過多久，就傳出他和余茉莉分手的消息，這不等於是念荷介入的緣故嗎？」

我一時百口莫辯，不知道該怎麼反駁。

「那只是妳的揣測，根本不是事實，妳這樣胡亂造謠實在很缺德！」艾亭忍不住開罵。

「葉艾亭妳很奇怪，又不是在問妳，妳幹麼一直插嘴？」游彩青也火大了。

「妳莫名其妙跑來對念荷胡言亂語才不禮貌！」

「哪會？我只是覺得要是念荷和宋任愷真的在交往，那不就是我促成的嗎？」她激賞地推了下我的肩膀，「念荷妳真強，宋任愷和余茉莉在一起這麼多年，妳轉學過來還不到一個學期，居然就把他搶過來了。妳表面上看起來乖乖的，沒想到手段這麼厲害，妳現在應該很感謝我當初請妳送信吧？不然妳也不會有機會認識宋任愷，不是嗎？」

「妳還好意思提送信的事？妳自己沒膽送情書給三年級的宋任愷，利用我還不夠，竟想拖念荷下水，臉皮再厚也該有個限度。妳就是這樣我行我素，才會被三年級的學姊修理。活該！」艾亭氣得口不擇言。

游彩青的臉色瞬間漲紅，狠狠瞪了艾亭一眼，甩頭就走。

游彩青剛剛說話的時候完全沒有壓低音量，周圍不少同學都聽到了，有幾個女生陸續朝我投來探究的目光。

距離上次和宋任愷碰面才過沒幾天，沒想到已經有謠言出現了，我既錯愕又無奈。

隔天，艾亭下課時間來找我，臉上寫滿心虛。

「怎麼了？」我眨眨眼。

她嘴角微微一撇，指了指獨自站在走廊上玩手機的游彩青。

「妳知道她做了什麼好事嗎？」

我搖頭。

她嘆了口氣，「上一堂下課，游彩青跑去余茉莉班上跟她說，妳在送錯信給宋任愷之後，就偷偷跟他來往。」

「怎麼會……」我如墜冰窟，全身漫上一片寒意，「那茉莉學姊有什麼反應？她是不是很生氣？」

「生氣的是余茉莉那群朋友，游彩青一告完狀，馬上被她們臭罵一頓，我學姊當時正好在她們班，她剛剛傳訊息告訴我這件事。」艾亭一副過意不去的樣子，「都是我昨天那樣不客氣地嗆她，她才故意去找余茉莉說三道四。是我害了妳，對不起。」

我搖搖頭，艾亭並沒有做錯什麼。

「……茉莉學姊不覺得氣憤？」我遲疑地問。

「學姊說余茉莉的態度始終都很冷靜，一點也沒有因爲游彩青那番話而受到影響。」她匪夷所思地說完，忍不住扭頭再次瞪向游彩青，「她好像永遠都學不會教訓耶，她就是個性這麼差勁，才沒有人願意接近她。」

此時，我放在抽屜裡的手機忽然一震，有人傳訊息給我，我緩緩拿出手機點開。

「我今天會過去，妳能來嗎？我有話跟妳說。」

我愣愣地望著那則訊息，艾亭很快從我神色中看出端倪。

「是宋任愷？」她悄聲問。

我點點頭。

「怎麼了嗎？」她又問。

「他說有話要跟我說。」我抬頭看她。

艾亭臉上的表情有些微妙，有好奇，也有猶豫，不知道是不是想勸我不要在這時候再和他私下碰面。

中午用餐時間，我獨自前往圖書館，途中盡量避開人群。

輕手輕腳來到四樓，資料室門外沒有人，通往頂樓的那扇鐵門卻是半開著的。

我緩步走過去，宋任愷一見到是我，連忙對我招手，我才走出門外，他立即用鐵棍將門把扣住。

「方才有人告訴我，你們班有人跑去找茉莉，跟她說了我們的事。」他開門見山說道：「是不是當初託妳送信給宋學長的那個女生？我對她的名字有印象。」

「嗯，她昨天和我發生了一些衝突，因此存心向茉莉學姊說起我們認識的經過，還說我們暗中往來，我也是早上才知道這件事。」我尷尬萬分，「對不起，我讓事情變成這樣。」

「這不是妳的錯，不用道歉。我只是擔心妳同學那麼一鬧，會造成妳的麻煩，所以想當面跟妳談談，順便關心妳的情況。」他莞爾。

「但要是茉莉學姊因此難過……」

「喔，這倒是無妨，我們已經沒有關係了，所以她不會難過的。」

宋任愷的回答著實出乎我的意料。

他口吻平淡，眼神平靜無波，像是已不再將茉莉學姊放在心上。比起茉莉學姊可能面對的難堪，現在的他似乎更在乎我的處境。

從艾亭的敘述聽來，茉莉學姊在聽聞我和宋任愷的事時，反應也差不多。

八年的光陰，在這兩人的心中，連一絲一毫的情分都沒能留下？

他們眞的已經不在乎對方了？

「怎麼了？」發現我一直在看他，宋任愷眨眨眼。

「我……不明白。」我無法不問出口，「你不關心茉莉學姊了嗎？而且你怎麼知道她不會難過呢？」

「我就是知道，茉莉也知道我不會難過的。」

「這怎麼可能呢？」我忍不住脫口而出，「你明明就那麼喜歡、那麼珍惜茉莉學姊，我都看得出來。我不知道茉莉學姊是怎麼想的，但我不相信你眞的不會難過，你爲什麼要說出這種謊話呢？」

突地湧上的悲傷使我鼻間一酸，我卻不曉得自己究竟是在爲誰難過。

注意到我眼眶紅了，宋任愷沒再作聲，只是木然地看著我。

直到放學，我都還在爲自己質問宋任愷的行爲懊悔不已。

再怎麼樣，我都不該說出那些像是在教訓他的話，但是宋任愷表現得愈是雲淡風輕，過去他談起茉莉學姊時的萬般柔情，就愈是歷歷在目，那樣的眼神不可能是裝出來的。一意識到這一點，我心中莫名感到強烈的悲傷，那份悲傷甚至大過我的私欲。

我慢慢察覺到，我之所以會這麼難過，是因爲他在我面前掩飾了他眞實的想法，表示他並非百分之百信任我。而這個認知，對於自以爲在他心裡已經有那麼點不一樣的我來說，是一種打擊。

後來當我與茉莉學姊在校園裡偶遇，我會躲開她的目光，或者刻意繞路，與她保持距離；她似乎也是如此。

茉莉學姊知道了我和宋任愷的事，但她從未主動來跟我說什麼，或是讓誰來傳話。奇怪的是，我不認爲茉莉學姊是因爲厭惡才迴避我，反而覺得她是爲了不讓我尷尬難堪，所以選擇不打擾我。

直到現在，茉莉學姊在我心中的形象，仍如最初一樣美好。

與宋任愷不歡而散的一星期後，我和艾亭正要回家，與他在校門口巧遇。

他撐著一把鐵灰色的雨傘，褲管已被雨水打濕，目光定定地看著我。

「學妹。」

他嘴角浮現的淺淺笑意，令我怔然。

據說有些情侶在一起久了，會有夫妻臉。

不知道是否因爲他和茉莉學姊曾交往多年，他這一刻的笑容，竟與茉莉學姊有幾分神似。

艾亭默默觀察我們，決定先行離開，讓我們獨處。

站在離學校不遠的一處騎樓下，我和宋任愷並肩注視著前方的雨幕。

他率先打破沉默：「妳還在生氣？」

「沒……沒有。」我垂下頭，「抱歉上次對你亂發脾氣，我……」

「沒關係，不知道爲什麼，妳對我生氣，我的心情反倒輕鬆許多。」

我轉頭看向他的側臉。

他依舊看著前方，「妳可以問我任何一個妳想知道的問題，不管是什麼問題，我一定對妳說實話。當作是我惹妳生氣的賠罪。」

我腦中瞬間閃過好多好多的疑問，我一直都渴望能知道那些問題的答案。

然而與他如此靠近的當下，那些占據心頭已久的疑問逐漸變得模糊，到最後，我甚至分不清自己最想知道的究竟是什麼。

我深深看了他許久，才啞著聲音問了句：「你有什麼遺憾嗎？」

他終於轉過頭來看我。

「雖然你已經決心與茉莉學姊形同陌路，但是在你心中，有沒有什麼你想爲她做，卻遲遲沒做的事呢？」

彷彿沒料到我會這麼問，宋任愷表情有些茫然，「妳想知道的就是這個？」

「我……現在僅能想到這麼一個問題。」我雙頰微熱，話音幾不可聞，「我知道茉莉學姊對你的意義，所以我想幫你記住你對茉莉學姊的感情，包括遺憾。」

宋任愷將目光從我身上移開，沉默一段時間後，才重新看向我。

「好，我告訴妳。」他淡淡一笑，「不過我希望妳能先跟我去一個地方。」

雨停以後，宋任愷帶我到一個意想不到的地方。

他的家。

那是一棟屋齡久遠的二層樓透天厝，門口放置不少盆栽，有一半近乎枯死。

宋任愷沒有讓我進屋，只讓我站在門口等待。

他快速從家裡拿出一個寶藍色的絨布盒，放在我的手上。

「這是什麼？」我問。

「我的『遺憾』。」他唇角微勾，「妳可以打開來看看。」

我依言開啓盒蓋，裡頭躺著一串光潔無瑕的白色珍珠項鍊。

「好漂亮。」我情不自禁讚歎，「這是你想送給茉莉學姊的禮物嗎？」

「正確地說，是我媽媽想送給她的。這條珍珠項鍊是我媽的嫁妝，她珍惜至今，爲的就是希望能在將來……我和茉莉結婚的那一天，親手爲她戴上。」

我呆愣不語。

「妳一定覺得誇張吧，我們才幾歲，我媽就想得這麼遠了。茉莉從小便與我家往來密切，我媽非常喜歡她，早就把她當作親生女兒看待，也相信我和她會一直交往下去。」

宋任愷凝視著盒裡的項鍊，「聽到妳問我的問題，坦白說我很吃驚，昨晚我恰巧想起這條項鍊，也想起我媽媽的願望，但……。這條項鍊已經不適合再留著了，我想拜託妳帶走它，現在就帶走，否則我怕晚點見到我媽的時候，我會後悔。」

我既錯愕又心慌，「這樣你媽媽不是會很傷心？而且你要我怎麼處理這條項鍊？替你保管一陣子嗎？」

宋任愷尚未回答，忽然視線越過我，臉上有幾分意外，我也跟著回頭。

一個穿著我們學校制服的女孩站在我身後不遠處。

她嘴巴抿得緊緊的，神色陰冷地看著我，咬牙切齒問：「妳是誰？」

女孩表現出的強烈敵意令我顫慄，下意識後退一步，不慎踢倒一個盆栽。

「妳踢到了！」女孩像是被踩到尾巴的貓咪，瞪大眼睛高聲尖叫：「妳踢倒了我的花！」

下一秒女孩衝上前來就要對我拳打腳踢，宋任愷及時擋在我身前，女孩的拳頭狠狠落在他的背上，我聽見他齒縫迸出一聲低嗚。

「宋任愷，你沒事吧？」我嚇壞了，趕緊扶住他。

「我沒事，學妹妳先回去，快點離開這裡！」他推開我，然後抱住狀若癲狂的女孩，將她帶回屋裡。

門被重重關上，我沒再聽到女孩的聲音。

一回到家裡，媽媽見到我立刻問我怎麼了，我才知道自己掛了彩。我的左臉被女孩的指甲刮出一道長約兩公分的傷口，滲出一些血，我騙媽媽說是在學校不小心被紙刮傷，免得她擔心。

當天晚上，我坐在書桌前，看著放在桌上的項鍊盒和手機，靜候宋任愷的來電。我有預感他今晚會與我聯繫。

果不其然，他的名字一出現在手機螢幕裡，我迅速接起：「喂？」

「學妹，對不起！」宋任愷劈頭就忙不迭地道歉，「眞的非常抱歉，妳有沒有受傷？我沒想到我家人會突然回來，眞的很對不起！」

「沒關係，只是一點點擦傷，過一兩天就會好。」稍早還心有餘悸，聽到他這般爲我擔心，便覺得也不算什麼了。「那你嗎？你有受傷嗎？」

「沒有，我沒事。」他再次愼重道歉，「對不起，居然讓妳碰上這種事，我會想辦法補償妳。」

「眞的沒關係啦。」我忍不住好奇，「那個女孩是你妹妹？我沒有印象在學校看過她。」

「她沒有上學。」

「咦？可是她穿著我們學校的制服……」我忽地打住話，察覺內情可能不單純，於是生硬地改口：「那、那個，珍珠項鍊要怎麼處理？就這樣放在我這兒好嗎？我什麼時候還給你？」

「不用還了，我告訴我媽，家裡遭了小偷，幾樣值錢的東西都被偷了，包括那條珍珠項鍊。我刻意將她房內的擺設、抽屜弄亂，營造出小偷翻箱倒櫃的樣子，這樣我媽才不至於起疑。」

他述說自己是如何說謊時，語調與平時無異，令我心生詫異。

他接著又說：「那條珍珠項鍊就送給妳，妳想怎麼處置都行，丟掉也沒有關係。」

我聽得呆若木雞。

丟掉？他是認眞的嗎？

「不過有件事，我想請妳幫忙，我保證這是最後一次麻煩妳。」

「什麼事？」我馬上問他。

「我妹告訴我媽妳來過我家，她知道我妹對妳不禮貌，希望能當面向妳道歉。明天放學後妳若不急著回家，可以到我家坐一下嗎？不會耽誤妳太多時間的。」

我沒想到事情會如此發展。

翌日放學，我和宋任愷相約在昨天的騎樓碰面，再一同去他家。

途中他特別拜託我幾件事：他要我假裝是茉莉學姊的朋友，因爲他是這樣跟他媽媽解釋的；最重要的是，絕對別讓他媽媽知道他和茉莉學姊已經分手。

我懷抱著滿腹來不及問出口的疑問，來到宋任愷的家。

個子嬌小、面容和善的宋媽媽一聽到兒子的叫喚，立即熱切地上前迎接我，不過她似乎行走不便，步伐有些遲緩。

我在客廳坐下，宋任愷的妹妹宋嘉玟則站在另一邊的餐桌旁。

儘管女孩看向我的神情充滿憤恨，卻也沒再像昨天那樣張牙舞爪地撲過來。她仍穿著跟我一樣的制服，兩隻光溜溜的腳丫子在磁磚地板上不安分地扭動。

「妳的臉是被我女兒弄傷的吧？眞的很對不起。」宋媽媽臉上寫滿愧疚

我安慰宋媽媽這只是小傷，並無大礙。

我留意到，宋媽媽和宋任愷長得實在很像，氣質也頗爲相似，尤其一雙眼睛宛如同個模子刻出來似的。

「傷口還痛嗎？來阿姨房間，我幫妳看一下。任愷，你把媽媽買回來的點心拿出來，等等給你學妹吃。」

當我跟著宋媽媽離開客廳，宋任愷同時給了我一記意味不明的眼神。

進到房間後，宋媽媽並沒有爲我查看傷口。

她一反方才的從容，全身籠罩上一股濃烈的不安。

「妳叫念荷嗎？」

我輕輕點頭。

她緊接著說：「那個……阿姨冒昧問一下，任愷說妳認識茉莉，妳可不可以告訴我茉莉最近在忙些什麼？妳有見到她嗎？」

我恍然大悟，宋媽媽是爲了向我探聽茉莉學姊的消息，於是找了個藉口與我獨處。宋任愷八成早就知道他媽媽的盤算，方對我使眼色。

「有，我前幾天才見過茉莉學姊。」我搬出事先和宋任愷套好的說詞，「她近來事情比較多，要參加社團，還要補習，每天都忙得昏天暗地。」

宋媽媽一聽，緊蹙的眉頭稍稍鬆了些，「眞的是這樣嗎？可是這陣子我打電話給她，不知爲何總是打不通，以前從來不會這樣啊。」

「喔，那是因爲學姊的手機不小心摔壞了，偏偏她上回期中考成績退步，她爸媽很不高興，說要等她下次考到好成績，才肯買新手機給她，她現在不但手機不能用，假日也被禁足在家。」

宋媽媽頻頻點頭，眼中露出憐惜之色。

眼看時機成熟，我從外套口袋掏出一包話梅遞過去，「這是茉莉學姊請我帶來的，她知道我今天前來拜訪，特地請我轉交。她說妳最喜歡吃這個了，還要我替她向妳道歉，這段時間沒辦法來看妳，請妳好好保重身體。」

最後一絲焦慮從宋媽媽臉上退去，她笑得瞇起眼睛，欣喜的神韻與宋任愷如出一轍。

她接過話梅之後，又緊張地開口：「念荷，請妳幫阿姨一個忙，別告訴宋任愷我們的對話，不然他一定會生氣。之前我也問過他，他的回答跟妳一樣，可是我還是很擔心，怕他和茉莉之間發生了什麼事，不敢讓我知道。現在聽妳這麼說，我就放心了。」

見宋媽媽打消了懷疑的念頭，我暗自鬆了口氣，心中卻也生出一絲罪惡感。不知是我受傷的事令她自責，還是從我這裡收到茉莉學姊的關心，令她大喜過望，宋媽媽熱情地留我吃晚飯。

想到剛才對她說謊，我不忍見到她失望的樣子，下意識便答應了她，連宋任愷都頗爲意外。

宋媽媽忙著在廚房準備晚餐，並吩咐宋任愷去買一份鴨肉回來加菜，而宋嘉玟則自顧自地蹲在門前那列盆栽旁邊。

她仍光著雙腳，也沒穿外套，涼風吹在她單薄的身軀上，她微微瑟縮了下。我看得出她仍然對我相當排斥，於是格外小心翼翼地走近，在距離她三步遠處便停下，她正在端詳其中一盆盆栽。

那是一株剛萌芽的幼苗，葉片無精打采地垂下，盆底土壤乾裂。

遲疑了一會兒，我終究輕聲開口：「妳不替它澆水嗎？」

女孩肩膀一動，還是不肯轉頭，「不能澆。」

「爲什麼不能澆？」

「因爲這是茉莉種的花。」她悶悶不樂地嘟囔，「所以只有茉莉才能澆水。」

凝視她瘦弱的背影半晌，我用誘勸小孩的口吻繼續說：「可是，再不澆水，這株幼苗就會死掉。茉莉學姊知道了，說不定會很難過，我想她一定希望妳能在她不在的時候，替她好好照顧這盆花。」

宋嘉玟稍微側過臉，斜眼朝我看來。

見她似乎有點動搖，我馬上從屋裡拿出自己的水壺和手機，再到她身邊蹲下。

「我們一起幫它澆水，然後拍下來給茉莉學姊看，讓她知道妳幫她照顧花，好不好？」

她表情放鬆，看我的眼神不再充滿敵意，「茉莉她會看到嗎？」

「會呀，妳來澆水，我幫妳拍照，明天我就把照片拿給茉莉學姊看。」

宋嘉玟首次對我展露笑容，一把搶過我的水壺，開心地澆水。宋任愷回來見到我們兩人有說有笑地爲花拍照，臉上再度浮現意外之色。

與宋任愷的家人用完餐後，他還送我去搭捷運，讓我心中飄飄然的，十分珍惜這難得的際遇。而且他妹妹也不像初次見面時那般討厭我了，離開前，她還笑著囑咐我一定要把照片拿給茉莉學姊看。

「學妹，今天非常謝謝妳。」宋任愷對我說。

「不用客氣啦。」我迎向他的目光，他的眼睛眞的很像他媽媽，「就如你所說的那樣，你媽媽疑心你和茉莉學姊的關係生變，如果沒有事先套好說詞，並且送上那包話梅，也許你媽媽還是不會相信。」

「她會懷疑也是正常的，茉莉已經有好一段時間沒來我家了，連一通電話都沒打來，加上我又突然帶另一個女生回家，她當然會存疑。我只好宣稱妳是茉莉的朋友，茉莉託我拿東西託給妳，我卻忘了帶去學校，昨天才會直接讓妳來家裡拿，不料碰上家裡遭小偷。」

路燈映照在宋任愷的側臉上，讓他頰邊的線條分外柔和，「我知道我媽要求見妳，是為了詢問茉莉的事，很抱歉讓妳不得不跟著我說謊。妳毋須覺得歉疚，不管是我媽還是我妹，目前都還需要這樣的謊話，我會讓她們漸漸習慣沒有茉莉的日子。多虧有妳，才能有好的開始。」

「可是在那之前，你媽媽也許就會先察覺不對了。」我提出心中的隱憂。

「我當然知道這不是長久之計，不過現階段讓我媽得知眞相，對她的打擊會非常大，我不敢冒險。妳的幫忙讓我多了不少應變的時間，我多少有點信心了。」

我胸口一緊，「你打算怎麼做？」

「目前還沒有確切的計畫，走一步算一步吧。」他抬頭仰望完全暗下來的天空，注意到我的表情，他笑了起來，「妳不用擔心啦，沒事的。我和茉莉的事已經給妳添了不少困擾，我不會再麻煩妳做什麼了，所以妳不要有壓力，已經結束了。」

結束了。

我不斷咀嚼著這三個字。

眼看捷運站就快到了，我卻還有好多話想問他，心下愈來愈焦慮。我有種預感，要是現在不問，也許今後他什麼都不會再告訴我了。

「你妹妹她……」心急之下，我沒多想便問：「她跟我們差不多大吧？如果她沒上學，為什麼身上會穿著我們學校的制服？」

「喔，她之前看茉莉穿制服，就想和她穿得一模一樣，於是茉莉送了一套全新的制服給她。我妹小妳一歲，每天都在期待明年能和茉莉上同一所高中，跟她一起上下學。」他嘴角微微一撇，「不過這當然是不可能的事，妳應該知道爲什麼吧？」

我輕輕點頭，字斟句酌地問：「她一直都是這樣嗎？」

「嗯，從小就是這樣，即使已經十五歲，我妹的心智年齡卻不到五歲，無法控制自己的情緒和行爲，隨時會做出像昨天那樣過激的舉動。」

我難以想像每天都要照顧這樣一個人會有多辛苦，吶吶地回了一句：「你們……很不容易吧？」

他笑著看了我一眼，「我習慣了，不過我媽一年前小中風後，行動變得不太方便，幸好沒再惡化。我不在的時候，她還是可以獨自照顧我妹，只是比以前累一點罷了。」

我沒有再問下去。

直到抵達捷運站，我才開口。

「我們……」我努力不讓紊亂的心跳影響此刻的勇氣，「以後如果在學校圖書館碰面，希望你還願意對我說起這些，你不用煩惱會造成我的負擔，我只是覺得你媽媽人很親切，對我又很好，所以我想關心她，包括你妹妹。」

我緊張得口乾舌燥，「若有我能幫得上忙的地方，你還是可以跟我說，就算是發發牢騷、吐吐苦水也行。假如你信任我，眞當我是朋友，就千萬不要跟我客氣。請你一定要……加油。」

宋任愷定在我臉上的目光，讓我雙頰的溫度愈來愈高，最後兩個字說得宛如蚊鳴。

「嗯，我會加油。」

但他還是聽見了。

他笑容燦爛，「謝謝妳。」

我無法忘懷今天發生的一切。

踏進家門，爸媽正在客廳看電視。

「回來啦？今天妳和艾亭吃飯吃得有點晚，快去洗澡吧。洗完澡媽媽泡杯牛奶給妳喝。」媽媽柔聲說。

我靜靜望著爸媽片刻，上前張開雙臂擁抱他們。

爸爸訝異道：「念荷，怎麼了？發生什麼事了嗎？」

「沒什麼啦，就是突然想抱抱你們。」我眼眶微熱，聲音沙啞，「謝謝爸媽給了我健康的身體，也謝謝你們向來這麼健康，今後你們也要健健康康下去喔。」

「這孩子今天是怎麼了？」媽媽忍俊不禁地笑了出來，卻也感動地摸摸我的頭，「我和妳爸會一直健健康康到妳結婚生子，親眼看見妳過得幸福又快樂，放心吧。」

縱然我心中對於宋任愷還存有許多問號，可是現在的我已不再著急。

只要宋任愷身陷困境時會想到我，並且開口說需要我，我就會繼續待在他身邊，成爲支持他的力量。

見到他最後對我露出的那抹微笑時，我便如此決定。

第六章　孫一緯

楊於葳提供的小說題材，簡言之，就是一個女孩暗戀著身世坎坷的學長。

我一路默默聽到她說學長有個行動不便的母親，以及智能不足的妹妹時，方插嘴提問。

「學長之所以和女友分手，主因就是他的妹妹吧？」

楊於葳眼眸發亮，語帶欽佩，「孫一緯你眞聰明，你怎麼知道？」

「這不難猜啊。」我淡然地回，「長期照顧病人的辛勞與痛苦，沒有親身體驗過的人無法理解，那種精神壓力會一點一滴吞噬照顧者的身心，一旦到達極限，自己也會跟著崩潰。」

她定睛看向我，「你想到你媽媽了，對不對？」

我沒正面回應，擺擺手，「那跟故事無關。妳接著往下說吧。」

「等你寫到這裡再說。」她嘿嘿笑了兩聲。

「哪有這樣的？不掌握故事的全貌我要怎麼寫？」我傻眼。

「你照我目前給你的故事大綱寫下去就好了嘛。角色名字我也先幫你想好了，這部分便用不著傷腦筋了吧？其他隨你自由發揮，我對你有信心，你沒問題的！」她對我豎起兩根大姆指。

沒問題個頭。

被她這樣胡搞，讓我覺得自己痊癒的希望更加渺茫了。

「我想放棄了。」

「不行，你連第一個字都還沒動筆耶。你想想看，要是你能藉由寫作走出陰霾，我不就是幫助你康復的最大功臣，而且還是讓你重拾創作的關鍵人物？光聽就很了不起，連我都會深深佩服自己耶！」楊於葳的語氣滿是莫名其妙的自豪與興奮。

「我也很佩服妳的厚臉皮。」這句話完全發自肺腑。

「臉皮不厚一點我們就不會變熟啦！難不成要我始終躲在遠處偷偷看你，捨棄所有靠近你的機會？現在的我可是比誰都喜歡自己的這種個性喔。要是當初不冒著被你討厭的風險，我現在根本不可能跟你一起坐在這裡，甚至分享你的心事，為你排憂解難。我從來不後悔當時走進你的教室和你搭話，我很慶幸自己有那麼做。」

她的話讓我又是一陣彆扭，伸手翻開桌上的參考書，「好聽話就不必講了。寫小說的事今天先到這裡，我要繼續念書，妳可以走了。」

「我陪你呀，我正好也想看點書！」她從背包裡抽出一本書，還是上次那本言情小說。

「妳真的有在準備考試嗎？」我懷疑地問。

「放心啦。」她一臉從容。

我不予置評，逕自做著參考書上的練習題。過了十五分鐘左右，我抬起頭來，不經意地朝楊於葳看去。

坐在窗邊看書的楊於葳被陽光包圍，長髮低垂，面容嫻靜，我很少看見這樣的她，簡直像在看著另一個人。

「妳說妳之前在日本生活？」我打破沉默。

「什麼？」她先是迷茫地看我一眼，隨即意會過來，「對呀。」

「那講幾句日文來聽聽。」

「喔嗨唷、空八哇、空妮基哇！」

「這種程度的我也會說。」

「別強人所難好嗎？雖然我曾在日本生活，但也只有很短的時間，等我回到日本，一定會再多學幾句，然後說給你聽！」她笑嘻嘻地答道。

我正眼看她，「妳會回日本？」

「當然，我爸爸在那兒呀，說不定高中畢業就會過去了。」

我方知道原來她已經想好要回日本，怪不得她身上從來沒有身爲考生的緊張感。

楊於葳直勾勾地望過來，「聽到我打算回日本，你開始捨不得我了？」

「想太多，妳去日本以後，我耳根子就清淨多了，高興都來不及。」我反應冷淡。

「騙人，你分明最怕『安靜』了。要是在我去日本之前，你的毛病還沒治好，那我肯定無法安心離開。」她嘆了口氣，語重心長地說：「孫一緯，你要加油。即便當下你身邊沒人諒解你，未來也一定會有的，在那之前，我會站在你這邊，更會永遠支持你！」

過了好一會兒，我才找回自己的聲音，「沒人諒解我也無所謂，妳也別輕易就把『永遠』掛在嘴邊，對我而言，這個詞很虛幻，沒什麼意義。再好的關係跟再好的日子，都有可能在下一秒出現變化，包括妳對我的想法。雖然現在妳不後悔接近我，但明天的妳會怎麼想，妳自己也不知道。」

「是呀。」楊於葳臉上表情絲毫未變。

她的表現著實出乎我意料，原以爲她會抱怨我過於嚴肅，或是嫌我太悲觀。

「你說得一點也沒錯。『未來』和『永遠』這兩個詞，確實都很虛幻。沒有哪個世界存在著絕不會改變的事，也沒有絕對的保證。所以這表示，我們唯一能夠掌控的，就只有『現在』而已，對不對？」她目光灼灼地盯著我。

我被她看得不甚自在，「幹麼連妳都這麼說？被我傳染了？」

「呵呵，我只是認爲你說得很有道理嘛。一直將期望放在充滿變數的未來，卻錯失此刻陪在身邊的人，眞的太得不償失了，不是嗎？」

「妳讀小說讀到走火入魔了？」我納悶地問。

她發出清脆的笑聲，而後話鋒一轉，「孫一緯，你別忘了還要教我擒拿術喔。就算要去日本，我也要等到學會擒拿術以後再走，我們說好了！」

那天，楊於葳和我在閱覽室裡待到黃昏，直到聽見她肚子的叫聲，我才驚覺窗外天色已暗。

我們再次去到了學校附近那間小吃店，楊於葳又跟著我一起叫了陽春麵，依然多點了兩顆滷蛋，也依然將其中一顆滷蛋分給我。

但是這次，我並不排斥她這個行爲。

「你眞的很喜歡陽春麵耶，都吃不膩。」

「妳還不是一樣？」我指向碗裡的滷蛋，卻見她神色一滯，手上拿著餐具一動也不動。

「怎麼了？」我一頓，「該不會又吃不下了吧？」

她笑著搖頭，「我只是在想要先吃蛋還是先吃麵。」

接著她西哩呼嚕一連吞下好幾口麵，表情也不見異狀，我便不以爲意，只是回想起她上次因爲吃撐而吐了，還是忍不住出聲提醒。

「吃不下就別勉強。」

楊於葳喜上眉梢，「聽到你關心我，一百碗麵我都吃得下！」

「少肉麻了。」我撇撇嘴，隨口問道：「我問妳，妳說的那個故事，是妳自己杜撰出來的？還是眞有其事？」

「爲什麼這麼問？」她好奇地看了過來。

「就是隱隱有這種感覺吧。妳講故事的時候，敘述得挺清楚完整的，很有畫面，就像曾經發生在妳身邊一樣。」

「那不就表示我很會說故事？」她很是得意。

「所以故事確實是虛構的？」

楊於葳沒有回答，只是不停嚼著嘴裡的麵，靈動的眼珠一轉，最後伸出兩根食指在唇前打了個叉，發出「噗噗——」的聲音。

我不解，「這是什麼意思？」

「意思是，這個問題被列入我的『祕密問題』裡，你想知道答案，就要先找到我一次，或是等你連輸五次，我再決定要不要回答你。」

「那就算了，我突然發覺這種玩法實在很沒意思，當我沒問。」我果斷放棄。

「別這樣嘛。」見我似乎決心不參與她的遊戲，她一急，馬上退讓，「好啦，只要你把故事寫出來，我就告訴你答案，絕不唬弄你，怎麼樣？」

「這還差不多。」我低哼了聲。

晚上在房間裡複習完當天的課業進度，我翻開寫著故事草稿的筆記本。

同時，想起了楊於葳跟我說的那些話。

「當然，我爸爸在那兒呀，說不定畢業後就會過去了。」

「要是在我去日本之前，你的毛病還沒治好，那我肯定無法安心離開。」

良久，我闔上筆記本，起身走向書櫃，從最上方取下一疊被我束之高閣，已經沾上一層薄灰的稿紙。

那晚，我開始動筆，書桌上的檯燈一直亮到天色發白。

✦

之後在學校，我試著想率先找到楊於葳，卻始終沒能成功。

某次朝會結束，我又在滿山滿谷的學生裡尋找她的蹤跡，卻被人從身後拍了一下。

扭頭一看，只見楊於葳對我得意大笑，「孫一緯，這是第幾次啦？」

「第五次。」我咬牙答道。

原以爲自己至少能贏三次，卻是事與願違。

這兩個禮拜，楊於葳每次都能在我發現她之前便輕拍我的肩膀贏得賭局，連續輸了她三次後，不曾把她當初發下的豪語放在心上的我，也不得不激起鬥志，時時提高警覺。

等到我五場皆輸，我一度無法接受這個事實。

「怎麼會有這種怪事？」我撫額，嘗到前所未有的挫敗感。

「由此可知孫一緯你其實一點都不關心我，沒把我放在眼裡，才會一直看不見我。」她一副傷心欲絕的樣子，還低頭掩面裝哭。

「誰說的？妳知不知道我最近每天都在想怎樣才能見到妳？」我氣惱地反駁。

楊於葳把雙手從臉上移開，兩隻眼睛笑得宛如弦月。

「孫一緯。」她嬌羞地用指尖戳戳我的手臂，「嘿嘿嘿。」

「少笑得這麼變態，離我遠一點！」避開她的手指，我掉頭就走。

她跟在我身後笑個不停：「哎唷，我只是太開心了嘛。之前我答應過，一旦你連輸五次，我就讓你反問一個問題，所以你現在可以問我任何你想知道的事，我必定如實回答。」

縱然不甘心，但想到她終於願意老實回答我的問題，我還是停下了腳步，「妳今天的體育課也是自習？」

「嗯，怎麼了？」她歪著腦袋看我。

「那就來閱覽室一趟，到時候我再問妳。」

下午第一堂課的上課鐘聲一敲響，楊於葳準時出現在閱覽室裡。

我把一小疊稿紙放到她面前，她好奇地拿起第一張讀了幾行，隨即倒抽一口大氣，雙唇微微張開。

「你把那個故事寫出來了？」她說話的音量因爲驚訝而提高。

「我只是將妳講述的內容寫下來，做了些修潤，不足的部分就自己想像，反正只要不偏離大綱就行了。在妳跟我說起這個故事的那天晚上，我便開始動筆了，可能是妳說得活靈活現，連細節都很清晰，所以我寫得挺順利的，當我意識到的時候，居然已經天亮了。之後我每天抽空寫一點，現在妳看到的是我截至目前爲止的進度。」

楊於葳像是完全沒聽到我說的話，一勁捧著那疊稿紙看。

今天燦亮的陽光依然透過窗，在她身上投下一圈難以直視的光影，我瞇著眼睛打量她，似乎見她眼圈微微發紅，卻又看得不甚眞切。

「楊於葳？」我忍不住叫她。

她總算抬眸朝我看來，露出一個有些憨傻的微笑，「抱歉，不小心看得太入迷了。孫一緯你好厲害，這個故事明明是我告訴你的，我也知道情節發展，卻還是會深受吸引，沒想到這個故事經過你的描寫，竟會讓人這麼感動。」

她坐直了身體，正色說：「謝謝你認眞做到了我們的約定，我也會誠實回答你的問題。你想知道這個故事是不是眞的對不對？我現在——」

「我不是想問這個！」我趕緊阻止她往下說，「我想問的是故事的後續。」

「後續？」

「對，我想知道後面的情節，因爲我想接續寫下去。」我深吸一口氣，「當初之所以會寫小說，是因爲妳堅持要我試試能否藉由寫作來解決我『聽不見』的毛病，儘管心中不以爲然，但我還是照著妳的話去做了。不料在寫下這個故事的過程中，過去那種壓迫感確實未再出現，我常常一寫就寫到天亮。」

我看了眼楊於葳，她也正呆愣地看著我。

「妳的方法，可能眞的奏效了。我不曉得效果能維持多久，但我決定繼續寫下去，而且我對這個故事也有些在意。如今我反而擔心故事的眞實性，會影響到我創作的心情，所以不打算先知道，妳只要告訴我接下來的發展就行了。」

我以爲楊於葳聽到這個消息，會興奮得高聲歡呼，然後得意忘形地向我邀功。

但她只是定定地看著我，眼中有什麼在閃動，彷彿是眼淚。

「太好了。」她語氣充滿欣慰，「我明白了，那我就告訴你後續，你想先知道故事的結局嗎？」

猶豫半晌，我搖頭，「妳說到哪裡，我就寫到哪裡好了。要是事先知道結局，說不定我會沒有動力寫下去。」

「說得也是，要是一下子全告訴你，你大概又會熬夜寫小說了。那麼關於故事的後續，今後只要你想問，就直接問吧，不用受遊戲限制，畢竟還是要以改善你的問題爲優先嘛！」

她接著問我：「不過你爲什麼會在意起這個故事？果然是學長這個角色讓你產生共鳴了嗎？」

這次我沒否認，「可能吧。只是比起這個學長，我更在意他的母親，寫的時候也一直想到她。」

「爲什麼？」

「……投射心理吧。我會忍不住爲她擔憂，若是她得知兒子和女友分手，是不是也會打擊過大，像我媽那樣陷入崩潰，因此我才暫時不想知道故事的眞實性，以免心情受到影響。但我又覺得故事的發展應該不至於太糟，畢竟那個學妹的出現應該有其意義，可能會爲學長一家的困境帶來轉機。」

楊於葳不置可否，只是輕輕點頭，伸手撫摸桌上的稿紙。

「孫一緯你眞老土，居然用稿紙寫，現代人大都選擇用電腦打字了吧？」她調侃我。

「囉唆。」我沒多做解釋，迅速抽回稿子，並從口袋掏出手機，「喂，把手機號碼給我，等寫完下一段進度，我就打電話通知妳。」

儘管楊於葳先前曾打過電話到我的手機，卻未顯示來電號碼。

「哪有人像你這樣跟女生要電話的？不能問得羅曼蒂克一點嗎？」

「羅妳個大頭鬼，快說啦！」

她高高翹起嘴，又用兩根食指在雙唇前打了個叉，嘴裡發出「噗噗」聲。

「妳不會連這個都要列入『祕密問題』吧？」

「嗯哼。」

「還嗯哼咧。難道連有正事找妳，我都要憑運氣等妳出現？那告訴我妳在哪一班總行了吧。」

誰知她又繼續「噗噗」。

「楊於葳！」我瞠目結舌，快被她氣得說不出話來了。

「我就是要讓孫一緯你無法隨心所欲找到我，這樣你才會明白我的重要。今天早上你說你每天都想見到我的時候，我開心得快飛上天了。所以爲了讓你不斷把我放在心上，想見我想得不得了，我決定不透露電話和班級，你也不可以暗中調查喔！」

我簡直傻眼，「妳眞的有病。」

「嘿嘿，反正你就等著我去找你吧，我保證不會讓你等太久的啦。」她歡快地說完，便迫不及待地用指節輕扣桌面，「現在要不要聽故事的後續？」

當天晚上，我坐在書桌前，疲憊地靠在椅背上，閉上眼睛，長長吁了一口氣。

將楊於葳下午述說的情節回溯一遍，一幕幕畫面在腦中翻飛，過沒多久，我睜開眼睛，拿起筆在稿紙上振筆疾書。

原本藏匿在耳朵裡，吞噬掉所有聲音的怪物，不到幾分鐘，就漸漸被我排除在意識之外。

我不清楚是專心書寫的行爲讓我得以脫離那片沉默的世界，還是楊於葳的故事引人入勝到讓我忘記怪物的存在，但我沒有多餘的時間和力氣去分辨，只想心無旁騖地寫下去，不去思考其他。

楊於葳遲早會去日本，我不想讓她在離開的時候都還要爲我操心。

延續楊於葳告訴我的故事進展，我從描述學長的家庭背景開始落筆。

學長的父親經營海外事業，卻在事業起飛不久，就因船難不幸逝世，美滿的生活在一夕之間變了樣，當時學長才小學四年級。

學長的父親與女友的父親曾經是同行，雙方結識多年，學長的父親死後，家道中落，女友家的生意則蒸蒸日上，飛黃騰達，但這並未影響小倆口的感情。還沒有深刻感受到現實沉重的兩人，多年來始終相互扶持，沒有因爲家世貧富的懸殊而產生嫌隙。

有的只是最純粹的那份情感。

當我寫到學長在他和學妹兩人的祕密基地裡，向她回憶起這段往事時，從家裡一樓傳來的劇烈咳嗽聲驟然打斷我的思緒。

我走到樓下，只見那個男人手上拿著吹風機，掩嘴不停咳嗽。

「一緯，這麼晚還沒睡？」

我注意到桌上擺著感冒藥，「我媽睡了嗎？」

「她還在洗澡。餓了嗎？要不要吃點宵夜？」

「不用了。」我頓了一下，「你沒有去看醫生？」

「小感冒而已，很快就會好，不用去了啦。」男人笑了笑。

「你已經咳了快一個禮拜了吧？」我冷冷地說，「現在就去看醫生。」

「眞的不用了，而且等你媽媽洗完澡，我還得幫她吹頭髮。你媽媽頭髮很長，她自己吹的話沒辦法完全吹乾，很容易就會著涼……」

我上前搶過他手上的吹風機，「我來幫她吹，你快去醫院。否則就算我媽沒著涼，也會被你傳染。」

男人呆了呆，見我態度強硬，便很快穿上外套出門了。

媽媽洗完澡回到房間，看到等在房裡的是我，腳步明顯一滯。

「他去醫院了，等一下就會回來。媽，我幫妳吹頭髮吧。」

媽媽遲疑了一會兒，才慢慢來到梳妝台前坐下。

為媽吹乾頭髮的這段時間，她始終安靜低垂著頭，像是害怕在鏡中與我目光交會。她猶如一頭無比怕生的小鹿，僅願意在那個男人面前表現出安心的樣子。

起初這令我感到憤怒，然而當我在熱風中用手指梳開媽的髮絲，看見一根黑髮在拉扯中斷落在我的掌心，耳邊彷彿也有什麼跟著輕輕斷裂，發出細弱的聲響。

凝視那根髮許久，我關掉吹風機。

「媽，下個月我就要學測了，我有在做準備，妳不用擔心。」我的語氣平靜無波，「我知道妳在生我的氣，我害妳承受得太多了。今後媽妳想怎麼做就怎麼做，不用在乎別人怎麼想。只要妳能好好在這裡，那就夠了。」

抬眸望向鏡中，媽居然正盯著我看，卻在接觸到我的視線後又低下頭，表情茫然空洞，對我的話並沒有太大反應。

已經很久沒有像這樣跟媽交談了，儘管從頭到尾只有我一個人在說話。

吹完頭髮，媽一躺上床，很快就睡著了。

望著她的睡臉許久，我替她蓋好被了，悄然離開房間。

✦

這週六我很早出門，計畫去學校念書，進行最後的衝刺。

正要過馬路時，我的右肩被人一拍，楊於葳笑著與我打招呼。

我錯愕地摘下一邊耳機，「妳怎麼會在這裡？」

「我剛好在附近呀，沒想到會遇見你，超幸運的。」她笑容可掬。

我上下打量她今天的裝扮。水藍色的貝雷帽，同顏色的針織圓領毛衣，底下則是白色長褲，臉上化著淡妝，看起來比平時成熟不少。

「妳要去哪裡？」

「去看朋友。」她言簡意賅地答道，瞥向我的背包，「你要去學校念書嗎？預計要待多久？」

「大概會到晚上。」

「好，那我晚點去找你，你要等我喔！」說完，她轉身往另一處走。

也許是她特地打扮，我很好奇她約了誰見面，因此她前腳一離開，我竟然鬼使神差地跟在她身後，躡手躡腳地繞進了下一條街。

楊於葳站在花店前，似乎想要買花。

待她從老闆手中接過包裝精美的花束，一名西裝筆挺、容貌看似不到三十歲的年輕男子自隔壁的禮品店走出，楊於葳一見到他，立刻捧著花走向對方，兩人並肩同行。

我遠遠地跟著這兩人，直到他們走進一間醫院。

見狀，我心中的疑惑不減反增。

楊於葳是來探病嗎？那名男子是她的什麼人？

我不但沒有就此離去，反而繼續尾隨其後。

西裝男子個頭很高，即使一時不見，我也能很快地在人群中發現他。他和楊於葳沒有加入電梯前方排得老長的隊伍，逕自步上內側的階梯。

進入三樓病房區後，我跟丟了，環顧四周，怎麼都找不到他們的人影。

我一個人站在空蕩蕩的長廊上，腳下過度清潔的地板，以及屬於這個地方的藥水味，慢慢勾起我心底某段不願再想起的過去，潛伏在耳朵裡的怪物也蠢蠢欲動，準備再次吞噬我。

以爲症狀又要發作，我只得放棄找人，卻聽見一個男人在講電話。

那名西裝男子從旁邊的廁所走出來，一面講著手機，一面從我眼前匆匆掠過。

他說話速度飛快，「我剛離開公司，替我跟妳媽說一下，我先過來醫院看我妹了。她昨天做完檢查，還不太方便見客，過幾天妳們再一塊來吧。」

男子掛上電話，停在一間病房前，輕輕敲了敲門，接著拎著禮盒推門而入。

我緩步上前探看，那似乎是間單人病房，門牌上只有一個病患的名字：瞿圓圓。

儘管不知這人是誰，也聽不見門後的聲音，但我想楊於葳此刻應該就在裡面。

◆

下午約莫四點左右，又一張畫上笑臉的便條紙倏地貼在參考書上。

一身水藍色的楊於葳俯身對我微笑，「孫一緯，辛苦嘍。」

我看了她幾眼，含糊地應了一聲，便低頭讀書。

「我幫你偷渡了一罐咖啡進來，休息一下吧。」她拉開我旁邊的椅子坐下，順手拿起我放在桌上的耳機戴上，全身猛地一震，迅速摘掉耳機，「你怎麼音樂又開那麼大聲，這樣耳朵會壞掉啦。你不是說症狀已經有好轉了嗎？」

「今天……情況比較特殊。」我乾巴巴地回，「但這幾天的狀況確實比以前好很多，這種程度我自己可以應付，等等就沒事了。」

「眞的？太好了，不過爲什麼今天情況特殊？」她歪著腦袋問。

「不關妳的事。」

「那就別怪我行使贏家的權利嘍，今天早上是我先發現你的，所以你必須老實回答我的問題！」

這女人眞的很狡猾。

當然不能讓她知道我早上跟蹤她，我只好稍微變造一下原因：「我喉嚨不太舒服，方才去看醫生，醫院的藥水味讓我想起不太愉快的回憶，症狀就跟著發作了。」

「什麼回憶？」她追問。

「說好一次一個問題。」

楊於葳噘嘴，卻也點點頭，「我懂你的心情，我今天同樣是去醫院探望一個朋友，我也很討厭醫院的味道。」

聽她自己說了出來，我裝作淡漠地應道：「是喔？」

「嗯，我曾經在醫院目睹兩個重要的人在我面前死去，從此之後，我就非常討厭醫院，非不得已，就算得了重感冒，也寧可去小診所就好。」她的目光落向陽光燦爛的窗外，隨即又看向我，「我猜你的理由也跟我差不多吧？」

我沒有回答她。

這天她仍陪我在閱覽室裡待到了晚餐時間，兩人說好要一起去吃飯，走在街上卻意外看見一個人。

楊於葳順著我的視線望過去，「那是翁可釩嗎？」

我沒有理會，只是定定地看向那處。

翁可釩身穿白色外套，與一名看似是大學生的陌生男子待在一處，兩人神情凝重，交談聲也愈來愈大。

男子伸手想要拉住翁可釩，卻被她硬生生推開，男子撞上身後的銀色轎車，翁可釩甩頭離去，對那男子的連聲呼喚不理不睬。

「哇，他們好像在吵架耶，那個男生該不會是翁可釩的男朋友吧？」楊於葳輕呼。

見翁可釩走遠，我低聲回了一句：「誰知道？」

過了幾天，我又碰巧看到翁可釩和那個男生，而且是在我再次輸給楊於葳的時候。當時我剛結束晚自習，從學校走出來，又被楊於葳從身後拍了下右肩，她說她正好和同學出來吃完宵夜，準備回家。

「妳是不是在我身上裝了追蹤器？」我很認眞地懷疑。

「怎麼可能？想也知道那是因爲我眼中一直有你，才能一秒在人群中找到你呀！」她又臉不紅氣不喘地說出這種噁心巴拉的話。

正感無奈，附近傳來的爭執聲引起我的注意。

一樣穿著上次那件白色外套的翁可釩，再度和那個男生在路邊起了口角。這回他們吵得更凶更激烈，翁可釩氣極了想走，那個男生一把攫住她，兩人拉拉扯扯，翁可釩發出一聲淒厲尖叫，對方隨即粗暴地將她推進車內，開車揚長而去。

一同目睹這一幕的楊於葳臉色一變，拉了拉我的衣襬，「孫一緯，好像不太對勁耶。翁可釩不會是被那個男人綁架了吧？」

「我覺得不是……他們應該認識，說不定只是吵架。」雖是這麼說，但我的聲音也流露出幾分不確定。

「可是那個人都對翁可釩動粗了，眞的不會有事嗎？」

我呆立半晌，跟楊於葳說了聲抱歉，便咬牙衝回家去。

我氣喘吁吁地跑回家裡，正在打掃客廳的男人見到我，先是一愣，開口問道：「一緯，你怎麼啦？」

「你、你現在立刻聯絡你前妻。」我喘著粗氣，「我剛才看到翁可釩被一個男的當街擄走，我不清楚他們是什麼關係，但翁可釩可能會有危險，你趕快通知她媽媽！」

男人臉上的笑意頓時全消，握著抹布一動也不動。

「你愣在這裡幹麼？快去打電話啊！」我催促道。

然而他還是木著一張臉，眼神空洞，一副不知所措的樣子。

我瞬間怒火中燒，「翁可釩是你的女兒吧？難道拋下那個家後，你就眞的不再關心她了？你這樣算什麼父親？」

見他仍然毫無反應，我忍無可忍，氣得對他咆哮：「你到底在搞什麼鬼啊？」

撇下他奪門而出，我放在口袋的手機同步響起。

「孫一緯！」楊於葳在手機另一頭大喊：「我看到載走翁可釩的那個男生了，他在醫院旁邊的便利商店，車子就停在店門口。」

我連忙問：「那翁可釩呢？」

「我不知道，我只看見那個男生。他買完東西，正在門口抽菸。」

「知道了，妳在那邊等我。」

掛斷電話，我從鞋櫃上的置物盒找出機車鑰匙，也不管會不會遇到警察臨檢，跨上機車就往楊於葳說的那間便利商店飆去。

到了便利商店門口，果真見到那輛銀色轎車就停在附近，那個男生已經抽完菸，正彎身坐進駕駛座。

楊於葳一看見我立即奔了過來，我把另一頂安全帽扔給她，示意她上車。

我們一路尾隨對方，眼睛眨都不敢眨，就怕跟丟。

銀色轎車逐漸遠離市中心，開往偏僻山區，身後的楊於葳不安地問：「孫一緯，我們是不是應該先報警？」

「先看看情況吧，至少要知道翁可釩是不是還在車裡？也要知道對方的目的地是哪裡？」

「可是我覺得好恐怖，要是那個男人真把翁可釩綁架到這種荒郊野外，還發現我們在跟蹤他，接著從口袋掏出一把槍，打算將我們滅口……」

「妳能不能別在這時候發揮說故事的想像力？」

銀色轎車十分鐘後停在一座觀景台前，我也悄悄將機車停在對方不易察覺的隱密處。

遠遠看到有兩個人從那輛車上下來。

夜色下的白色外套清晰可辨，是翁可釩沒錯。

他們站在觀景台上，面對面交談許久，最後男生將翁可釩攬進懷中，兩人深情相擁。

楊於葳至此終於鬆了一口氣，「原來真的只是吵架，是我們太大驚小怪了。」

望著那兩人片刻，我掉頭離開，「走吧。」

我們沒有直接回家，而是停在山腳下的便利商店門口喝飲料。

「哈哈，眞是虛驚一場，不過好刺激，像是經歷了一場大冒險呢！」見我沒有接話，楊於葳不解地問：「孫一緯？你怎麼了？」

「……我實在對那傢伙很失望。」我握緊拳頭，咬牙切齒道：「我沒想到他連自己孩子的安危都能無動於衷，簡直可惡至極，這渾蛋！」

聽出我在說誰，楊於葳只淡淡地說：『我想，翁可釩她爸爸不一定是無動於衷，也許是一時不曉得該怎麼辦吧？」

聽楊於葳爲那個男人辯解，我不以爲然。

半晌，她再次開口，語氣多了幾分敬佩：「雖然知道你並不恨翁可釩，可是看到你這麼爲她操心，我還是很感動。」

「我沒妳說得那麼好。」

「不要謙虛啦，你一直都很讓我刮目相看。不論是見義勇爲抓住當街搶劫的歹徒，還是爲了翁可釩的安危一路追到這裡，這樣的行爲很可貴，不是誰都能做到的。」

「我眞的沒有妳以爲得那麼善良。」我低頭盯著鞋尖，「當初我會伸腳絆倒歹徒，只是自然而然的反射動作，我完全沒有想要逞英雄的念頭，若不是身體下意識地行動了，我也會跟其他人一樣袖手旁觀。之所以追著翁可釩過來，也不是出於擔憂她的安危，而是純粹想讓那個男人產生罪惡感。」

楊於葳靜默了一陣，「孫一緯，你爲什麼要這樣否定自己？」

「因爲這是事實。有些事並非我之前跟妳說的那樣，我爲了逃避責任，多少隱瞞了某些眞相，企圖讓自己變成最無辜的人。」我緊咬下唇，「我確實不是妳想像中的那個樣子。」

「孫一緯，不管你怎麼說，我只會相信在我眼前的你。我看到的孫一緯是什麼樣的人，他就是什麼樣的人。」楊於葳說得很是堅定。

我猛地抬頭朝她看去，迎上她那雙帶著笑意的眼睛，我察覺到自己似乎稍稍安下心來，同時一股異常低落的情緒隨之湧上。

我感受到此刻的自己正因爲她那番話而變得脆弱，連忙低咳兩聲想要掩飾，「妳怎麼會剛好在醫院那邊？」

「因爲你突然跑掉，我也只好回家啦，想不到那個男生的車就停在附近，我還以爲他早跑遠了呢。」

「妳家就在那附近？」

「嗯。」

「那快回去吧，已經很晚了，妳家人會擔心。」

「我現在是一個人住，沒人會擔心的啦。」她仰頭將飲料喝盡，燦然一笑，「而且我還想再跟你多待一會兒。」

這時我才發覺，除了有一個定居在日本的父親，我對楊於葳幾乎一無所知。

「妳媽媽呢？」

隨口問出這個問題，但我沒有期望她會老實回答，我以爲她又會將此列入「祕密問題」。

不料她很坦率地回道：「我也不知道她在哪裡，她常常離家出走，過了很久才會再出現。住在台灣的時候，我大多是一個人生活。」

她的家庭狀況似乎也挺複雜的，也許也有很多不足爲外人道的祕辛，於是我沒再追問。

「對了，你小說寫得怎麼樣？進度到哪了？」她另起了新話題。

我沉吟了一會兒，「我寫到學妹和她媽媽大吵一架，然後她答應要幫學長的妹妹慶生。」

「哇，那進度很快耶。你眞有效率！」

「因爲想早點知道後續，不知不覺就寫得快了。」

楊於葳直直地注視著我，唇角翹起，「加油喔，我很期待。」

騎車載她回家的路上，她在我耳邊大喊：「孫一緯，今天我又贏了，所以我要問你問題！」

「妳問吧。」對於這場賭注，我已呈現半放棄狀態，甚至不再有不甘心的情緒。

「我是你載的第幾個女生？」

我微微皺眉，「第一個啊，我又沒載過其他人。」

「眞的嗎？好開心喔！」她在後座高聲歡呼。

「妳開心什麼？」

「你不懂這對女生的意義啦。」她的聲音裡洋溢著歡愉，「不過等你交了女朋友，後座就不會再讓我坐了吧？」

「無聊，沒事講這個幹麼？」我翻了個白眼，「誰知道以後會怎麼樣？況且我現在又沒有要載其他女生的想法。」

楊於葳安靜了下來。

我感覺到她摟在我腰間的那雙手，力道變得更緊了些。

「孫一緯，謝謝你。」她將頭靠在我的背上，「我會一直記得這一天的。」

頂著濃重的夜色返回家裡時，已經過了十二點。

客廳的燈卻還未熄，我一打開門，那個男人瞬時從沙發上彈起，臉色蒼白，欲言又止。

「翁可釩沒事，她很安全。」我知道他想問什麼。

說完，我沒理會呆愣站在原地的他，逕自去洗澡。

等我從浴室出來，我聽見客廳傳來微弱的啜泣聲。

那個男人坐在沙發上，肩膀劇烈顫動，不停低頭抹淚。

「翁可釩她爸爸不一定是無動於衷，也許是一時不曉得該怎麼辦吧？」

我默默站在一旁看著這樣的他。

◆

在睡夢中被輕輕搖醒時，初映進眼簾的是一整片陽光，以及一張年輕女孩的臉。

「第一次看見你在這裡打瞌睡耶。」楊於葳清亮的嗓音飄進耳裡。

睡眼惺忪的我，目光掃過一圈閱覽室，「妳來了。」

「喔？這句話聽起來怎麼像是有人在等我？」她打趣。

「是在等妳啊，昨天我在這裡待了一整天，沒等到妳，今天就又過來了，不過我挺意外妳週日也會來學校。」

聞言，楊於葳兩隻眼睛瞪得大大的。

我下意識地後退，「怎樣啊？」

「你說你等了我一天？我要哭了！」她捧著臉興奮地尖叫。

「白痴喔？我等妳是爲了告訴妳，我小說已經寫得差不多了。要不是某人死也不肯告訴我聯絡方式，我需要這樣大費周章嗎？煩死了！」

前幾天我突然想到，楊於葳曾打電話通知我翁可釩的下落，於是我調出手機裡的來電紀錄，不料她居然設定隱藏來電門號，怎麼會有人連緊急時刻都不忘保密工作啊？

「不要這麼說嘛。」笑呵呵地接過稿子，楊於葳方安靜下來。

等她讀到最後一頁，嘴角的笑意漸漸由濃轉淡。

「告訴我故事接下來的發展吧。」我拿起筆，翻開記錄大綱的筆記本。

「先到這裡吧，孫一緯。」她抬眸看我，「就要學測了，你應該準備考試，寫小說的事等考完試再說。」

「這……沒有關係啊。」我有點意外，「妳不是希望我能以這件事爲優先？」

「是沒錯，但你的症狀已經好多了。雖然我最初那麼說，不過還是會怕耽誤到你念書，更不想見到你爲了兼顧二者而每天熬夜，累得在學校打瞌睡。」她認眞地說。

我怔愣半晌，也認眞地對她說：「楊於葳，我很清楚自己的情況，不管是哪件事，我都有把握不會搞砸，就算出了什麼意外，我也不會要妳負責任，因爲是我自己決定要這麼做的。」

「我擔心你會後悔。」她仍躊躇不決。

我啞然失笑，「就跟妳說我應付得來，妳幹麼變得扭扭捏捏的？快點告訴我後續啦！」

看著我好一會兒，她像是終於下定了決心，開始述說起後續展開的情節。

聽完之後，我才知道楊於葳剛才那句「我擔心你會後悔」，指的完全是另一種意思。

第七章　唐念荷

身後的鐵門被輕輕敲了兩下。

正在看手機的我，馬上移開扣在門把上的鐵棍，一張令我心跳加速的笑臉隨即出現在門後。

「哇，妳今天好早就到了。」宋任愷頗爲意外。

「還好，我也是剛到不久。」我心虛道。

其實下課鐘一響，我便從教室飛奔過來圖書館。

爲了爭取和宋任愷多一點時間相處，上午我就先趁下課到福利社買好午餐，以免耽擱到中午的會面。

自從去他家作客，認識了他媽媽和妹妹，偶爾相約在圖書館頂樓見面時，我感覺自己和他的關係有了些許變化。

他似乎更信任我了，和我說話的時候，也鮮少再語帶保留。

在這個屬於我和他的祕密基地裡，我漸漸知道了更多關於他的事，包括他與茉莉學姊的過往，以及他的家庭背景。

宋任愷的父親原本在海外經營龍蝦捕撈事業，在宋任愷小學四年級時，不幸遭逢船難過世。

宋父的驟逝爲宋任愷一家帶來沉重的打擊，不論是在心理上或是經濟上。宋家衣食無缺的優渥生活一去不復返，光是宋嘉玟的醫藥費就壓得他們幾乎要喘不過氣來，必須仰賴政府補助，與親戚時不時的救濟才能維持。

宋任愷說，他家一夕之間變得窮困潦倒，同學還一度戲稱他爲「落難王子」。

「畢竟我家的生活確實是從天堂打入地獄嘛。」他說這話時，臉上的笑容沒有絲毫陰霾，「以前我可以天天買零食到學校請同學吃，我媽可以隨便買她喜歡的衣服和包包，把自己打扮得漂漂亮亮的，我妹也有專人看護，我爸一過世，這些全都沒了，不僅要煩惱下個月的生活費與下個學期的學雜費，還要煩惱明年會不會無家可歸。」

我心底油然升起一股心疼，「你媽媽當時一定非常辛苦。」

「是啊，她本來是個養尊處優的貴婦，在我爸走後，不但要張羅生計，也一併扛下照顧我妹的重擔，眞的非常辛苦。不過那時茉莉每天都會來我家寫功課，我妹老是吵著要跟她玩，多虧了她的陪伴，我媽才能放心出門工作。」

「這些年來都是這麼過的嗎？」我怔愣地問。

「嗯，茉莉的存在對我們一家很重要。初陷入困境那年，茉莉每天都會過來陪我媽說話，逗她開心，就算無法抽空前來，也會打電話給她，所以我媽十分疼愛茉莉，將她視如己出。」

宋任愷的視線落向遠方，「我爸曾和茉莉的爸爸共事，兩家往來密切，我和茉莉也因此逐漸熟稔起來。我爸出事之後，隨著茉莉家的事業愈來愈成功，她父母也愈來愈少與我們聯絡，只有茉莉對我們家的關心始終如一。她這份心意，對嘗盡人情冷暖的我媽而言，意義相當重大。某種程度上來說，茉莉也算是我媽的精神支柱吧。」

那日宋媽媽向我探問茉莉學姊的焦急神情，再一次清晰浮現在我的腦海。

某種難以言喻的感受橫亙在我的胸口，「既然你媽媽那麼需要茉莉學姊，為什麼你還要和她分手？」

「因為我不想讓茉莉繼續為此痛苦。何況現在不分手，我們最終也將分隔兩地。」

我不明白那是什麼意思，疑惑地看著他。

他淡淡笑說：「茉莉她爸媽早就決定要全家移民歐洲，預定今年五月便會成行。」

我震驚地張大了嘴，「真、真的？茉莉學姊要移民歐洲？為什麼這麼突然？」

「其實並不突然，半年前茉莉就告訴我了。就算她沒有明講，我也知道她爸媽之所以這麼做，很大一部分原因是想讓我們分手。她爸媽並不希望她花這麼多心力在我們家身上，茉莉卻執意不聽，她爸媽才索性移民。」

「為什麼要這麼過分？再怎麼說，你們兩家以前也有過深厚的交情不是嗎？」我憤恨難平。

「妳說得對，但就像妳說的，那都是以前的事了。」他側過身斜靠著矮牆，口氣雲淡風輕，「我家今非昔比，經濟狀況不穩定、母親行動不便、妹妹智能不足，要是茉莉一直和我在一起，未來嫁入我家，不就表示她也得過這樣的生活？甚至還得代替我媽，一輩子照顧我那永遠長不大的妹妹？」

我不禁語塞。

原來茉莉學姊先前長期處於這些壓力之下。

「我真的好累，累得快要不能呼吸，不知道怎麼撐下去了！」

「就算不是誤會也無所謂啦，這樣說不定比較好……」

直到現在，我終於理解茉莉學姊以及她朋友說過的那幾句話是什麼意思。不只是茉莉學姊的父母，連她的朋友也不看好他們兩人的未來。

宋任愷是因爲明白這些，最終才忍痛放手，主動結束兩人長達八年的感情嗎？

只要想起他們的這段故事，我心中就會悶悶的，說不出是難過還是心酸的情緒，在胸臆間縈繞不去。

這一天，我再度和宋任愷相約在圖書館頂樓一同吃中餐。

「你媽媽和你妹妹最近好嗎？」我問。

「很好啊，我妹有問起妳喔。」他挾起一塊壽司塞進嘴裡。

我感到驚喜，「她問起我什麼？」

「問妳有沒有把她澆花的照片拿給茉莉看？今天早上她還在說這件事。」笑意從他嘴角漾開。

「這樣啊……」我不知爲何有點失落，「抱歉，當時我沒多想就編造出這種謊話。看樣子她眞的很期待我能把照片拿給茉莉學姊看。」

「沒關係啦，當作一段無可避免的陣痛期就好，她遲早會習慣茉莉不在的日子。」

見他如此從容，我便不再多言。

過了半晌，我又鼓起勇氣說：「如果你不覺得我會把事情搞砸……有任何需要我幫忙的地方，一定不要跟我客氣。」

他思索後說：「如果妳願意，最近要不要再過來我家？雖然我妹還是會追著妳問起茉莉，不過倘若能有人陪她說說話，說不定就能逐漸轉移她的注意力。」

聽到他的邀約，我內心激動不已，立刻歡天喜地地答應：「好！」

於是我和宋任愷約好這週末去他家拜訪。

我壓抑不住滿心的雀躍，臉上帶著微笑回到教室，卻被艾亭匆匆拉到走廊。

「念荷，聽說余茉莉要轉學了，下個月他們全家就要移民國外！」

我一呆，點點頭，「我知道，宋任愷告訴過我。」

艾亭感到意外，「那他們是因爲這樣才會分手的嘍？」

「其實……背後還有很多原因，並不光是茉莉學姊要移民這麼簡單。」我解釋。

「那其他背後的原因是什麼？」

我面露難色，畢竟那些都是宋任愷的私事，我不方便透露。

艾亭嘆了口氣，「算啦，即使妳不說，我也聽到夠多傳言了。據說是宋任愷家裡經濟條件不好，又有一個身心障礙的妹妹，余茉莉的爸媽才用這種方式逼他們分手，以免余茉莉將來過苦日子。」

艾亭聽到的說法幾乎與事實完全吻合，我很是驚訝。由此可知，宋任愷家中的艱難與茉莉學姊父母的反對，對學校裡的某部分人來說，早已並非新聞。

「艾亭，我有事拜託妳。」我向她雙手合十，「這個禮拜六，可不可以再假裝和我有約？」

既然艾亭已經知道宋任愷家裡的事，我便決定坦白告訴她，週六我打算去宋任愷他家。

她睜大眼睛，「所以妳要去照顧宋任愷的妹妹？」

「不是照顧啦，我只是去看看她，也陪宋任愷的媽媽聊聊天。」我澄清。

「可是聽起來就像是妳要重複余茉莉做過的事。」她眼神複雜，「妳想要取代余茉莉嗎？」

我一愣，「我、我沒那個意思，妳想太多了，我之所以打算去探望他妹妹，是因為要不是我編造出自以為是善意的謊言，她也不至於天天都如此熱切期盼著茉莉學姊的出現，我無法在給予她錯誤的期望之後，又置之不理。」

「是嗎……那好吧。」答應替我圓謊後，艾亭仍不放心地囑咐我，「但我還是希望妳不要介入太深，如果有什麼問題，一定要找我商量喔。」

當時的我，其實還不能完全理解艾亭的憂慮，滿腦子只想著要為宋任愷多做點什麼。

週六午後，媽媽見我準備出門，順勢問：「念荷，今天會幾點回來？」

我心虛道：「還不確定耶。」

「那麼五點前要回來喔，你爸爸那時應該也到家了，今晚要去吃牛排，別玩到忘記時間。」

「好。」

我在下午一點半抵達宋任愷的家。

「歡迎。」他來應門時笑了笑，注意到我手上的禮盒，驚訝道：「妳還帶禮物來？」

「對，因爲我想……」

我話還沒說完，宋嘉玟就衝過來朝我高喊：「念荷！」

宋任愷馬上糾正她：「我說過要叫念荷姊姊。」

我吃驚之餘也有些感動，趕緊回道：「沒關係，就叫我念荷吧。」

「妳有沒有把我的照片給茉莉看？」宋嘉玟著急地問，見我點頭，神情立刻染上喜悅：「那她怎麼說？她有很高興嗎？她什麼時候會來看我？」

「茉莉學姊她……沒有說什麼耶。」我從口袋掏出手機，「不過她的確很高興喔，還請我帶了一些照片過來給妳看。」

看著我手機相簿裡那些顏色鮮豔的花卉照片，宋嘉玟眼睛發亮，好奇問道：「這是什麼？」

「這是茉莉學姊在她家爲妳種的花，這種花叫瑪格麗特。」

「茉莉爲我種的花！」宋嘉玟欣喜若狂，一把搶走我的手機，衝回屋內大叫：「媽媽、媽媽，妳看茉莉爲我種的花！」

我跟著宋任愷走進客廳，見到宋媽媽的時候，我偷偷和宋任愷交換了一記眼神。

我將手上的禮盒遞給宋媽媽，「阿姨，打擾了。這是茉莉學姊讓我帶給妳的，裡面有話梅、梅精，還有脆梅。」

她接過禮盒時露出微笑，表情若有所思，「謝謝，還麻煩妳特地跑一趟，眞不好意思。茉莉她好嗎？」

「嗯，她很好。」

宋媽媽點頭，沒有再提及茉莉學姊，「妳吃過飯了吧？阿姨已經切好水果，就等妳來，我們邊吃邊聊吧。」

收到茉莉學姊的「禮物」，讓宋嘉玟的心情大好，捧著我的手機又叫又跳，直至宋媽媽再三勸阻，才肯乖乖坐下，但仍然盯著手機裡的照片笑個不停。

想起方才她親暱喚我的那聲「念荷」，我主動與她攀談：「妳今天爲什麼沒有穿制服？拿去洗了嗎？」

「不是。因爲今天是星期六！」宋嘉玟開心地說：「茉莉星期六不會穿制服，所以我也不穿！」

「念荷，晚上要不要在這兒吃飯？」

我心中因宋嘉玟而生出的一絲落寞，在聽到宋媽媽的邀請後瞬間轉爲受寵若驚，「謝謝阿姨，不過今晚我和我爸媽約好一起吃飯了。」

「這樣啊？」她目光和藹，「妳家有幾個小孩？」

「就我一個，我是獨生女。」

她眼神似有深意，「那妳爸爸媽媽一定很疼妳吧？」

我微微一頓，隨即點頭，「對呀。」

「媽，快兩點了，妳該去陳阿姨那邊了吧。」宋任愷的聲音從廚房傳過來。

「好。」宋媽媽起身，「念荷，阿姨得去工作了。謝謝妳今天替茉莉送禮物來，幫我跟茉莉道謝。以後有時間的話，再過來吃個飯吧。」

「嗯，謝謝阿姨。」我陪同宋媽媽來到門口。

宋媽媽又多看了我幾眼，便微笑向我道別，走出門外。

「阿姨今天還要上班？」我問宋任愷。

「嗯，放心，不是什麼太操勞的工作，我媽身體沒有很好，老闆是我媽相識已久的朋友，不會勉強她的。等她回來就換我出去打工了。」

「你要去打工？」我有些意外。

「嗯，我每週五到週日晚上都在木工廠打工，也是認識的長輩介紹的。那次深夜在外碰到妳，正逢我結束工作要回家。我和我媽只能輪流外出工作，要不然沒人照顧我妹。」他朝宋嘉玟看過去一眼，悄聲問我：「對了，妳那些花的照片是怎麼來的？」

「那是早上在我家陽台拍的，我在澆水的時候想到，既然你妹妹喜歡花，可能會喜歡看到那些照片。」我也壓低了聲音。

「原來是這樣，那禮盒呢？那個看起來很貴——」他眉間微蹙。

「那是別人送我爸的，只是我爸媽平常不太吃那些東西，就被我拿來借花獻佛，你別多想！」我笑嘻嘻地解釋。

「那就好，我不想讓妳破費。」他鬆開眉頭，也跟著笑了。

我悄悄捏了把冷汗，慶幸自己沒有老實回答，其實那個禮盒是我過來之前特意去買的。

宋嘉玟始終不肯把手機還我，我只好把照片傳給宋任愷，好讓她在我離開之後，還能繼續欣賞那些照片。

在宋任愷家度過一段愉快的時光，我依依不捨地告別。

我才走出巷口，爸爸就來電話問我人在哪裡。

他說外婆忽然身體不舒服，媽媽趕回去照顧她，所以今天晚上只有我們兩個人一起用餐。

和爸爸在外面吃完晚飯後，我坐在副駕駛座往車窗外看去，暗自想著會不會再次和宋任愷不期而遇。

「剛和妳媽通過電話，妳外婆去醫院檢查過了，幸好沒有什麼大礙，不過妳媽媽還是得留在外婆家觀察情況，明天才會回來，她要我跟妳說聲抱歉。」爸爸邊開車邊說。

「沒關係啦，外婆的身體比較要緊，我等等回家就打電話過去關心她。」我說。

爸爸側頭對我笑了笑，我腦中飛快閃過一個念頭。

「爸爸，外婆當初並不贊成你跟媽媽結婚，對不對？後來你們是怎麼讓她點頭答應的？」

他挑眉想了一下，「就是努力展現誠意，讓她知道我是眞心想跟妳媽媽在一起的。雖然那個時候我擁有的不多，但我向她保證，一定會爲兩人的將來努力，不讓你媽媽吃苦。」

我點點頭。

爸爸又莞爾說道：「不過最主要的原因還是在妳媽媽身上，她不顧妳外婆的反對，堅持嫁給我，母女倆冷戰了很長一段時間，直到妳出生後，妳媽媽漸漸明白妳外婆的心情，關係才有所改善。」

「所以只要兩人同心協力，互相扶持，就算碰到再困難艱辛的阻礙，還是可以克服，然後得到幸福，就像你跟媽媽一樣，對不對？」我有些興奮。

「嗯，就是這樣沒錯吧。妳怎麼會想到問這個？」爸爸疑惑地問。

「沒什麼啦。」我當然不會老實告訴爸爸。

此時，我的手機響起訊息提示音，是宋任愷傳來的。

「多虧學妹妳拍的那些照片，我妹今天難得沒有吵鬧。眞的很謝謝妳，下週見嘍。」

讀完訊息，我的心跳微微加速，唇角忍不住高高翹起。

✦

週一中午，我和艾亭一起吃飯時，聊到宋任愷。

「所以宋任愷計畫瞞著他媽媽和他妹妹余茉莉將要舉家移民國外，而余茉莉也決心一聲不響地離開？」艾亭語帶惋惜，「這樣的結局連我聽了都爲他們心痛，當眞是落難王子與公主的淒美故事耶！」

我輕咬下唇，「可是，即便他們分手了，宋任愷的媽媽和妹妹是無辜的，難道茉莉學姊就不能再給她們一點點的關心？哪怕只是打通電話問候也好……」

「如此會更難割捨吧？我猜宋任愷也是這麼想的，所以他們才會斷得這麼乾淨。這也是莫可奈何的事，妳不用那麼在意啦。」

「我知道，只是見到她們那麼思念茉莉學姊，難免於心不忍，尤其是他妹妹。她非常喜歡茉莉學姊，天天在家中穿著我們學校的制服，引頸期盼茉莉學姊的出現，我看在眼裡實在覺得好可憐。」

我只把話說到這裡，另一個想法被我埋在心裡，無法對艾亭訴說。

我開始覺得茉莉學姊很殘酷。

親眼目睹宋媽媽和宋嘉玟是如何深切地想念她，再見到茉莉學姊一如往常地與朋友有說有笑，我的心中五味雜陳。

儘管我相信茉莉學姊也會難過不捨，但隨著她離開的日子愈來愈近，我不免會想，宋任愷一家對她而言是否不再具意義？她是否眞能狠心拋下這一切？

如果我是她，我眞有辦法徹底放下那些牽絆，一走了之嗎？

✦

打開通往圖書館頂樓的鐵門，只見宋任愷正靠在左側的矮牆，專注地眺望前方。

「你在看什麼？」我問。

「妳來啦？等等，妳還是別過來比較好。」他阻止我。

「爲什麼？」我腳下未停，走到他身邊。

不料他伸手摀住我的雙眼，「欸，別看啦！」

我嚇一大跳，「到底是什麼？」

他笑嘻嘻地放下手，「我剛在看那棟鬧鬼的校舍，妳不是很怕那個嗎？所以我才提醒妳別靠近。」

比起廢棄校舍的恐怖傳聞，宋任愷突如其來的觸碰更令我緊張，心跳因此亂了一拍。

「爲什麼要看那棟校舍？」我不敢往那個方向看。

「我只是好奇那棟校舍是不是眞的會自動亮燈？忍不住一直盯著看。」

我很快想起一段毛骨悚然的回憶，「我曾經一個人上來這裡，當時我看見其中一間教室的燈亮了。」

「眞的嗎？」他很驚訝。

「嗯，那天天色陰陰的，視線不佳，那棟校舍二樓的某間教室，裡頭的燈似乎是亮著的，我不確定自己有沒有看錯，因爲太害怕了，也不敢再看過去第二眼。」

「哇，妳居然有看到過？好羨慕！」他像個小孩般興奮，雙眼發光。

「有什麼好羨慕的？我都快嚇死了。」我急著嚷道。

「不用害怕啦，其實鬼也沒什麼好怕的，這世上比鬼可怕的東西多得是。」

我不解，「比如什麼？」

他咧嘴一笑，「比如『貧窮』啊，我覺得這比所有的妖魔鬼怪都可怕多了。貧窮是世上最可怕的東西，我是這麼認爲的。」

我愣住。

不等我接話，他又滿懷期待地注視著那棟廢棄校舍，「今天天色同樣陰陰的，或許也能碰上某間教室亮燈，要是我也能親眼目睹一次，那就太幸運了。」

我這才終於鼓起勇氣轉過視線，看向那幢陰森的建築物。

「你妹妹現在還會跟你要手機看照片嗎？」我換了個話題。

「不會，三天就膩了，光看照片已經滿足不了她，現在又開始吵著要找茉莉，我還在想要怎麼辦呢。」

「不、不然，明天我摘幾朵瑪格麗特送給她，你覺得怎麼樣？」我吶吶地問。

「可以嗎？」他猛地扭頭看我。

「嗯，包在我身上！」

宋任愷始終緊盯著我，讓我愈來愈感害羞，小聲地問：「怎麼了嗎？」

「沒事。」他移開目光，過了一會兒，卻突地大叫：「學妹，妳看那棟舊校舍，是不是有間教室的燈是亮著的？」

「什麼？我不要看！」我嚇得連忙轉過身，緊摀雙眼。

「妳一定要看看，好像眞的亮了！」他激動地想拉開我遮擋雙眼的手，「不會是我看錯吧？天啊，我竟然也看見了。學妹妳趕快看一眼，確認一下亮燈的是不是上次妳看到的那間教室？」

「宋任愷，我不要看啦！」

我們兩人又推又鬧了一會，安靜的頂樓上都是我們的尖叫與笑聲。

宋任愷那開心的大笑，迴盪在我耳邊久久不散。

隔天放學，宋任愷和我一起回家，然後在我家樓下等我。

我先上樓從家中陽台摘了幾朵瑪格麗特，再返回樓下交給宋任愷，讓他帶回去給宋嘉玟。他接過花後，卻問我要不要一起去他家？

我心中一喜，「我可以再去打擾？」

「當然可以，幹麼那麼見外？因爲是妳我才會問的。」大概是我臉上的喜悅太過明顯，他不禁噗哧一笑，「不過平常這個時間，我妹喜歡穿上制服，假扮成剛放學的高中生，在外面走來走去，妳可能要花點時間等她回來，再親自把花送給她。」

宋任愷這番話讓我異常感動。

不光是他的生活，是不是連他的心，我都比過去更靠近些了呢？

我是不是可以把他的話，當作他已經同意讓我待在他身邊了呢？

來到宋任愷家，他媽媽和他妹妹果然不在，於是我們兩個坐在客廳邊聊天邊等待。

在我意識到該要打通電話知會媽媽，我今天會晚一點回家的時候，大門霍地被推開。

只見宋媽媽拚命拉著瘋狂尖叫的宋嘉玟踉蹌地進到屋裡，眼看狀若癲狂的宋嘉玟就快要掙脫宋媽媽的控制，宋任愷立刻衝上前幫忙制住妹妹。

「怎麼回事？」他急著問。

「方才她在街上看到一個綁著馬尾的女生，把對方誤認爲茉莉，也不注意燈號就衝向馬路，差點就出事了。之後她說什麼也不肯回來，堅持要去你學校找茉莉。」

這時，宋嘉玟依然激動地嚷著要見茉莉學姊。

我拿起放在桌上的那束瑪格麗特跑過去：「妹妹，妳快看，這是茉莉學姊種的花，她說要送給妳。」

她死死盯著瑪格麗特，冷不防伸手將花束打落在地上，大聲號哭：「我不要花。我要茉莉！我要茉莉！」

宋嘉玟情緒徹底失控，開始對身邊的人拳打腳踢，接著她忽然停止哭泣，臉色發青，全身痙攣顫抖，並且口吐白沫。

宋任愷見狀，抓起椅子上的軟墊墊高她的頭部，讓她側躺在地上，並解開她的上衣鈕扣。

我嚇得聲音發顫：「宋任愷，她怎麼了？要不要送醫院？」

「不用，她偶爾會像這樣癲癇發作，讓她靜靜地躺一下，很快就會沒事。」

他冷靜的口吻令我不再那麼惶恐，卻仍餘悸猶存，不敢離開宋嘉玟一步。

三分鐘後，宋嘉玟果真停止抽搐，但沒有睜開眼睛，只是躺在那裡一動也不動。宋任愷要他媽媽去房間裡拿藥，等宋嘉玟清醒了再讓她服下。

看到宋嘉玟臉上滿是淚痕，至今口中還呢喃著茉莉學姊的名字，我內心一陣絞痛，充滿糾結。

「宋任愷，真的不能叫茉莉學姊來看看她嗎？」我忍不住問。

「不能。」他想也沒想便答。

「可是你妹妹那麼想見她，還因此差點發生意外……要是今後再有類似的事情該怎麼辦？」

「那也沒辦法，重新適應沒有茉莉的生活本來就不容易，熬過就沒事了。」

「雖然你這麼說，但這樣的事若再重複出現，將會帶來什麼後果，你也無法保證不是嗎？你這樣對她太殘忍了！」

他置若罔聞，像是一點都不在乎。

我不由得更覺焦慮，衝動之下，竟脫口而出：「茉莉學姊太狠心了，她爲什麼非得這麼絕情？連一句問候都不肯給？她一定知道你妹妹會非常想她，只要她願意過來見你妹妹一面，也不至於如此。」

「然後呢？這一次見了面，下次呢？下下次呢？一直重複下去，茉莉怎麼有辦法離開？」他漠然地說。

「爲什麼她一定要離開呢？爲什麼她不能反抗她父母？要是她當眞打從心底愛著你們，就會想盡辦法留在你們身邊，而不是狠心拋下你們離開！」

一陣短暫的沉默橫亙在我們之間。

「我家的一切，沒人比茉莉更清楚，也沒人比我清楚茉莉的想法，多年以來，我們都是最了解彼此的人，所以才能堅持到現在。」宋任愷始終沒有看我，聲音不帶任何情感，「妳並不了解我們，別輕易下定論。」

我呆呆地看著他的側臉，完全說不出話來。

那天帶著被宋嘉玟扔掉的瑪格麗特回到家時，我第一次因爲沒有事先報備而晚歸，被媽媽訓斥了一頓。

回到房裡準備換下制服時，右手手肘卻是一陣疼。

我抬起手肘，那裡有一大塊瘀青，我茫然地想著這是什麼時候受的傷？隨即想到剛剛宋嘉玟失控打人時，我也不小心挨了她幾拳，這塊瘀青大概就是這麼來的。

一想明白，眼前迅速模糊一片，淚水撲簌簌地沿著腮邊滾落。

我以爲自己終於能走進宋任愷的內心，現在又被一腳踢出去了。

我是不是太過天真？也太自以爲是？

與決意割捨一切的茉莉學姊相比，在她離開之後，繼續爲宋嘉玟營造虛幻美夢的我，是否才是害得她更加痛苦的罪魁禍首？

我是不是眞的做錯了？

好不容易走到這一步，要是宋任愷因爲我說了茉莉學姊的壞話而討厭我，該怎麼辦？

要是他決定再也不理我，我該怎麼辦？

接到宋任愷的電話，是在三天後的傍晚。

我還以爲他不會再跟我聯絡，一聽到他溫潤的嗓音，我立刻紅了眼眶。

「學妹，上次對不起。」他劈頭就先跟我道歉，「妳已經回家了嗎？」

「嗯，準備要去搭車了。我才該道歉，我不該那樣說茉莉學姊，也不該一直欺騙你妹妹。」我心中夾雜著羞愧與喜悅，「她現在……好嗎？」

「嗯，她沒事了。那天妳也挨了我妹幾拳對不對？我媽很想親自向妳道歉，她問妳星期六有沒有空？想請妳來我家一趟。」

「阿、阿姨不需要向我道歉，明明是我不對。」我又想哭了，「我眞的可以再去你家嗎？」

「隨時歡迎。」他語帶笑意。

我在路邊喜極而泣。

到了約定的那天中午，我來到宋任愷家吃飯。聽說原本下午要上班的宋媽媽，特地爲了我請假。

宋嘉玟見到我時，還是問起了茉莉學姊，卻不再像上次那樣情緒不穩。一吃完飯，她就坐在客廳，拿起一枝筆在素描本上塗鴉。

宋媽媽在廚房切水果，宋任愷則被母親吩咐去修理門口快要脫落的信箱。

我來到宋嘉玟身邊，定睛往紙上看去，她像是在畫一個人。

「妳在畫誰？」我問。

「哥哥。」她一邊說，還一邊用手中的筆對準宋任愷的背影，頗有幾分架勢，接著暗自偷笑。

「怎麼了？」

「嘻嘻，我把鑰匙黏在信箱後面，媽媽一叫哥哥去修信箱，我就跑去收起來了。」

「爲什麼要黏鑰匙？」

「因爲我做錯事、惹哥哥生氣的時候，他就會說要把我關在門外，不讓我進來，所以我偷偷把鑰匙藏在那裡，這樣我就可以自己開門進來啦。妳不可以告訴哥哥喔！」

見她一臉得意洋洋，我忍俊不禁，「我可以跟妳一起畫畫嗎？」

宋嘉玟毫不猶豫地撕下一張空白畫紙給我，我心中一喜，拿起散落在桌上的色鉛筆與她一同作畫。

她一看到我筆下的宋任愷，立刻放聲大笑：「妳畫得醜死了！」

「對啊，我不太會畫畫。」我難爲情地看著自己的畫，「妳畫得好棒，是誰教妳的？」

「是茉莉。茉莉她什麼都會畫，是大畫家。」宋嘉玟將素描本往前翻，「這就是她畫的哥哥！」

她將本子遞給我看，那是一張鉛筆素描，右下角有茉莉學姊的的簽名。

那張素描清楚描繪出宋任愷的臉部輪廓，不僅確實抓到神韻，連嘴角笑起來的角度都如出一轍。難以相信簡單用鉛筆勾勒出來的線條，竟能如此栩栩如生。

我一時看呆了，由衷讚道：「好厲害。」

「對呀，茉莉畫得比妳好看一百倍！」宋嘉玟驕傲地說。

明知女孩無心，她這句話還是微微刺痛了我。

我很快撐起笑容，「那妳可以告訴我茉莉學姊是怎麼教妳的嗎？我也想畫得跟妳一樣漂亮。」

茉莉學姊永遠是最好的話題，女孩開始滔滔不絕地指導我，煞有介事的模樣很是可愛。

宋媽媽端著水果從廚房走出來，聽了我們的對話一會兒後，放下水果對我笑了笑：「念荷，阿姨之前答應妹妹要做裙子給她，我想妳們女孩子的眼光差不多，妳可不可以陪我一塊去附近的布料店選布料？」

「當然可以！」我一口答應。

宋嘉玟聽到媽媽要做裙子給她很開心，沒有因爲「教學」中斷而鬧脾氣，繼續埋首作畫，嘴裡還哼著歌。

攙扶著步伐蹣跚的宋媽媽出門，走沒多久，她忽然對我說：「念荷，謝謝妳願意跟任愷做朋友。」

我心中一凜，「阿姨怎麼這麼說？」

「自從任愷的爸爸過世後，他鮮少再有特別要好的朋友。平常我去工作，他就得留在家裡照顧妹妹，無法像普通孩子那樣單純地生活著，所以我眞的很感謝妳，也很高興任愷的身邊能有妳這麼一個朋友支持他。」

我沒有說話，只是低著頭前行。

「過去有不少人都勸我把妹妹送去身心障礙機構，可是我捨不得，家裡也負擔不起，所以我還是決定留她在身邊照顧，就算這樣會加重任愷的壓力。」

明明行走在燦爛明亮的陽光下，我卻覺得心情沉重。

宋媽媽不疾不徐地說：「我是個自私的母親，我也希望兒子將來能像一般人那樣，擁有屬於自己的家庭，過著幸福美滿的生活，我眞心盼望任愷能有那樣的未來。」

我聽得心酸無比，忍不住說：「阿姨，這怎麼會是自私呢？我相信全天下的媽媽都會有這種想法，我媽媽也是。希望自己的孩子幸福快樂，本來就很正常呀！」

她側頭看我，眼裡閃爍著堅定，「是啊，只要是爲了孩子的幸福，做父母的，任何事都願意做。」

宋媽媽停下腳步，緊握我的手，眼角噙淚：「念荷，阿姨拜託妳，不管發生什麼事，妳都不會嫌棄任愷，會在他身邊鼓勵他、陪伴他，不讓他孤單。這是阿姨唯一的心願。」

這份母愛令我動容，我強忍住鼻酸，不假思索便答應了她，卻也有點驚訝她囑咐的對象是我，而不是茉莉學姊。

那一天，宋媽媽完全沒有提到茉莉學姊。

下課的時候，艾亭匪夷所思地看著我手上的書。

「念荷，妳怎麼會看《素描入門》？妳想學素描嗎？」她好奇拿起桌上另一本《人體結構素描》翻了幾頁。

「嗯，我想學，但不知道怎麼開始，所以乾脆買書來自學。這幾天晚上，我都有照書上寫的練習。」我頭也不抬地答，目光仍定在書頁上。

艾亭再度發揮她敏銳的第六感，悄聲說：「妳會想學這個，該不會又是跟宋任愷有關吧？」

我坦承不諱，連帶告訴她我與宋嘉玟的那一段對話。

艾亭勸道：「哎呀，余茉莉畢竟是個千金小姐，精通一兩樣才藝也很正常，妳不需要跟她比呀！」

「我不是要跟茉莉學姊比啦。」我靦腆一笑，「我只是想和宋任愷的妹妹有更多的共同話題。我認爲與其強迫她忘記茉莉學姊，不如陪著她一起回憶和茉莉學姊有關的一切。我雖然無法取代茉莉學姊在她心中的地位，起碼我可以努力成爲她信任的對象。」

說完，我拿起一旁的螢光筆在書上劃下重點。

「好吧……」艾亭頓了一下，又說：「說到這個，余茉莉這週末好像就要出國了，禮拜五晚上我學姊要參加她的歡送會。」

我一時不知道該說什麼。

「這一別說不定以後就不會再見面了，難道她和宋任愷到了最後一刻仍堅持選擇形同陌路？」艾亭語帶感慨。

「關於這一點，我也問過宋任愷……不過現在我決定尊重他的想法，不會再勸他什麼。不管他怎麼做，我都會支持他。」我篤定答道。

爲了不重蹈覆轍，我不再觸碰宋任愷和茉莉學姊的世界。我需要的就是好好珍惜現在，全心專注於自己能夠做的事。

我會向前看。

帶著新買的畫筆愉快地回到家時，媽媽正坐在客廳等我。

「念荷，妳過來，我有事問妳。」

難得見她如此嚴肅，我也不免正襟危坐，「怎麼了嗎？」

媽媽指了指桌上一個眼熟的寶藍色絨布盒。

我心中一驚，那是宋任愷交給我處置的珍珠項鍊。

「今天我把針線盒放回妳抽屜的時候，意外發現了這個。妳怎麼會有這麼貴重的東西？是從哪裡來的？」

我頓時心跳加速，背脊發涼，囁嚅道：「這個是……」

媽媽接著又說：「還有，今天下午我去買東西，剛好遇到艾亭的媽媽。我提到妳和艾亭上週六一起出去玩，結果她告訴我，艾亭那一整天都待在家裡沒出門。」

這下子我的手心也冒出了涔涔冷汗，不知該如何辯解。

「念荷，妳向來不是個會說謊的孩子，但妳讓我不得不懷疑，會不會不只上週，妳連上上週也都在欺騙我。我等會兒打電話給艾亭，問她上上週究竟有沒有跟妳出去。」

「不要打電話給艾亭！」我羞愧地低下頭，「媽媽……對不起。」

聽到我很快認錯，媽媽的臉色總算不再那麼凝重，「我暫且不計較妳爲何撒謊，不過，妳一定得解釋清楚這條珍珠項鍊是怎麼來的。」

經過一番天人交戰，我明白再也無法抵賴，只得顫聲說出實情，連帶交代了我連續兩個週六的眞正去處。

媽媽聽完，臉上雖已不見怒容，仍用譴責的口氣道：「即便如此，妳也不該收下那條項鍊，甚至聯合妳那個學長一起欺騙他媽媽。失去如此意義重大的物品，他媽媽會有多痛心，妳有想過這一點嗎？」

我愈聽愈慚愧，頭也垂得更低。

「妳是怕媽媽知道妳獨自去學長家會不高興吧？但妳蓄意說謊，更讓我不高興。這件事就算了，不過妳一定要把項鍊還給那個男生的媽媽，如果妳不敢，媽媽就出面替妳還回去。」

我猛地抬頭，「可、可是，要是現在還回去，阿姨得知宋任愷騙她，豈不是會更傷心？」

「那也是沒辦法的事，你們從一開始就不該這麼做。」媽媽神情嚴肅，「念荷，妳是不是喜歡那個男生？」

我臉上一熱，一句話也說不出來。

媽媽沒再追問，聲音放軟了些，「我和妳爸爸討論一下後續該怎麼做，妳先回房間換衣服吧。」

我一籌莫展，只得乖乖照做。

回到房間以後，我打電話給宋任愷，對他說明情況，並向他道歉。

宋任愷先是沉默，過了一會兒才說：「沒關係啦，既然如此，妳把項鍊還給我吧，我來處理。」

「真的對不起，要是我藏得再隱密點就好了。」我很過意不去。

「我才該道歉，都是我害妳被罵，明天妳就將項鍊帶到學校給我吧。」

此時，電話那頭忽然傳來女生叫嚷的聲音。

沒多久，宋任愷便說：「學妹，我妹說她要跟妳講話，妳等等。」

「咦？」

還未反應過來，就聽宋嘉玟用她高亢的聲音大叫：「念荷嗎？」

我呆了呆，「對，我是念荷。」

「妳什麼時候來跟我一起畫畫？我有畫一張妳的畫，快點過來看！」

女孩這番話讓我既驚訝又感動，心中的沮喪立時一掃而空。

然而媽媽這週末想必不會輕易讓我出門，若是改在放學後過去宋任愷他家，也勢必會因晚歸而讓媽媽起疑心。

看來這陣子我只能安分一點了。

於是我安撫地說道：「我也想早點過去看看妳的畫，可是這禮拜恐怕不行，下禮拜我一定找時間過去跟妳一起畫畫，好不好？」

「妳快點喔！」說完，她沒有把手機交還給宋任愷，逕自掛斷。

隔天去到學校，和宋任愷約好在圖書館頂樓碰面，將項鍊交還給他。他默默接過，並未提及後續將要如何處理，我也不敢多問。

晚上媽媽問起那條項鍊是否已歸還給宋媽媽，我怕媽媽深究，只模糊地點頭稱是，再次滿懷歉疚地撒了一個謊。

週六晚上，我和爸媽到餐廳吃飯，回程途中，媽媽忽然說：「念荷，我想去妳那個學長的家裡看一看。妳之前那麼常去打擾，我也應該跟他媽媽打聲招呼。」

我的心臟猛地一跳，差點跳出胸口，「現、現在嗎？」

「會不會太突然了？約個時間比較好吧？」爸爸也以為不妥。

「對呀，另外再約時間吧！」我緊張道。

媽媽態度很堅持，「我知道這麼做很不得體，可是這幾天我一直掛念著這件事，總覺得自己也有責任，孩子做錯事，我這個做母親的怎麼能不親自登門道歉？」

我瞬間冷汗直流。

「如此倉促拜訪，可能會造成對方的困擾。」爸爸又說。

「我知道，所以我並不會進到對方家裡叨擾，我只是想送個禮物給宋太太，在門口向她致意就好，不會耽誤太多時間。念荷，妳聯絡一下妳學長，問問看他媽媽在不在家？」

「可是，他平常這個時候都在打工，不方便接手機，而且我也不知道他家裡的電話。」我暗自祈禱媽媽能放棄這個念頭。

「這樣啊？那只好直接過去看看了，現在時間還不算太晚。念荷，告訴爸爸路怎麼走。還有老公，注意一下附近有沒有什麼商店可以買點伴手禮。」

我萬念俱灰，自覺陷入前所未有的巨大危機。

我不敢打電話通知宋任愷，只能跟著媽媽買完禮盒，來到宋任愷家，爸爸則留在車上等候。

摁下門鈴不久，宋媽媽便前來應門，一看到是我們，不免面露詫異。

媽媽立刻自我介紹：「妳好，很抱歉臨時上門打擾。我是念荷的母親，聽說我女兒前陣子經常來府上打攪，給您添了不少麻煩，所以我特地帶她過來向您致歉，希望您能收下這個禮盒。」

「哎呀，念荷媽媽妳太客氣了。念荷她——」

宋媽媽從媽媽手中接過禮盒後，明顯一愣，我察覺有異，也隨宋媽媽的視線看去，赫然發現那個禮盒，竟恰巧與我以茉莉學姊名義送給宋媽媽的同款。

方才在店裡的時候，我太過忐忑不安，根本沒留意媽媽買了什麼。

媽媽接著進入正題：「很抱歉沒能事先聯繫就冒昧前來，之前我女兒不該貿然接受您兒子的請託，替他保管您重要的珍珠項鍊。我已經嚴厲訓斥過念荷了，這是我管教不周，希望宋太太您能見諒。」

宋媽媽愣住了，而我只覺無地自容，淚水幾度就要奪眶而出。

「別這麼說，孩子們也不是故意的。」宋媽媽神色變化了一陣，最後只笑著說：「別在門口說話，快進來坐吧，來家裡喝杯茶。」

在宋媽媽的盛情下，原本打算道歉完就離開的媽媽，終究還是進到屋裡。

宋嘉玟一見到我，立刻光著腳丫子急急衝過來，嘴裡大喊：「念荷，妳來了！」

我只有告訴媽媽，宋任愷因爲擔心母親得知自己和交往多年的女友分手，看到珍珠項鍊會觸景傷情，才決定偷偷把珍珠項鍊藏起來，其他並未多言，包括兩人爲何分手，以及宋任愷有一個不同常人的妹妹。

因此乍然見到宋嘉玟，媽媽臉上不免浮現異色，目光也停留在她身上。

「妹妹，妳先帶念荷去房間玩，媽媽想和念荷的媽媽聊天，等等再叫妳出來好不好？」宋媽媽輕聲哄著女兒。

「好！」宋嘉玟二話不說就拉著我往房間走。

到了房間裡，她迫不及待找出自己的畫本，翻到其中一頁，「妳看，這是我畫的妳！」

我接過畫本，但那一頁只畫著一朵荷花。

「哥哥說妳的名字跟茉莉一樣，都有花！」她笑嘻嘻地說，「是不是很漂亮？」

我顫抖地張口，想告訴她，這幅畫眞的很漂亮，只是話聲未出，淚已先落下。

在看見她親手爲我畫下的這幅荷花後，我再也無法承受緊繃的情緒，哭個不停。

「念荷，妳幹麼哭？」女孩睜大雙眼，「妳被妳媽媽罵了嗎？」

「嗯，我被罵了。」我點點頭，哭得上氣不接下氣。

宋嘉玟在一旁安慰我，直到我漸漸平靜下來，才一邊陪著她畫畫，一邊留意客廳的動靜。

媽媽和宋媽媽似乎相處得頗爲融洽，不時會聽見她們的笑聲，讓我的心情安定了幾分。

我和媽媽要離開時，宋媽媽領著宋嘉玟送我們到門口，她依舊笑臉盈盈，對待我的態度沒有絲毫改變，這讓我更感愧疚。

回到爸爸的車上，爸爸問媽媽：「還挺久的呢。怎麼樣？」

「宋太太沒有追究，她很親切，也很好說話，非常熱情地招待我們。」媽媽回答。

「那就好。」爸爸回頭溫柔地叮囑我，「念荷，下次不可以再這樣了，知道嗎？」

我點頭，鼻間再次微微一酸。

接下來的路上，我們誰都沒再提起這件事，我和爸爸有一搭沒一搭地聊著其他話題。

而媽媽始終沉默。

週一出門上學前，我背好書包，先做了個深呼吸，走到媽媽身邊。

我鼓起勇氣問她：「媽媽，我還能再去宋任愷他家嗎？」

她凝視著我，過了半晌才回：「只要妳保證不再闖禍，也不會給他們家添麻煩，就可以去。」

「眞、眞的嗎？」我難以置信。

「嗯，但不能太常去，一星期不可以超過三次，不然就太打擾人家了。」

「好！」我欣喜若狂，緊緊抱了她一下，「媽媽，謝謝妳！」

我一路蹦蹦跳跳地來到學校，行經校園途中，瞥見茉莉學姊的幾個朋友。

我這才想到，茉莉學姊以後不會再來學校了，她已經出國了。

看著那幾個學姊落寞的神情，我的雀躍頓時退去不少。

茉莉學姊離開後，宋任愷的表現一如往常，他對待我的態度亦是如此。

他得知我媽媽突然造訪他家後，也沒有任何不悅，不過他仍然沒有告訴我珍珠項鍊一事最後如何收尾，我也沒有多問，以免又生波瀾。

得到媽媽的允許，我總算能放心地去宋任愷家玩。漸漸地，我和宋嘉玟靠著繪畫拉近距離，感情愈來愈好。

爲了她，我天天都會抽空練習畫畫，過了幾個星期，本來連一朵花都畫不好的我，多少有些進步了。

隨著與宋任愷一家的頻繁接觸，我也常和爸媽聊起他們，分享與宋任愷一家相處的點點滴滴。

有一天在餐桌上，我又不經意地提到宋任愷，媽媽突地不動聲色放下碗筷。

「念荷，之前媽媽有件事沒提醒妳，現在說也還不遲。」

我眨了眨眼，「什麼事呀？」

「媽媽可以答應妳和宋任愷做朋友，也同意讓妳去他家。」她神色認眞，「但是妳不可以跟他談戀愛。」

此話一出，我和爸爸都停下筷來。

我結結巴巴地問：「什、什麼意思？」

「我知道妳是因爲喜歡那個孩子，才對他的家人特別上心，但我只能通融到這裡，妳不可以和宋任愷發展出超越朋友的感情。」

媽媽的警告像是一道驚雷，轟得我腦中一片空白。

「……爲什麼？」我聲音微顫。

「沒有爲什麼，總之就是不行。」媽媽的態度很堅定，「要是妳做不到，今後就不許再與他來往。」

我茫然地看著媽媽，什麼話都說不出來。

爸爸見狀，張口欲言：「老婆……」

「不用說了，就是這樣。」毫無轉圜餘地，媽媽低頭繼續吃飯。

我呆坐到媽媽走進廚房洗碗，才匆匆離開餐桌，來到她身邊。

「媽媽，妳毫無理由地反對，我很難接受。」我滿心困惑，「爲什麼我和宋任愷不能談戀愛？」

「你們不適合。」她簡略答道。

「可是妳並沒有跟宋任愷相處過，妳怎麼能確定？他是個很好的人，他——」

媽媽打斷我的話，「我知道他很好，也知道他很孝順懂事，是個很好的孩子，但還是不行。」

「那妳也要告訴我妳覺得我們不合適的理由呀，不然妳要我怎麼接受？」我忍不住提高聲音。

媽媽陷入沉默，望著她的側臉，我心下多少有些了然。

「是因爲宋任愷的妹妹嗎？」我直接了當地問：「是不是因爲他有一個這樣的妹妹，所以妳才不贊成？」

捕捉到媽媽微微變化的神色，我更確定自己猜對了。

我無法理解，「這是我和宋任愷的事，爲什麼要扯到他妹妹？這跟她無關呀。」

「怎麼會無關？他們是一家人，家人是要互相照顧一輩子的。妳現在去他家幫忙照顧他妹妹，難道未來也打算一直這樣下去？妳知不知道這樣有多辛苦，媽媽怎麼可能允許？」

我整個人愣住。

「可是媽媽妳這樣……不就跟茉莉學姊的爸媽一樣?因爲宋任愷家裡環境不好，宋媽媽生病行動不便，他妹妹又智能不足，妳就嫌棄他們嗎？」我忿忿不平地說。

聞言，媽媽關上水龍頭，扭頭看我，「媽媽不是嫌棄他們。妳不是他們家的人，自然看不見他們家背後眞正的辛苦。我不過是希望妳和那個孩子只當普通朋友就好，不要再有更多的感情了。」

我感到很受傷，「我當然清楚他們家很辛苦啊，媽媽妳這麼說分明就是嫌棄。茉莉學姊的爸媽也是這樣逼她和宋任愷分手，爲什麼連妳也是如此?宋任愷又沒做錯事，你們卻要強硬地剝奪他戀愛的權利。以前外婆也不看好妳和爸爸，可是現在你們過得很幸福，不是嗎？」

媽媽臉色微僵，耐著性子跟我說：「念荷，這是兩回事，妳學長家的情況要複雜多了。我曉得妳認爲兩人之間只要有愛，就可以度過一切難關，但現實不會如此簡單，否則妳學姊的爸媽也不會這麼做。沒有正常的父母會希望自己的孩子走上一條前途艱辛的道路。」

「什麼叫作『正常』的父母？」我難以置信，激動地反駁，「宋阿姨也是很正常的母親呀，她也盼望自己的小孩得到幸福，爲什麼妳要說出這麼殘忍的話？」

「那是因爲我知道若是你們在一起，遲早也會跟妳那個學姊一樣，最後只能痛苦分手。媽媽實在不想讓妳經歷這些，沒有哪個父母會願意讓孩子受苦。」媽媽撇過頭不再看我，「妳還小，才會覺得我很殘酷自私，等妳將來做了母親，就會懂媽媽的心了。」

「媽媽妳現在說的話根本沒道理，妳這是雙重標準，更是歧視！」我大聲拋下這句話就氣沖沖地奔回房間，重重甩上房門。

不知道過了多久，敲門聲響起，爸爸開門走進來。

我坐在床沿哭泣，爸爸拉了一把椅子坐到我面前，溫柔地看著我。

我淚眼婆娑地抬眸，話聲哽咽：「爸爸，我做錯了嗎？」

「就我看來，妳和媽媽兩個人都沒有錯。只是妳媽媽她考慮得多，也想得比較長遠。她絕對是最希望妳能幸福的人，畢竟妳是她唯一的寶貝啊。」爸爸溫聲地安撫我。

「我知道媽媽是爲了我好。」我潸然淚下，「而且我和宋任愷只是朋友，他並不喜歡我，可是媽媽說那些話，還是讓我非常難過。」

「我知道。」他摸摸我的頭，「妳媽媽心急，話話難免直接了點，但妳明白她其實沒有惡意就好。」

我點點頭，「那我還能和宋任愷他們家往來嗎？」

爸爸沉吟了幾秒，回道：「當然可以，現在的妳不需要想得太多。妳如果想繼續關心他們，就去吧。爸爸發現，妳認識那個孩子以後，變得對家人更加體貼了，我相信這是他帶給妳的正面影響。」

我含著眼淚對爸爸微微一笑。

爸爸語重心長地說：「但是妳要記得，既然妳和宋任愷只是朋友，就要有身爲朋友的認知，要與對方保持適當的距離，不可以將他們家的事全都攬在身上。妳只要像朋友那樣關心支持著他就夠了，絕不能過於介入對方的生活，這不僅對妳好，也是對宋任愷的尊重，知道嗎？」

爸爸這番話讓我想起艾亭也曾有過類似的叮囑，這表示她對我也有同樣的擔心。

了解這一點後，我慢慢收起眼淚，並再次點頭。

✦

天氣逐漸炎熱了起來，茉莉學姊也離開將近一個月了。

站在圖書館頂樓，穿著夏季制服的宋任愷斜倚著牆面眺望遠處，燦爛的陽光灑落在他身上，幾乎讓我移不開眼睛。

注意到我頻頻瞟向他，他大步走過來，「妳在畫什麼？」

「不可以看！」我大驚失色，連忙掩住手上的素描本。

但他仍輕巧地抽走我手上的素描本，看了一眼，讚賞道：「眞厲害，妳畫得愈來愈好了耶。這是我嗎？」

「呃，對。」我很害羞地承認，飛快奪回畫作，「我和你妹妹約好，要畫你的背影。我畫在學校的你，她則是畫在家裡的你。」

「原來，怪不得這幾天她老是盯著我的背看，還像個跟屁蟲一樣一直跟著我。」他恍然大悟地笑出聲，「最近她三不五時就跟我提到妳，說妳們又畫了些什麼。」

聞言，我遲疑了下，輕聲問：「那她還會吵著要見茉莉學姊嗎？」

「偶爾還是會，不過跟以前比起來，頻率少非常多了。我想那是因爲有了妳的陪伴，讓她不那麼寂寞。」

他這番話像是將一整片陽光照耀在我的心上，讓我心中暖洋洋的。

這段日子以來的努力總算有了成果，我覺得很感動，並且心滿意足。

「對了，學妹，這週五晚上妳有沒有空？」他彷彿想起什麼似地問道：「那天是我妹生日，她說想要辦生日會，希望找妳一塊參加，可以嗎？」

我受寵若驚，「當、當然可以。我一定會去。」

「太好了，不過前陣子她在電視上看到《冰雪奇緣》，嚷著說想要一個艾莎蛋糕，我正煩惱要去哪兒訂。」他皺眉。

「我家附近有間蛋糕店，好像有在接造型蛋糕的訂單，我今天放學就去問問看！」我自告奮勇攬下這個任務。

事不宜遲，我一放學就衝往蛋糕店，待順利下訂後，立刻興沖沖地打電話通知宋任愷，他高興得連聲向我道謝。

週五當天，宋任愷堅持陪我一同去店裡領蛋糕。

看到製作精美的成品，我們開心地相視一笑，已經能想像宋嘉玟將會如何欣喜若狂了。

「妳送了什麼給她？感覺好有份量。」去往他家的途中，宋任愷好奇地看向我抱在懷中的禮物。

「是艾莎的娃娃。」說完，我隨即補上一句，「你放心，不會很貴，老闆有幫我打折。」

宋任愷眼中滿是笑意，「眞的很謝謝妳的幫忙，等到妳生日，我也會好好回報妳的。」

我張了張口，本來想請他不要特地破費，卻因爲腦中一閃而過的某個念頭而住嘴。

我很清楚，對他而言，光是購買生日蛋糕就會是筆不小的開銷，我不想他再爲了我的生日禮物費心。只是當我湧生出這個想法時，卻也跟著想起，宋任愷曾經說過，茉莉學姊並不喜歡他送自己禮物。

我似乎有點明白茉莉學姊的心情了。

「妳生日是什麼時候？」

「三月三號。」

「那已經過了，只好等明年嘍。」他揚起唇角，「我一定會記住的。」

他眼裡的篤定令我怦然心動，有種曖昧的甜蜜。

只是我沒有料到，自己會如此措手不及地從這段美夢中清醒過來。

就在快抵達宋任愷家時，前方駛來一輛消防車，許多居民圍在一旁議論紛紛，神色驚慌。

我和宋任愷互望一眼，在彼此的眼中看見一絲恐懼，匆忙地擠入人群想要探看是怎麼回事，卻在看清楚眼前那幅畫面時，不約而同停下腳步。

宋任愷的家門口停著兩輛救護車。

✦

「念荷。」

是艾亭的聲音。

我勉力睜開眼睛，映入眼簾的果然是她憂心忡忡的臉龐。

「念荷，妳還好嗎？」她身上穿著制服，蹲在我的床沿，紅著眼睛輕輕握住我的手。

我全身劇烈顫抖，緊緊抓住她，完全說不出話，只能發出殘破的哭聲。

宋嘉玟生日那一天，她身穿宋媽媽親手為她縫製的美麗連身裙，和宋媽媽兩個人倒臥在客廳的地板上。

救護人員到達現場時，發現宋嘉玟身旁有一條童軍繩，而她的頸部也有勒痕，研判宋媽媽先是用童軍繩將女兒勒斃，再開啓瓦斯與女兒同歸於盡。

鄰居在嗅聞到濃重的瓦斯味後立刻報警，卻仍未能挽回兩人的性命。

事發至今過了三天，我每天都在哭，時常哭著哭著就因倦極睡著，醒來之後，又不由自主地掉淚，一雙眼睛腫成了核桃，輕輕一碰便疼痛不已，但我還是無法停止哭泣。

昨天在課堂上，我當著全班同學的面突然哭出來；回到家裡，我依然不停流淚，伴隨著頭痛欲裂，今天早上根本沒辦法下床。媽媽索性替我請了幾天病假，讓我在家好好休息，而艾亭一放學就趕來我家看我。

宋任愷這幾天也沒去學校。

我非常擔心他，卻始終聯絡不上他，最後才從他的班導口中得知，他暫時寄住在一個遠房親戚家，等處理完母親和妹妹的後事，就會回到學校上課。

宋任愷家的悲劇在學校傳開後，班上同學因爲擔心我的情緒，都不敢多問。只有游彩青依舊不懂得看人臉色，直接問我發生了什麼事，當場有同學不客氣地訓斥了她一頓，並隔開我們。

事前沒有半點預兆，我不知道宋媽媽爲何會突然挑宋任愷不在的時候，將女兒帶走。

可是細思過後，我又覺得自己其實是知道的。

「只要是爲了孩子的幸福，做父母的，任何事都會願意做。」

「念荷，阿姨拜託妳，不管發生什麼事，妳都不會嫌棄任愷，會在他的身邊鼓勵他、陪伴他，不讓他孤單。這是阿姨唯一的心願。」

如今回想起來，那些話簡直就像是宋媽媽的遺言。

爲了不拖累孩子的人生，她做出這樣悲壯的決定，不是臨時起意，是早就有此打算。

或許宋媽媽早知道宋任愷和茉莉學姊分手，也知道茉莉學姊已經離開台灣，更知道宋任愷和我的刻意隱瞞，所以她才沒有向我追究珍珠項鍊一事，只是淡淡揭過。

或許她一直都清楚茉莉學姊父母的心思，也清楚我媽媽的心思，更清楚周遭的人是怎麼看待他們一家的。

她一定再明白不過了。

深受打擊的我，始終走不出這份傷痛。媽媽不再讓我靠近宋任愷家，我每天只能不停地悲傷哭泣，在眼淚中懷念一切。

我好想見宋任愷。

眼下除了他，我無法關注任何事，一心只想知道他現在好不好？是否無恙？

好想在他身邊陪伴著他。

等我回到學校上課，已經鄰近學期末，我足足有兩個星期沒見到宋任愷了。

一天放學回家，我竟收到宋任愷傳來的訊息。

趕到約定地點，火紅晚霞下，我很快找到他獨自坐在河堤邊的身影。

他身上穿著制服，我不確定他是今天才回到學校上課，還是前幾天就回來了，只是今天才聯絡我，不過那些都無所謂，重要的是他終於再次出現在我面前。

「好久不見。」他對我揚起久違的溫暖笑容。

他臉上被夕陽染上一層淡淡的餘暉，氣色乍看之下還不錯，神態也跟平常沒有什麼不同。

這一刻我連一句「你還好嗎？」都問不出口，只能和他一起靜靜地坐在河堤，眺望已沉落大半的夕陽。

「國中一年級那年，」宋任愷主動打破沉默，視線直直地看向前方，「有個男同學跟我感情很好，他在我生日時，送了我一款當時很流行的掌上遊戲機。那是他爸媽送他的，他知道我很喜歡，便慷慨轉贈。自從我家中遭逢大變後，那是我收到的第一份大禮，我非常開心。」

我安靜地聽他說。

「可是有一天，遊戲機不見了，我找了好久，最後發現被我妹偷拿去玩，弄壞了不說，還把遊戲機丟在水溝裡。剛好就在那天，同學的媽媽找上門來，說是要取回遊戲機，我同學大概是怕被責罵，便說那遊戲機是借給我的。得知東西壞掉之後，他媽媽很生氣，當著我媽的面痛罵我一頓，一看到我妹，更是露出嫌惡的神色，要我同學今後不准再跟我一起玩。」

宋任愷的聲音平靜無波，「那時我因爲太過羞惱，也太過憤怒，在我妹又開始鬧脾氣，對我和媽拳腳相向的時候，忍不住動手打了她。」

我扭頭看他，餘暉從他的臉上慢慢退去，使得他眸裡的光也跟著黯淡了幾分。

「對我們這樣的家庭來說，最痛苦的其實不是別人異樣的眼光，也不是照顧病人的辛苦，而是發覺這種生活永遠不會有停止的一天。那種漫長到看不見盡頭、看不見改變的絕望，才是最讓人崩潰的。」

他斂下眸，「我第一次打我妹，就是在我眞正意識到這一點的時候。當我想到往後的十年、二十年、三十年……我都得照顧她，無法擁有自己的時間與人生，一輩子失去自由，情緒就這麼一下子爆發，對我妹和我媽發了好大的脾氣，最後我媽哭著向我道歉，說是她拖累了我，我才恢復理智，心裡充滿愧疚。」

仰起頭，他深吸一口氣，「從那時起我便想開了，沒人願意接受我的家人也沒關係，我妹縱然爲我帶來痛苦，我還是很愛她，而且至少我身邊還有茉莉，就算被人冷眼以待，我也要抬頭挺胸過日子，只不過這並不容易，偶爾還是會不自覺地感到自卑。」

宋任愷清澈的眼眸轉向我。

「記得有一天晚上，妳在街上叫住過我嗎？妳和妳爸媽三個人穿得漂漂亮亮地站在我面前時，讓我覺得就像是在面對茉莉的爸媽一樣，內心感到極度的緊張與不自在，甚至連直視妳爸媽的眼睛都不敢。就在那瞬間，我便知道妳跟茉莉屬於同一個世界。」

我怔然不語。

「可是每次和妳說話，不知爲何，總會覺得彷彿與妳相識已久，這是我第一次對一個朋友有這樣的感覺。最重要的是，妳不介意我的家庭，不介意我妹妹，還願意她付出這麼多，讓她在失去茉莉後重拾笑容。我眞心認爲可以遇見妳，是這麼多年以來，我所遇到最幸運的事。」

宋任愷誠懇的告白，令我霎時熱淚盈眶。

此時此刻，我好想好想向他傾訴，自己一直以來對他的心意。我想告訴他，我的付出和努力，全是爲了走進他的心，爲了可以更靠近他的世界。各種情緒在我胸間沸騰，我再也無法壓抑心中的情感。

我用力呑嚥口水，聽見自己劇烈的心跳聲，鼓起最大的勇氣開口：「宋任愷，其實我想跟你說，我……」

「念荷。」他打斷我的話，低頭看向腳邊的綠草，低聲說：「當初還不知道妳送錯情書之前，我曾經誤會過妳；假如現在我又不小心誤會了，妳就當我是傻瓜，一笑置之就好。」

我一時語塞，不明白他這話是什麼意思。

「跟茉莉分手後，我雖然從頭到尾都表現得平靜釋然，實際上卻不是這樣。我很心痛，和她分開後的每一天都生不如死。失去茉莉，就像失去了靈魂和方向。但即使不能沒有茉莉，我也沒辦法開口留下她。」

他啞著聲音說：「我們經歷過無數的苦痛才走到這裡，絕不輕易提出分手。因爲我們都有覺悟，一旦有天誰說出口，就表示眞的已經走到盡頭，不會再有挽回的餘地。所以茉莉她並不狠心，她是最尊重我的人。我們的感情始終沒有改變，但就是無法繼續走在一起。這一切只有茉莉能懂，在這世上，不會再有人比她更了解我。」

我呆呆地望著他，只覺腦中轟隆隆作響。

「希望在來生，我和妳能有更好的緣分。」他最後淡淡地說：「這輩子我不會再喜歡上茉莉以外的人。不管是時光倒流，或是去到別的時空，只要再見到茉莉，我還是只會喜歡她的。」

當夕陽完全西沉，我胸口的鼓譟也跟著全數消弭。

我再也說不出任何一個字。

與宋任愷在河堤分別後，我跟他便形同陌路。

我們沒有再聯繫彼此，也不再相約去圖書館頂樓。

偶爾在校園遇見時，他仍會對我點點頭，露出淺淺的微笑，然後與我擦身而過。

曾有過的親暱瞬間煙消雲散，我縱然為此萬分不解，卻無能為力。

我跟他就這麼漸漸疏遠了。

不久將進入期末考週，再來就要放暑假了。

若是現狀持續下去，我有預感下次再見面，我跟宋任愷真的會變成陌生人。

期末考結束後，我和艾亭站在走廊上吹風。

「呼，終於考完了，這次的英文作文妳會寫嗎？」艾亭伸了伸懶腰，見我心不在焉，便攬著我的手臂喚了聲：「念荷！」

我猛然回神，乾笑答：「我、我也不知道，我根本不記得自己寫了些什麼。」

艾亭溫柔地捏捏我的手，「沒關係啦，這段時間發生了這麼多事，就算不小心考糟了，老師也會體諒的。暑假我們換個心情，找個風景漂亮的地方一起去玩，好不好？」

我微笑點頭。

休業式前一天，宋任愷的班導透過學校廣播，找我去導師辦公室。

他問我是否有和宋任愷聯絡，我不安地反問：「請問怎麼了嗎？」

我才知道宋任愷這兩天都沒有來學校。

昨天他打電話向班導請了病假，今天卻杳無消息，聯繫不上，所以他想先問我是否知情，如果我也不清楚，晚一點他會親自去宋任愷家探訪。

得知這件事讓我接下來都心神不寧。

放學後，爸爸來學校接我，這天他提早下班，特地帶我去餐館吃飯。

在車上不管爸爸跟我說什麼，我皆恍若未聞，直到爸爸拍拍我的肩膀，我才憂心忡忡地轉頭看他。

「爸爸，你載我去宋任愷家好不好？」我緊張地說：「他的導師說他生病了，一直聯絡不到人，我想去看一看。」

擔心我再受刺激，媽媽嚴禁我接近宋任愷家，因此爸爸聽到我的請求，難免陷入猶豫。

我拉了拉他的衣袖，「我只想確認宋任愷他沒事，要是他真的生病，卻沒有人照顧他，那就太可憐了。爸爸，求求你！」

在我苦苦哀求下，爸爸終於妥協，開車載我去找宋任愷。

我雙手緊握成拳，濕了眼眶。

即使宋任愷永遠無法喜歡我，我還是不能夠抹滅這份感情。

即使失戀的痛苦讓我心如刀絞，我還是想待在他身邊，用朋友的身分關心他、支持他。

這不僅僅是我對宋媽媽的承諾，也是我現在最大的心願。

到了宋任愷家附近，爸爸先去停車，我則直接衝到他家門口。

門鈴怎麼摁都無人回應，他也沒接手機，我索性一邊重重拍門一邊大喊，裡頭卻依然悄無聲息，我不由得更形焦慮。

就在這時，我想起宋嘉玟曾說過，她會把家裡的備用鑰匙黏在門口的信箱後面。

我往信箱後方摸索，試著碰碰運氣，居然眞讓我找到一把鑰匙。

也不去想這麼做合不合適，我立刻用鑰匙打開門，一踏進客廳，見到熟悉的擺設，許多回憶隨即湧上心頭，使我不禁鼻酸。

客廳裡空無一人，我再次大喊宋任愷的名字，依然沒有得到回應，於是便走向宋任愷的房間。

宋任愷的房門緊閉，我敲了敲門，幾經掙扎，最後心一橫，直接轉開門把，推門而入。

我見到的卻是我這一生都忘不了的畫面。

耳邊驟然一片死寂，全身血液隨著我停下的腳步瞬間凝結成冰。

窗外透進夕陽餘暉，一道身影懸在半空中，而我在下一秒清楚聽見自己發自喉嚨最深處的淒厲尖叫。

第八章 孫一緯

我木然地注視著楊於葳的眼睛。

微風吹得她身後的窗簾起起伏伏，我從驚愕中回神。

「那個學長……」久久未出聲，我的聲音竟一下子變得乾啞，「自殺了？」

「嗯。」楊於葳點頭。

完全沒想到劇情會如此發展。

上次聽楊於葳說到女主角準備幫學長的妹妹慶生，我還以爲接下來的情節會漸趨明朗，兩人慢慢展開戀愛關係，想不到卻是一連串悲劇的開始。

「那學妹後來怎麼了？」

「後來……」楊於葳微微偏頭，「後來學妹生病了，始終走不出學長在她面前上吊身亡的陰影，大二的時候，她也用相同的方式，結束自己的生命。這就是這個故事的結局。」

我目瞪口呆，很難用言語描述內心的感覺。

楊於葳見我如此反應，有些於心不忍，嚷道：「所以我才說你會後悔的嘛！」

「等一下，我好不容易寫到這裡，妳卻告訴我這就是故事的結局？」我還是難以置信。

「對呀。我就是怕說了會影響你念書的心情，才打算等學測結束再告訴你，你卻非得馬上知道。」

「妳該不會是想趕快做個了結，才草草用這種結局應付我吧？」

「才沒有呢，這個故事本來就是這樣呀！」她急了起來。

我斜睨她一眼，「所以這是眞人眞事？」

楊於葳一頓，擺擺手否認，「不不不，是虛構的，這是我隨便想出來的，你別這麼認眞嘛！」

見我仍面色凝重，她無奈妥協，「好嘛，要是你眞的不喜歡這個結局，不繼續寫也無所謂，反正我們已經達成寫小說的目的，讓你『聽不見』的毛病得到控制，這才是最重要的！我們應該開心才對，別這麼嚴肅啦！」

楊於葳伸手想要從桌上拿走那疊稿紙，我搶先一步拿回來。

「既然這故事不是眞的，結局我也還沒寫出來，表示可以再修正吧？」

她眨眨眼，「什麼意思？」

「意思是雖然這故事是出自於妳的構想，不過既然妳不介意是否能完成，不如交由我處置。考量到原作是妳，我還是會尊重妳給學長的結局，但故事的最終結局我要再修改，這樣可以吧？」

她垂下肩膀，「你爲什麼要這麼頑固？」

「因爲我就是沒辦法接受妳給學妹的結局。爲什麼她非得走上跟學長一樣的路？雖然情有可原，但我難以心服口服。妳覺得我頑固也罷，反正我不會就這麼算了。」

楊於葳啼笑皆非，「孫一緯你……」

「妳想笑就笑，這對妳來說，或許只是一個虛構的故事，對我而言卻是寄託，我不想看到我這段日子耗費心力寫出來的小說，會是以這種方式結束。」我忿忿不平，「妳不肯給學妹幸福，那就由我來給！」

楊於葳的笑意凝結在嘴角，看向我的目光異常專注。

我不解地問：「怎麼？妳不同意？」

「不是，我只是覺得孫一緯你好酷。你剛才說的那番話，超有男子氣概，我都快愛上你了！」她笑逐顏開，雙眼亮晶晶的。

「少耍白痴。如果妳沒意見，我就當妳同意了，妳可別反悔。」我將稿子收進背包。

然而事情沒有我想像中的容易。

回到家以後，我坐在桌前一直無法順利下筆，儘管很不能接受楊於葳給出的結局，但那個結局爲我留下的印象實在太過強烈，難以擺脫。

我盡我所能想要扭轉悲劇，卻只是讓垃圾桶裡寫壞的稿紙愈堆愈高，幾天過去，絲毫沒有任何進展。

最後只得將這個未竟的故事暫時擱置，專心迎接學測的到來。

寒假期間，我和楊於葳沒有見面，她偶爾會打電話給我，順便關心一下小說的進度，但依舊不肯顯示手機的來電號碼。

開學那天，她在朝會結束後跑來找我，笑嘻嘻地戳著我的臉頰，俏皮地問：「Miss me？」

我沒吐槽，只是默默看著她，一直看到她好奇地反問我：「怎麼了？」

「一見到妳，我聽不見的症狀好像又復發了。」

她嚇一跳，「爲什麼？你還在爲小說結局苦惱嗎？寫不出來就別寫了嘛，你眞的很固執耶！」

「那妳當時幹麼要給出那種結局？」我惱火地說。

她噗哧一笑，「好啦，別生氣，那我們來做一件可以轉換心情的事。你中午到圖書館閱覽室一趟，我有事拜託你。」

這傢伙又想玩什麼把戲？

中午一進到閱覽室，楊於葳已經坐在窗邊等我。

我拉開她對面的椅子坐下，「又想要我做什麼？」

「孫一緯，我這裡有一件很好玩的事。」她笑得神祕兮兮，將一個粉紅色的信封交給我，「你打開看看。」

我納悶地拆開信封，抽出一張素雅的信紙，紙上是一行娟秀的字跡。

要如何知道自己現在做的事是對的？

「這是什麼？」我揚眉。

「寒假的時候，我在市區的圖書館意外發現這封信。圖書館館員是我鄰居，我偶爾會去幫忙整理書，有天發現這封信被塞在書架的角落。」

我留意到不論是信封還是信紙，都沒有留下名字或地址。

「所以呢？」

「你不覺得很有趣嗎？就像瓶中信一樣。你想想看，對方把信留在那裡，是不是希望有人回信給他？」她雙眼發亮，像是找到了什麼了不起的東西。

「我沒興趣揣測一個在公共場所留下垃圾，給館員造成困擾的人的想法。」我涼涼地回道。

「哎唷，你別那麼死腦筋，浪漫一點嘛。難道你不認為這個人把信藏在書架上，就是為了等待別人發覺嗎？」

見她少女情懷大開，我無奈地揉了揉額頭，「如果這封信是對方特意留給某個人的呢？妳就這樣拿走，害收信人找不到信，好意思嗎？」

「我當然也有想過這點，所以我暗中觀察了一個月，那封信卻始終仍留在原處！這表示這封信應該不是寫給特定對象，而是有緣人，期盼那個『有緣人』能為他指點迷津，解決人生的煩惱。」

她說得天花亂墜，我則懶懶地翻了個白眼，托著下巴問她：「夠了，妳到底要我幹麼？」

「信上問的這個問題，我一直想不出該怎麼回答對方。孫一緯你頭腦比較好，給點意見吧？」

「喂，誰知道這封信究竟放在那裡多久了？妳又怎麼確定寫信的人會回來察看？」

「就試試看呀。我找到信的時候，信封還很乾淨，沒有灰塵，更沒有泛黃，肯定剛被擺放在那裡不久。你就好心幫幫忙啦，拜託！」她雙手合十。

「不幫。」

我覺得無聊透頂，起身想要往外走，楊於葳卻擋在我身前。

「你不要這麼冷淡嘛！」她急了起來，「那、那要是我保證這是我離開之前最後一個請求，你是不是就願意幫我了？」

「什麼？」

「我去日本的時間已經確定了。」她訕訕地說：「暑假一到，我就要走了，你能不能看在我快要離開的分上，幫我最後一次？」

我怔了怔，「妳是因爲要逼我答應，才故意這麼說？」

她猛搖頭，「是眞的！寒假時我爸跟我說，等到這學期結束，就會接我過去。我發誓我沒說謊。」

對上她認眞的目光，我沒轍地嘆了口氣，轉身坐回原處。

楊於葳馬上將信紙攤開在我面前，喜出望外地問：「你想到怎麼回答了嗎？」

我瞥過去一眼，「沒有。」

「別這麼說嘛，你再認眞想。」

「沒有就是沒有，不可能有辦法知道的，妳能做的就只有現階段認爲最正確的事！」我不耐地回。

楊於葳先是一愣，隨即面露喜色，兩手重重一拍，指著我大叫：「就是這個！孫一緯你果然是天才！」

接著她又從包包找出一枝筆和一組全新的信紙，「快快快，把你剛剛說的那句話寫在信紙上！」

「我寫？」我傻眼。

「答案是你給的，當然由你來寫呀！」她眨眨眼。

「妳自己寫。」

「不行，那樣就沒意義了。你既然答應幫我，就幫到底嘛，我都保證這是最後一次拜託你了。不然這樣，只要你願意替我回一次信，就抵掉一次你欠我的『祕密問題』，好不好？」

「不要，我又不怕什麼祕密問題。」我冷哼一聲。

「眞的？那我現在問嘍。」她不懷好意地瞇眼，「你最後一次尿床是在什麼時候？」

我忍不住嘴角抽搐，「妳這什麼鬼問題？」

「就祕密問題呀，你欠我的。不許說謊，也不許說不記得。」

「妳這傢伙！」我咬牙，果然方才不該心軟的。

「嘻嘻，你不是不怕嗎？我連下一個問題都想好了，我要問你最近一次在公共場所放屁是在什麼時候，下下個問題則是——」

「……筆拿來，我寫。」我投降了，我可不想面對她那堆層出不窮的鬼問題。

在楊於葳等同威脅的請託下，我將回答寫好遞給她，她笑嘻嘻地對摺好信紙，放入信封。

「我去廁所。」我起身。

「OK，去吧，我等你！」

等我從廁所回到閱覽室，楊於葳還坐在原處。

我剛踏進閱覽室一步，便迅速後退，從門後默默看向楊於葳。

楊於葳正埋首用紙膠帶爲信封封口，窗外透進來的陽光，照得她眼裡的淚光清晰可見。

她白皙的臉上爬滿淚痕，雙唇緊閉，從頭到尾沒逸出一絲嗚咽，就這麼一面無聲落淚，一面進行手上的動作。

這一幕讓我愣然許久。

過了五分鐘，我再進到閱覽室，楊於葳已經重新掛上笑容，看不出來哭過。

「孫一緯，放學你陪我一起把這封信放回去，好不好？」她用輕快的聲音問。

也許是因爲第一次見到那樣的楊於葳，莫名震撼了我，不自覺就答應了她。

我們搭公車到一間位於市區的老舊圖書館。

她領著我來到五樓，裡頭空無一人，書架上陳列的幾乎都是冷門艱澀的書籍，鮮少有民眾在這層出沒。

楊於葳走到最後一排書架，蹲下來在底層的書本與書架之間挪出一點小小的縫隙，然後抬頭對我說：「我就是在這裡發現那封信的。」

我斜睨了她一眼，「妳眞的幹了件蠢事。」

「爲什麼？」她圓睜著眼。

「假如對方希望陌生人發現他這封信，就會把信放在比較多人出沒的區域，而不是偷偷塞在看起來特別冷清的這層樓，更別說是這麼隱密的位置。所以我研判這個人確實是要寫信給某個特定對象，並且也跟對方說好了，要在這裡交換信件。偏偏妳卻把信拿走了，這不等於斷了他們的聯繫？」

楊於葳呆了呆，「可、可是，如果是這樣，那另一個人爲什麼遲遲不來取信？」

「我哪知道？說不定這不過是一場惡作劇，就妳傻傻當眞，以爲少女漫畫的情節眞會發生在現實生活裡，呆子。」

「幹麼說得那麼刻薄啦。」她不悅地噘嘴，「那現在該怎麼辦？」

「把原本那封信放回去，或是乾脆扔掉，反正這是惡作劇的機率非常高。妳要是那麼想交筆友，就從其他管道找。」

楊於葳皺眉，像是陷入了掙扎，最後大聲嚷道：「不管，我決定賭一次，我要把孫一緯你的回信留在這裡。如果沒有回應，我再把原信放回去！」

「隨妳吧。」我擺擺手。

此時楊於葳那倔強的表情，讓我想起她今天安靜哭泣的樣子。

我認眞問道：「妳爲什麼這麼堅持？」

「要是始終得不到回應，這個寫信的人就會痴痴等待下去，豈不是很可憐嗎？我光想像就覺得好難過，還有點想哭。」

「哭屁啊？妳又不知道那個人是誰，他傻等又干妳什麼事？」我瞠目結舌，這傢伙的同情心也太氾濫了吧。

「我就是會心疼呀。你一定沒有談過戀愛，也沒有單戀過某個人的經驗，才會不知道苦苦等待與期盼落空的滋味有多令人煎熬。唉，講著講著我又想哭了。」

聽到這裡，我忍不住狠狠巴了下她的頭。

她立刻跳起來叫道：「好痛，孫一緯你幹麼啦？」

「別靠近我，我不想跟妳講話。」我甩頭就走。

本來以爲這傢伙是出了什麼事，才會一個人在閱覽室悶聲掉淚，結果居然是爲了這種智障理由。

白擔心一場。

回程的公車上，我低頭看手機，不久便感覺右肩一沉。

楊於葳倚著我睡著了，我想推開她，但看著她熟睡的模樣，不覺打消了念頭。

等到夕照籠罩了大半間車廂，我不經意地往窗外瞥去，注意到我曾經尾隨楊於葳前往的那間醫院就在不遠處，我記得楊於葳住在那附近，連忙伸手輕拍她，提醒她下車。

楊於葳毫無反應，不管我怎麼拍她的肩膀，她仍雙眼緊閉。

我感到不太對勁，她的異樣讓我心跳微微加速，於是更大力地搖晃她的肩，同時在她耳邊大喊：「楊於葳！」

她終於悠悠醒來，睡眼惺忪地盯著我看了一陣，像是在確認眼前的人是誰。

「孫一緯……」她聲音沙啞，神情疲倦，「怎麼了？」

「妳家快到了吧？剛才我一直拍妳的肩，怎麼都叫不醒妳啊？」我餘悸猶存。

她神情茫然，呵呵傻笑，「我還真的沒感覺耶。」

接著她起身要下車，走沒幾步，忽然回頭。

「謝謝你。」

她輕聲對我說完這句話就步下公車。

我目送她的身影逐漸消失在窗外，心中暗想，這傢伙果然還是有點奇怪。

沒有留在學校晚自習，我比平常早返家，打開鐵門，那個男人和媽媽正一起坐在客廳看綜藝節目。

看到媽媽在他身邊輕鬆自在地笑著，我竟想不起上次看見她這樣的笑容是在什麼時候？

要如何知道自己現在做的事是對的？

那封信上的問句冷不防閃現在我的腦中，我又多看了那兩人好幾眼。

✦

學測成績在二月中旬公布了。

經過評估，我推甄上理想的國立大學應該不成問題，暫時可以稍稍鬆口氣。

買完早餐走出福利社，楊於葳猛然從背後一把抱住我，嚇得我一個鬆手，麵包掉落在地。

「妳在搞什麼鬼？」我皺眉斥責。

「哈哈，抱歉，因爲實在太開心了，我一看到你就直接衝過來了。」她像隻麻雀嘰嘰喳喳地說個不停，「我在校門口的跑馬燈上看到你的成績，恭喜你！我本來還擔心你會不會被我那個故事的結局影響，幸好完全沒有！」

「妳眞的想太多。」我白了她一眼，發現她今天似乎特別興奮，「妳就爲了我考得好這麼高興？」

「當然！但也不只是因爲這件事啦。」她臉上堆滿笑意，語氣激動，「我跟你說，前陣子我們不是在市區圖書館留下一封信嗎？昨天我去看過了，對方不但把信拿走，還回覆了！」

我微愣，「眞的假的？」

「眞的，不信你看。」她從口袋掏出一個信封，有別於上次的粉紅色，這次是淺藍色的。

她抽出信紙，並打開遞給我。

你好，非常謝謝你的回信。

我一直在思考你說的話，你說得很對，我心裡的迷惘好像一下子全部消失了。

謝謝你回信給我，不管你是誰，謝謝你。

我有個冒昧的請求。

若不會造成你的困擾，我還能繼續寫信給你嗎？

我讀完信沉默半晌，懷疑地瞅著她，「這封信不會是妳自己寫的吧？」

「你很過分耶，我才不會做這種事！而且我的筆跡也沒這麼漂亮。這個人選用的信封與信紙都很簡潔典雅，一定是個很有氣質的女生！」楊於葳自行推斷，神情很是高興，「看來你的回答眞的幫助到她了，不愧是孫一緯。今天中午我們再一起來回信吧！」

「還來？」這傢伙還沒玩夠？

「這個女孩不是希望和你通信嗎？當然要回覆呀！」

「那妳自己回，別拖我下水。」

「可是如果這次換我寫，她一定會察覺筆跡不一樣，萬一她因此生氣，也不再相信我們了怎麼辦？」見我意興闌珊，她又開始威脅我，「要是你不答應，那我就要問你『祕密問題』嘍。孫一緯上次在公共場所放屁——」

「停，知道了。」我咬牙妥協，忍住想再巴她頭的衝動。

中午依約去到圖書館的閱覽室，我反覆思考，還是不想讓楊於葳一而再再而三地要脅我，於是態度強硬地拒絕再回信，楊於葳卻說什麼也不同意。

「這個女孩可能眞的很煩惱，才希望能再寫信給你，爲什麼你要這麼絕情？」她埋怨道。

「我又不是心理諮商師，回她一次信就夠了，其他的煩惱只能靠她自己解決。」

「話是這麼說沒錯，可是，當你看到這個女生如此誠摯地向你道謝，難道心裡都不會有一絲絲感動？」

我停頓了三秒，「這是兩回事吧？」

「怎麼會？有時候幫助別人，自己也會得到意想不到的回饋。就像當我得知孫一緯你因爲我，『聽不見』的症狀漸有好轉，我可是比你本人還要開心喔，那樣的感動和滿足，我一輩子也忘不了。」

我默然不語。

楊於葳將信紙和筆推到我面前，「我知道你沒興趣和她通信，可是我眞的認爲，你的文字能夠影響他人，就像我告訴你的那個故事，透過你的書寫，那個故事對我的意義已經截然不同，是你讓我看見那個故事的另一種可能性，這都是託了你的福。」

她說出這些話時的表情異常誠懇認眞，我的視線不禁在她臉上停留片刻。

「幹麼一直看我？我太美了？」她歪著腦袋捧著雙頰。

「少白痴了。」我依然盯著她，「我只是覺得妳這人挺詭異的，有時說話完全不經大腦，有時卻又會突然迸出一些嚴肅難懂的話。要是不看妳的臉，我還眞有種在跟不同人說話的錯覺，感覺很怪。」

楊於葳迎上我的目光，掩嘴笑了出來。

「孫一緯你才怪啦，這麼可愛的話都說得出來，我又沒有雙重人格！」她樂不可支。

「當我沒講。」我用力抓起筆，「別廢話了，快點把信寫完，我要回教室睡覺！」

在楊於葳死皮賴臉的要求下，我只得在信中答應對方繼續寫信給我，除此之外，她還硬要我問對方幾個問題，比如她是否住在附近？是學生，還是社會人士？

根據楊於葳的說法，這樣比較有誠意，比較像是在關心對方。

那天我再次被她逼著一同前往那間市區圖書館，把回信放回原處。離開後，她又拉我去夜市，說要請我吃陽春麵作爲答謝。

老闆端來兩碗熱騰騰的陽春麵，卻只有我的那碗有放滷蛋，老闆歉然地對楊於葳說，今天生意太好，滷蛋賣得只剩一顆。

楊於葳擺擺手，不以爲意。

待她吃下第一口麵後，我用湯匙舀起滷蛋，放進她的碗裡。

「給妳吧。」見她眼中閃過詫異，我即刻補上一句，「湯匙是乾淨的，我還沒用過。」

「我、我不是那個意思，我只是沒想到你會把滷蛋給我。」她突然結巴起來，表情又驚又喜。

這點小事也值得讓她這麼高興。

我撇撇嘴，低頭吃麵。

「我覺得啊……」她淡淡地說：「等我離開後，我一定會非常想念你。」

我忍不住抬頭看她，「突然說這個幹麼？」

楊於葳笑而不答，注視著我的眼睛，「孫一緯，等我去日本，你該不會就不理我了吧？要是哪天我想回來找你，你會願意見我嗎？」

「不過是分別又不是絕交，我沒理由不見妳吧？而且距離畢業還有四個月，幹麼講得一副妳明天就要離開的樣子？」

「我也不知道，總覺得已經開始捨不得你了。」她呵呵傻笑。

吃得只剩下麵湯時，我放下筷子，對她說：「楊於葳，下禮拜起，妳盡量在中午時間過來找我。」

「爲什麼？」

「妳不是說過要在離開前學會擒拿術？我教妳。既然我答應了，就一定把妳教到能實際應戰爲止，所以我會很嚴格，妳要有心理準備。」

聞言，楊於葳雙眼發亮，擺出敬禮的手勢，大聲保證：「遵命，我絕對不會臨陣脫逃！」

晚上九點多回到家，媽媽正在洗澡，男人則拿著吹風機和浴巾坐在客廳，等著幫她吹頭髮。

他一看到我便高興地說：「一緯，聽說你這次學測考得很好，恭喜你。週末要不要和你媽一起出去吃飯慶祝？」

我沒問他是從哪裡得來的消息，也沒回應他的邀約，只是在放下書包後，正色說：「關於這件事，我有話告訴你。」

他點頭，「怎麼了嗎？」

「我打算報考離家裡最近的那間國立大學，要是考上了，你就搬出去吧。」

男人愣了一下，隨即笑道：「一緯，可是……」

「我並不是在徵求你的同意。」我漠然地打斷他的話，「你是不是眞的無處可去，與我無關。雖然我無法原諒你，但也不會刻意抹煞你爲我媽做的一切，這樣就夠了。等我高中畢業，你就離開我家吧，那是我給你的最後期限。你趁這幾個月安排去處，往後我家的事與你再無干係，我會照顧我媽，也會請人來幫忙，不勞你爲她費心了。」

他沉默了很久才輕輕點頭，「好，我會找機會跟你媽媽說的。」

我相信自己沒有做錯。

對我而言，這是再正確不過的決定。

✦

一星期後，楊於葳在中午過來找我。

由於不適合在閱覽室練習，我們來到學校後門處的一塊空地，那裡空間不小，又少有學生出沒。

當楊於葳聽到，我決定改教她另一種防身術時，失望大喊：「爲什麼？」

「擒拿術必須要能控制住對手的關節，憑妳一個普通女生的力量，根本不可能抓得住比妳高壯的男子，而且還要在短短四個月內讓妳上手，所以我才換一種更適合妳的。」我解釋，「我今天先教妳幾個基本要點，雖然乍看之下很普通，但只要掌握得宜，眞碰上意外的時候，還是有機會成功脫困。」

楊於葳全神貫注地聽著，眼睛沒有一刻從我身上移開。

「碰上敵手時，妳首先必須要冷靜，才能準確評估形勢，找到最佳時機反擊，關於攻擊的招式下次我再教妳。不過有一點妳一定要記住，不管我教妳的招式有多厲害，妳務必只求暫時逼退對手，然後馬上逃開，千萬不能妄想留下來跟對方拚鬥，聽懂了嗎？」

「懂了！」她精神抖擻，迫不及待地問：「你先告訴我厲害的招式是什麼，我好好奇。」

我低嘆了聲，「就是肘擊。不過還有一招殺傷力更大的，對妳們女生來說，更能派上用場。」

「眞的？是什麼？」她愈加興奮了。

「就是踹老二啊。」

在午休鐘響時，我們結束了第一堂課。走回教室之前，楊於葳拉住我，笑咪咪地將一封信放在我手上。

「好消息，『圖書館女孩』又回信了，給你吧。」她替那個女孩取了個綽號。

「幹麼給我？」我瞪大眼睛。

「我已經看過啦，當然要給你，這次你也要記得回信喔。」

「有完沒完？妳到底要我持續到什麼時候？」

「你就當作交筆友嘛，要是能在畢業前看到你交了新朋友，我也會很開心的。」

「少拿我當藉口！」

我正想把信扔回去給她，她卻已搶先跑開，還不忘回頭提醒，「等你寫完，我再去找你拿信，拜託你嘍！」

她這番胡鬧，或多或少轉移了我的注意力，暫時不再糾結於那部尚未完成的小說。然而，不論她是否因此才執意要我與陌生人通信，被她這樣牽著鼻子走，我還是滿心不甘，所以我直到晚上都沒有把信拆開。

我埋首在書桌前念書，一記敲門聲傳來，是那個男人。

「一緯。你在忙嗎？我有話跟你說。」

我沒有回話，甚至也沒有起身，只是坐在椅子上看著對方。

他神情侷促，眼神閃爍，像是不知道如何面對我，「就是……上次你跟我說的事情，我今天和你媽媽談過了。」

我頓了下，「然後呢？」

他接下來說出的那席話令人難以置信。

也許是我的表情太過震驚，讓男人更加歉疚，「我實在不知道怎麼跟你開口，我也勸過你媽媽，但她心意已決，所以……」

「是你要我媽這麼說的？」我死死地盯著他。

「不是，不是這樣！」他連忙否認。

「我不相信，我自己去問她。讓開！」

「一緯……」

「滾！」

我推開站在門口的男人，直奔媽媽的臥房。媽媽的房門卻上了鎖，不管我怎麼敲門都沒有回應。

我的拳頭重重落在門上，聲嘶力竭地咆哮：「媽，那個男人說的是眞的嗎？等上了大學，我就有能力照顧妳，根本不再需要他，妳為什麼不讓他走？為什麼反而要我搬出去？」

那個男人安靜站在不遠處。

我心中充斥著悲憤，正要繼續再說，房內卻響起媽媽微弱的聲音。

「我不想拖累你。」

我呆了幾秒，啞著聲音說：「妳哪有拖累我？我眞的可以照顧妳，再怎樣也不該是害死爸的這個男人，妳為什麼——」

「我沒力氣再為你做什麼了。」媽媽語氣平靜，不帶一絲感情，「過去我當不了一個賢淑能幹的妻子，現在也當不了一個堅強盡責的母親。我不想再擁有任何身分，只想作為一個『人』過平淡安穩的日子。既然我的這兩個身分從來就沒被認可過，那麼如今旁人是否同意我的決定，對我來說毫無差別。」

我艱澀地說：「媽……」

「你說過，媽媽今後可以想怎麼做就怎麼做，這就是我現在唯一的想法。你恨我沒關係，我確實沒有餘力再顧及你，更無法騙自己可以再為了你扮演好一個母親。」

她輕輕說出最後一句話：「你就放過我吧。」

我鬆開拳頭，腦中一片混亂。

不理會男人憂心的叫喚，我飛快衝出家裡，跑到家裡附近一座運動公園。

我一口氣跑了十幾圈運動場，制服都被汗水浸透，跑到全身脫力，才癱倒在地上。

筋疲力竭地回到家後，我一躺上床便昏沉睡去，連夢都沒有作一個。

隔天晚上，我沒有參加晚自習，放學就去電子遊樂場待了好幾個小時，直到老闆走過來提醒我有警察出沒，才背上書包回家。

媽媽沒再跟我說上任何一句話。

男人似是想關心我，我沒有理會，逕自回房。

戴上耳機，將音樂的音量開到最大，我同時瞥見昨晚被我擱置在桌上的那封信。

那封圖書館女孩寫來的信。

謝謝你同意我繼續寫信給你。

我是學生，不住在附近，只是因爲這地方對我別具意義，所以偶爾會來這兒。

請恕我無法再告訴你更多，非常抱歉。

上次我問能否再給你寫信，不過其實我也不曉得要寫什麼，只是不想就此斷了聯繫。我不是擅長聊天的人，請你別介意。

但我想讓你知道，你之前給我的建議，至今仍令我十分感激。

希望有一天我能回報你。

我靜靜地反覆讀著這封信，不知道讀了幾次。

由於家裡沒有信紙，最後我找出一張略大的便條紙，作爲代替。

我開始寫信。

翌日下課，楊於葳出現了。

她把我找出教室，劈頭就問：「孫一緯，你回信了嗎？」

我默默把信給她，她接過一看，馬上嚷道：「你怎麼用標準信封？好土喔，至少也選有顏色的嘛。」

「少囉唆，我只有這種信封，不爽以後就自己寫。」我漠然道。

「好啦好啦，有總比沒有好。咦？你已經把封口封了？」

我一愣，「呃……昨天寫完信之後，沒多想就順手用口紅膠黏起來了。」

楊於葳毫不介懷地笑了笑，「那我今天放學就把信送過去。」

「妳不好奇我寫的內容？」

「當然好奇啊，但你都封起來了，再拆開很不禮貌。」說完，她定定地看著我，「你今天好像有點怪怪的，怎麼了嗎？」

我別開臉，「沒事，昨晚沒睡好。」

「既然這樣，今天要不要停課一次？給你多點時間補眠？」

「這麼快就想打混了？」我扭頭瞪她。

「人家是怕你太累耶，哪有打混？我可是等不及要學肘擊了呢！」她滿懷期待。

自從把信交給楊於葳後，我就莫名心神不寧。

到了第三天，我才在睡前確定了一件事。

我不該寫下那樣的信。

要是對方因此在回信裡寫了什麼奇怪的話，總是先於我看到對方信件內容的楊於葳，一定會察覺到我有事瞞著她。

這些天楊於葳沒來找我，我無法得知圖書館女孩是否已經回覆。

放學後，我親自跑了一趟市區那間圖書館，希望楊於葳還未來得及取信，更希望我寫的那封信還沒被拿走。

我直奔藏信的位置，卻意外發現我的信不在了，另有一封信取而代之。

那是圖書館女孩的回信。

我鬆了口氣之餘，同時生出一股難以言喻的微妙情緒。

回到房間以後，我才拆信。

上一次的信件中，我只寫了兩句話給這個陌生人。

你有沒有被自己的母親憎恨過？

如果有一天你的母親告訴你，唯有你離開，她才能幸福，你會不會照做？

當時在悲憤絕望之下，我寫下這段文字。

正因爲對象是連長相都不知道的陌生人，我才能夠毫無負擔地說出心中所想；若換成楊於葳，我反而會因爲不想讓她爲我擔憂，而保持緘默。

圖書館女孩並不是我的誰，所以我不必害怕對方是否會對我失望。

你好：

關於你問我，是否曾被自己的媽媽憎恨，我其實不敢說沒有。

因爲某些因素，我無法輕易跟別人接觸，只有一個可以完全信任的人，但那個人不是媽媽。

我和媽媽不知道怎麼跟彼此相處，最後她與爸爸一起放棄了我，不再親自照顧我。

每次媽媽看我的眼神，彷彿是在控訴有我這樣的孩子是件多麼殘酷的事，所以我想也許她眞的恨過我，畢竟我的情況一直無法好轉，給她添了不少麻煩。

我不清楚你信中問的問題，是不是就是你現在的心聲。如果是，那很抱歉我無法幫到你，因爲這個問題同樣令我痛苦，沒有勇氣去證實。

但我知道要說出這樣的話有多困難，而有個人願意聽又有多麼可貴。

所以謝謝你選擇告訴了我。

讀信之前，我沒有想過要從圖書館女孩身上得到什麼建言，只是好奇對方會怎麼回答。

可是不知為何，當我讀到信末最後一句裡的「選擇」二字，眼前便模糊一片。這些天無處安放的幽暗情緒，在第一滴淚落下的瞬間，也隨之洶湧溢出。我開始哭泣，哭得不能自已，耳邊只剩下自己從喉嚨深處發出的嗚咽。

「孫一緯，你為什麼要這樣否定自己？」

我沒有告訴楊於葳，媽媽的崩潰，有一半是我親手造成的。

媽媽向來最後才會想到自己，她總是希望能夠為這個家盡到該盡的責任。她努力成為別人眼中賢能的妻子、深得孩子信任的母親，想做好一切的她，卻始終改善不了我和爸爸的關係。

個性強勢的爸爸待我極為嚴厲，難以溝通，我國中進入叛逆期，天天與他爭執不斷，搞得家裡烏煙瘴氣；到了高中更變本加厲，儘管生活在同個屋簷下，我們卻視彼此為空氣，互動之惡劣連外人都看得出來。

這讓奶奶相當不高興，動不動就數落媽媽，怪她無能居間調停，並將我們父子長年不合的原因全歸咎於她。

我沒察覺媽媽夾在中間的爲難，更不知道她的壓力，甚至怪她兩面都想討好。有一次，爸爸得知我在寫作，竟闖進房間將我的作品都扔進垃圾桶；事後媽媽送了一疊全新的稿紙給我，我不僅不領情，還指責她只會躲在爸背後關心我，壓根不敢站出來爲我說話。

媽怎麼做都不對，反讓丈夫和兒子都對她愈來愈不諒解，加上奶奶的冷言冷語，媽的處境愈加艱辛。

爲了不見到爸，我常和同學或補習班的朋友在外逗留到半夜，這使得爸非常惱火，三天兩頭就是一頓大吵。當時的我，渾然不知自己這番作爲，讓媽在奶奶面前更抬不起頭來。

媽曾多次央求我，我卻對她的求救視若無睹，甚至不願意在奶奶面前作戲，爲她說句善意的謊言。

我就這麼一次次忽視她的痛苦，長期讓她置身在壓力之下，絲毫沒發現她身心俱疲，逐日走向崩潰的邊緣。

爸爸發生意外後，對媽積怨已久的奶奶，將失去爸爸的憤怒與悲傷全發洩在她身上，並再度爲她扣上失職的大帽子，痛罵她從來就不是個好妻子、好母親，在所有親戚面前踐踏她的自尊。

「爲什麼到了現在都還要罵我？」

爸的告別式上，面容憔悴的媽不時喃喃自語，空洞的目光落在我身上。

「你們到底要我怎麼做？爲什麼我在你們眼中做什麼都是錯？」

我不知道媽究竟是不是在問我，但她的眼神令我心中一震，永遠無法忘懷。

她在發出一串不曉得是笑還是哭的聲音後昏厥過去，從此一蹶不振，再也無法好好生活。

沒人懂得媽長久以來的委屈，也沒人在乎她的身心已經殘破不堪，在她倒下後，每個人只是不斷告誡她身爲母親，必須爲了孩子堅強起來，沒有脆弱的權利。

因此當她不僅沒負起世人眼中身爲母親的責任，反而做出讓害死爸爸的男人住進家裡這種「驚世駭俗」的舉動，自然讓她成爲千夫所指的對象。只是對多年來都不曾被肯定、被感激的媽來說，再惡毒的評論也已不具意義。無論外人如何評價她，她都置之不理。

她拋棄所有過去折磨她的責任，包括「孫一緯的母親」這個身分。

然而我無法恨她的絕情，因爲我知道是自己將她逼到這種地步，是我對她太過殘酷。

是我的殘酷讓我失去了她。

✦

楊於葳在下午打電話給我。

她一開口，我就忍不住皺眉。

「妳的聲音怎麼變成這樣？」

「我感冒了啦，這幾天請假在家，沒辦法去市區那間圖書館，你今天可不可以幫我去拿信？拜託。」她用宛如唐老鴨的嗓音說。

我一頓，決定不告訴她，我昨天就把信拿走了，只低應一聲：「喔，好。」

「真的？我還以為你會拒絕耶。謝謝你，你最好了！」她很是開心，「要是你發現對方已經回信的話，就自己拆開來讀，也可以直接回信給她，不必再拿給我看嘍。」

「為什麼？」我不解，「妳介意上次我沒把回信給妳看？」

「不是啦，我只是覺得你對這件事好像沒有那麼排斥了，所以想讓你自己跟那女孩通信，如果能聊得來，就等於是多了一個朋友呀。我替你高興都來不及了，怎麼會介意呢？」

我沉默片刻，「楊於葳。」

「嗯？」

「今天去圖書館拿完信以後，我去找妳。告訴我妳家地址。」

「咦？為什麼要來找我？」

「妳不是生病了嗎？而且妳是一個人住吧？我順便去看看妳，省得妳倒在家裡奄奄一息沒人發現。」為了不讓她拒絕，我又說：「如果妳不肯，我就不去拿信了，妳以後也別想叫我回信。」

楊於葳慌了起來，「不行不行，我家亂得要命，你不要來啦，不然我們約在外面見面好不好？」

「好，那就約在妳家附近那間醫院。」

放學後，我直接坐公車到醫院門口等待，到了約定時間，楊於葳冷不防從背後輕拍我的肩。

「孫一緯，你拿到信了嗎？」她眼下有著淡淡的黑眼圈。

「拿到了。」我打量著她，幾天不見，她似乎瘦了，「妳還好嗎？」

「好很多了啦。沒想到你會來找我，我好感動！」她笑容可掬。

我安靜看著她，伸手往她額上探去，楊於葳身體微顫，有些驚訝。

「體溫高成這樣妳想騙誰？妳到底有沒有好好休養？我去妳家找妳就好，幹麼要約在外面？」我教訓她。

「我、我眞的好很多了呀，只是還有點燒，我精神很好的。」

「妳以爲我還會再被騙？我猜妳根本沒去看醫生。約在這裡見面正好，我現在就帶妳去看病。」我抓住她的手大步跨進醫院。

楊於葳在醫院大廳裡狼狽叫道：「孫一緯，眞的不用了，而且我又沒帶健保卡！」

「那就先付押金，之後妳再來退費，沒錢的話我先幫妳墊。」

見我態度堅持，楊於葳更加慌張，爭執之中，有人出聲喚她的名字。

一位長相清秀、身著病服的女子站在不遠處看著我們。

她好奇地問：「出了什麼事嗎？」

我還未來得及反應，楊於葳便搶先回答：「他是我朋友，看我感冒沒好，硬要拉著我去看病！」

聞言，女子輪流看了我和楊於葳幾眼，嫣然一笑：「可是妳昨天來找我的時候，不是說已經在診所看過醫生了？今天還要再看一次？」

我愣住了。

楊於葳也氣鼓鼓地說：「就是呀，我昨天就去看診了，藥也才吃一天，當然還沒有完全好，但他不肯聽我解釋，還懷疑我在騙他。他就是這樣，最愛大驚小怪了啦！」

在女人盈滿笑意的目光下，我尷尬地鬆開拉著楊於葳的手。

女子名叫瞿圓圓，今年二十二歲。

由於這名字挺特別的，所以楊於葳一為我介紹，我很快便想起先前我跟蹤楊於葳來到這間醫院時，她就是來探望瞿圓圓的。

楊於葳歡快地對我說：「孫一緯，趁這個機會介紹你和圓圓姊認識也不錯，這樣你又多一個新朋友了，可喜可賀！」

「妳再講我就馬上讓妳少一個朋友。」我咬牙切齒道。

瞿圓圓微笑地看著我們，似是覺得我們的互動很有趣，她主動向我伸手，「一緯，很高興認識你。」

「妳好。」我回握她的手，餘光瞥見楊於葳在偷笑，忍不住又狠瞪她一眼。

我們三個人在大廳站著聊了一會兒，我和楊於葳才一同離開。

踏出醫院之後，楊於葳告訴我，瞿圓圓從小心臟就不好，時常進出醫院，這幾天又因爲身體不適而住院。

今年年初，楊於葳偶然與她相識，之後便經常來看望她。

當我問到她們是怎麼認識的時候，她神祕一笑，「你眞的想知道？」

「現在不想了。」

我不吃這套，撇下楊於葳大步向前走去，她馬上抓住我的書包肩帶，令我腳步一頓。

「孫一緯，你今天是因爲擔心我，才來看我的吧？」

我沒有坦率地承認，只回道：「我是擔心妳再這樣三天打魚兩天曬網，防身術就等於白學了，所以妳快點把病養好，不然我就不教了。」

她嘴角勾起，「好。」

在那之後，我持續和那位圖書館女孩通信。

考量到彼此都不住在圖書館附近，課業也繁忙，最後兩人說好拉寬通信時間，每兩個星期通一次信。

我們從未跟對方確認過彼此何時會前去取放信件。平日我依然要晚自習，只能利用週末的白天或下午前往，但每次都能順利拿到她寫的信。

經過幾次通信，我知道對方不願意透露身分，也尊重她的想法。事實上，我並不排斥這樣的交流，就是因爲不知道彼此是誰，反而少了戒心與顧慮，一些難以啓齒的心情和念頭，也能坦然地落筆寫下。

最後我發現，我之所以會願意持續通信，是因爲對象是這個人。

她不會使用偏激或情緒性的字眼，行文雲淡風輕，讀她的信感覺很舒服。她信裡的每一個字都蘊含著愼重與認眞，我能感覺得到她很用心在與我對話，也珍惜著每一次的信件往來。

大概是她字裡行間的誠懇打動了我，往後收到她的來信，我總習慣讀過好幾遍才下筆回覆，甚至剛到圖書館放好信，就開始期待能收到回信。

那是我未曾有過的心情。

因爲和某個人有了這麼一個約定，一個會在心裡掛念的約定，久而久之，我漸漸不再爲了母親而耽溺於悲傷。

當我發覺自己心境的轉變，再回想起過去的點點滴滴，腦中慢慢浮現出楊於葳的面容。

這一切全是她帶給我的。

五月的某個午後，我和楊於葳約在學校後門碰面。

她神情緊繃，閉上眼睛深吸了口氣，然後睜開雙眼，兩手握拳，「好了，來吧。」

「嗯。」

說完，我迅速朝她逼近，嚇得她下意識連連退後，直到背抵著牆，再無退路，而我順勢將手撐在牆上，將她困在自己身前，低頭與她四目相交。

見她始終圓睜著一雙大眼看著我，我不禁皺眉，「怎麼傻了？開始啊。」

「天呀，孫一緯你居然也會壁咚女生！害我心中小鹿亂撞，好害羞喔！」她雙手捧頰，神情羞怯。

我嘴角抽搐，朝她的頭巴下去，「不及格。」

「等一下，重來，剛才太突然了，我還來不及反應！」她急道。

「我就是在模擬突發狀況，真碰上意外，妳哪有什麼重來的機會？在妳嚇得發愣時，對方可能就會把妳打暈了，妳還有時間發花痴！」

「好啦，我知道了啦，再一次！」

「算了，妳全身上下都是破綻，等妳願意認真對待再說。」

我無趣地掉頭離開，走沒幾步，膝蓋後方毫無防備地被踢了一腳，接著我的手又被攫住，隨即一陣天旋地轉。

當我呆若木雞地躺在地上時，我同時看見了楊於葳的面孔和蔚藍的天空。

楊於葳將我制伏在草地上後也怔了一下，滿臉不敢置信，下一秒便鬆開我，又叫又跳，一副欣喜若狂的樣子。

「我成功了！你不是說要懂得隨機應變嗎？所以一發現破綻，我就出手了。我這樣算不算合格了？」

我坐起來看著她，「依照剛才那種情況，妳應該要立刻逃走，而不是衝上前攻擊對方。」

聞言，她失望地噘起嘴來。

我嘆了口氣，「不過妳還是表現得很好，所以就算妳通過了。」

通過防身術考試後，楊於葳一路上都非常興奮，還躍躍欲試地提議：「孫一緯，我還想再練習一下，你可不可以再讓我摔一次？」

我斜覷向她，「少得意忘形。」

「我當然得意呀，這是你第一次誇獎我耶。而且我那一招實在帥呆了，超有成就感，我就這樣抓住你的手然後往旁一——哇！」

楊於葳手裡比劃著動作，一個從她身邊經過的男生被她打個正著，痛得大聲哀號，楊於葳也跟著驚叫出聲。

她連忙向那男生賠不是，我無言地旁觀這一切，瞥見有個熟悉的身影從中庭走過。

那是已經有一段時間不見的翁可鈲。

她和朋友有說有笑，看起來很有精神。如今在她臉上，已經找不到半年前的陰霾。

高中畢業以後，我應該不會再見到她了。

等我轉回視線，楊於葳也和那個男生揮手道別，兩人看似相談甚歡。

「孫一緯，我跟你說，那個人是——」

「我知道，蔣智安，我隔壁班的。」我很納悶，「你們在說些什麼？」

「我向他解釋，我是因爲在做防身術的動作，才不小心打到他，還告訴他，我的防身術是你教的，結果他說你很厲害，也想學學看呢。」

「是嗎？」我半信半疑。

「當然是呀。」看出我的心思，她莞爾，「學校這麼大，學生也這麼多，一定會有不對你抱持偏見的人，你就有點自信嘛，別再那麼悲觀了。」

我沒有答話。

隨著畢業典禮的接近，我意識到距離楊於葳前往日本的日子已所剩無幾。直到現在，我仍沒有她將要離開的眞實感，也還無法想像沒有她的生活，會是什麼模樣？

畢業典禮的前一晚，楊於葳打電話給我。

「孫一緯，我們明天就畢業了，要不要先出來慶祝一下？一起吃個宵夜如何？」

「好啊。」我沒有多想就答應。

我們慶祝畢業的方式沒什麼特別，依舊是在小吃攤吃著多加一顆滷蛋的陽春麵。

「你爲什麼這麼愛吃陽春麵？現在可以告訴我了吧？」她往口中送入一筷麵條。

我放下湯匙，嘆了口氣，「小時候，我爸偶爾會帶我去吃陽春麵，自從升上國中，我們感情變得很不好，就沒再一起吃過。他去世之後，我才想起這件往事，後來只要去到麵店，都習慣點陽春麵。」

「原來如此，所以陽春麵對你來說，就是你父親的味道？你是用這個方式在思念他吧。」

我沒有回應，換了個話題，「妳去日本的日期確定了嗎？」

「你要來送機嗎？你千萬不能來喔，我會哭的！」

「誰說要去送機了？想得美。」

她哈哈大笑，「你跟圖書館女孩通信還順利嗎？」

「嗯。」

「那『聽不見』的毛病也已經痊癒了吧？」

我抬眼看她，「妳不用再操心我的事，顧好妳自己就行了。」

「喔。」

見她欲言又止，我再度嘆了口氣：「還有什麼想說的嗎？」

「雖然我保證過不會再拜託你任何事……但我離開台灣後，你能不能偶爾跟圓圓姊聯絡，替我關心她的情況呀？」

我沒思索多久便點頭，「如果是這件事，那沒問題。」

「謝謝你。」她喜逐顏開，低頭繼續吃麵。

我心裡五味雜陳。

吃完宵夜，我們去到河岸邊看夜景，夜色中，對岸一棟棟點亮燈火的建築分外耀眼。

她目光落向遠處，悠悠地說：「我忽然想到還有一個遺憾，我好像還沒有看你笑過呢。」

「怎麼可能？」

「眞的呀，認識你到現在，我都沒見過你開懷大笑的模樣。」她轉頭看我，用食指勾起兩邊的嘴角，「你上了大學要記得多笑喔，多笑才會招來好運。我希望未來再見到你的時候，你會是這樣笑著的。」

我直直地盯著她看。

她好奇地問：「怎麼了？」

「……雖然妳常做出一些胡鬧且讓人火大的事，」我吞了口口水，生硬地說：「但我還是想謝謝妳，謝謝這段日子妳爲我做的一切。」

楊於葳先是愣住，而後放聲大笑：「哎唷，孫一緯你幹麼這麼正經？嚇我一跳——」

「喂，我是用很鄭重的態度在跟妳道謝，妳給我認眞聽。這些話我也只有現在才說得出口，以後就算妳想聽也沒機會了。」

她表情似笑非笑，「那你要怎麼報答我？」

「啊？」

「你都說很感謝我了，那我想從你這裡得到一個回報，應該不算過分吧？如果你現在願意抱我一下，我就當作收到回禮了。」

我傻眼，「妳瘋啦？這是什麼回禮？而且這邊人這麼多，我哪可能做這種事？」

「不願意就算啦，人家都要走了，你還不肯答應，一點誠意也沒有。」她眼中閃爍著狡猾的光芒，「不然我抱你也行，但是這樣的話，我可能會故意偷親你喔，嘻嘻。」

對於再次被她吃得死死的，我實在莫可奈何。

經過一番掙扎後，我不自然地抬手將楊於葳攬進懷裡，她的長髮在風中翻飛，輕拂過我的臉，我不自覺微微屏住呼吸。

覺得差不多可以結束這個擁抱時，楊於葳卻突然踮起腳尖，迅速在我臉上輕輕一啄，隨即靈巧地逃開。

我嚇一跳，「喂，妳搞什麼鬼？」

「哈哈，偷襲成功，孫一緯你又露出破綻了，這樣不行喔！」她樂不可支。

「妳又亂來了！」

「不服氣的話，明天再來找我報仇呀。」她愈跑愈遠，聲音逐漸被風吹散，「拜拜嘍，孫一緯！」

等到她消失在夜色裡，我忍不住摸摸自己的臉頰，懊惱又一次被她戲耍。

隔天在畢業典禮上，我企圖在人群中找出楊於葳，卻怎麼也尋不著她。

不只那一天，接下來的隔天、後天、大後天，一直到暑假正式來臨，她都沒有再出現。

楊於葳就這麼消失在我的生活裡。

第九章 唐念荷

凌晨三點，媽媽一聽見我的尖叫，立即來到我的床邊。見我渾身劇烈顫抖，她溫暖的手撫上我的臉，緊張地問：「寶貝，怎麼了？又作噩夢了？」

「媽、媽媽，媽——媽——」我在她懷裡哭得聲嘶力竭。

「乖，媽媽在這裡，媽就留在這兒陪妳。」她緊擁著我，眼中噙滿淚水。

我的世界在宋任愷的離去後跟著天崩地裂。

他每晚都出現在我的夢裡，我已經數不清有多少次在自己的尖叫聲中醒來。每次闔上眼睛，宋任愷最後的身影便歷歷在目，像是一場沒有盡頭的噩夢，我從夢裡哭到醒來，一度分不清現實與夢境。

我的健康因爲精神狀況而受到影響，無法正常進食，一吃東西就吐，導致營養不良，那個暑假我幾乎都住在醫院裡，媽媽每天悉心照顧我，老師與班上同學也來探望我，艾亭更是幾乎每天出現，陪伴我度過這段最煎熬的時光。

我每晚都從噩夢中驚醒，崩潰痛哭，讓爸媽既心疼又心碎。媽對爸充滿怨懟，她認爲若不是他載我去宋任愷家，我不會看見如此殘酷的一幕。

看到媽媽不斷哭著責怪爸爸，我又是心急又是難過，因爲這並不是爸的錯。某次哭累了，我在昏睡過去之前拉著媽媽的手，告訴她那天是我逼著爸帶我去找宋任愷，求她別再生爸的氣，更別怪他。

媽媽溫柔撫摸著我的頭髮，邊淌淚邊點頭，哽咽地回：「好，只要妳好好的，媽媽什麼都答應妳。」

那兩個月就如同一個世紀這麼漫長，除了淚水的味道，我再沒有其他的記憶。

開學之後，宋任愷的事仍傳得沸沸揚揚。

我成了同學們關注的對象，輔導老師也特別關心我，身邊每個人都對我小心翼翼，望著我的眼神有擔憂也有同情。

經過調養與休息，我雖然漸漸不再半夜驚醒，卻開始會沒來由地陷入呆滯，思緒渙散，無法長時間集中精神，也不知不覺變得沉默，很少能發自內心笑出來。

媽很擔心我的心理狀況，更擔心我又會忍不住偷跑去宋任愷家，因此她要我一放學就直接回家，不能在外逗留；若我和艾亭有約，她也一定要親自跟艾亭確認過才答應放行，並且無論何時何地，只要她或爸打電話來，我都要馬上接聽。

沒有宋任愷的世界，太陽一樣升降，上課的鐘聲一樣響起，明天一樣來臨，沒有因為他的離去而有半點改變。

當周遭的人事都在持續向前走，我卻感覺只有自己的時間是停滯的。

時至今日，我的意識似乎仍停留在宋任愷還在的時刻，每次走在校園裡，我仍有下一秒就會見到他的錯覺。

我的時間就此停格，停在還見得到他的笑臉的那個世界裡。

「念荷。」

艾亭的呼喚將我從恍惚中拉了回來，看到面前幾雙關注的眼睛，我才發現自己又走神了。

「對不起，我沒有聽清楚，妳們在說什麼？」我歉疚地問。

「我們在討論週末去水上樂園玩，妳也來好不好？」艾亭說完，一塊用餐的女同學也紛紛慫恿我同遊。

「嗯，好啊。」

我一答應，她們都笑了，開始你一言我一語地熱烈聊了起來。

「剛好我有一件新泳衣，可以這次穿去玩。」

「對呀，要趕快抓住夏天的尾巴，不然天氣就要轉涼了！」

我心中微微一凜。

過了半晌，我輕輕放下筷子，開口說：「妳們先聊，我離開一下，等等回來。」留意到艾亭投來的目光，我解釋：「我肚子突然有點疼，想去一趟廁所。」

「那妳快去吧，如果有哪裡不舒服要說唷。」艾亭臉上寫滿關心。

「好。」步出教室，我先是佯裝往廁所處前行，再另找機會繞道。

打開通往圖書館頂樓的鐵門，夏天的風徐徐吹來，熟悉的景色映入眼簾。

不敢讓艾亭知道，我只能偷偷摸摸地回到這個充滿我和宋任愷回憶的地方。

「還是希望妳能找機會上去看看，我特別喜歡在夏天的時候過去。」

聽到艾亭她們的對話，令我想起宋任愷曾答應，到了夏天，我們要一起上頂樓，於是我來履約了。

我呆呆站在矮牆前瞭望遠方，直到一抹淡淡的香氣隨風飄來。

一時之間，我分辨不出那是什麼香味，也不曉得那股香氣從何而來，我繞著四周仔細尋覓，最後眞的找到了。

圖書館右側還有一棟辦公樓，在第三層樓的陽台上，種了一整排的矮灌木，在夏天裡開滿了白色小花，散發淡雅的香味。

當我一看到那些白色小花，瞬間認出這股香味。

是茉莉花香。

「爲什麼會特別喜歡在夏天的時候去？」

「直接說出理由有點尷尬，我不好意思講。」

一株株茉莉花在陽光下更顯光潔美麗，一陣輕風吹過，好似一片片雪花在閃動。

我靜靜凝望著那些花，許久許久。

當天晚上，我請求媽媽將宋任愷最後留下來的東西給我。

宋任愷離去那天，他房間地上放著一個寶藍色的絨布盒。

盒子裡除了一串珍珠項鍊，還有一張寫著名字的字條。

字條上寫的不是茉莉學姊的名字，而是我的，於是這個絨布盒再度回到我的手中。

我不知道宋任愷再次託付給我這條項鍊，是希望我有一天能替他親手交給茉莉學姊，還是希望我能替他永遠記住他們的這一段過去？

無論答案究竟是哪一個，我只確定一件事。

宋任愷的心裡從來就沒有我。

「唐念荷，妳來念下一段。」

被老師點名叫起來時，我茫然拿著課本，不知所措。

老師輕嘆一口氣：「要專心一點喔，如果覺得累，出去洗把臉再進來吧。」

頂著全班同學的目光，我臉上一熱，快步走出教室，奔到廁所的洗手台前。

我讓冰涼的水打在臉上，再用力拍打雙頰，強逼自己集中精神，只是依舊維持不了多久。

下午和艾亭去福利社，幾個別班的女生看到我，不禁交頭接耳。

「聽她班上的人說，唐念荷今天又因爲發呆，被三個老師點名。是不是到現在她還不能從那個打擊裡走出來？」

「應該吧，畢竟才過了三個月。她喜歡宋任愷，又是第一個發現宋任愷屍體的人，哪可能那麼容易就走出陰影？就怕她以後還是走不出來，畢竟那種畫面眞的太殘酷了。」

「超可憐，明明不是女朋友，卻得爲宋任愷的事……」

直到艾亭責備的眼光毫不遮掩地掃過去，她們才不自在地噤聲。

放學後，我打電話給媽媽，說我要去書店買書，會稍微晚一點到家。

「艾亭會跟妳去嗎？」

「沒有，我是臨時起意的，一買完書就會馬上回家，妳不用擔心。」

媽遲疑一會，溫柔地說：「好，那妳小心點，這個時間路上車子多，注意安全。」

我來到和宋任愷一起去過的河堤。

在最後與他共處的這個地方，我望著與那天相同的日落。

「希望在來生，我和妳能有更好的緣分。」

「這輩子我不會再喜歡上茉莉以外的人。」

回憶所引起的心悸讓我喘不過氣，雙手也不住地顫抖，我趕緊深呼吸，努力想讓自己平靜下來。

時至今日，我的腦海裡仍舊迴盪著宋任愷的聲音，每一個字都清晰可辨，彷彿他還在我身邊，所望之處也盡是他的影子。

我不知道這樣的日子會持續多久。

要爲他心痛到何時？又要如何抱著這份記憶繼續面對今後的日子？

誰能教我怎麼忘記這一切？

「唐念荷。」

淚眼模糊之際，我聽到有人喊我。

轉頭望去，一名綁著馬尾的女孩站在不遠處。

當我看清對方的五官，我震驚地張大嘴巴，以爲自己出現幻覺。

那女孩緩步走到我面前，儘管嘴角含笑，眼中卻有著淡淡的淒然。

「嗨。」她開口。

「……茉、茉莉學姊？」我不敢相信，用力眨了眨眼，確定自己沒有看錯，「妳怎麼會在這裡？妳不是在國外——」

「是啊，可是我回來了。從妳踏出校門，我就一路跟著妳來到這裡。」她勾勾唇，「我可不可以和妳說幾句話？」

我萬萬沒料到還能再見到茉莉學姊。

我和她並肩坐在河堤邊，她說她是一個人回來的，而且沒有告訴任何人。

「我一直很想回來，但我爸媽不允許，後來我採取了激烈的手段，他們才肯退讓。現在我住在親戚家，也將轉去別的學校就讀，我不打算讓過去的朋友知道這件事，所以請妳幫我保密，別跟任何人說我回來了，好嗎？」

我鈍鈍地點頭，「爲什麼不讓他們知道？」

「因爲過去的事對我來說已經沒有意義。」她輕描淡寫地答道，眼神幽暗，「我只想帶著與他的回憶，在這裡生活下去，重新開始。」

聽到她口中的「他」，我心中又掀起波瀾。

「那爲什麼……學姊願意告訴我？」

她深深地看了我一眼，「因爲我很擔心妳。從我得知消息以後，沒有一天不惦記著妳。」

茉莉學姊那雙彷彿訴說著千言萬語的眼睛，讓我鼻頭發酸，視線再度模糊。

我有好多好多的話想要對她說。

我想告訴她宋任愷有多麼思念她，甚至到了最後一刻還放不下她；我也想對她發脾氣，大聲痛斥她不該就這樣殘忍地一走了之，掐熄他最後的生存希望。

但我什麼話都說不出口，這時茉莉學姊握住我的手。

「對不起。」她潸然淚下，「謝謝妳一直陪在他身邊。」

她滿懷歉疚的話語與眼淚，讓我不可抑止地失聲痛哭，我們在落日下緊握彼此的手，爲宋任愷盡情悲傷，盡情哭泣。

打電話向焦急的媽媽爲晚歸報備後，我準備與茉莉學姊道別。

交換了手機號碼，她告訴我：「除了親戚，只有妳知道我的聯繫方式。我爸媽大概是害怕我會做什麼傻事，便拜託親戚嚴格看管我，連使用手機的時間也有所限制，因此妳打給我時，我可能沒辦法馬上接聽，但一定會找時間回電。」

「好。」我的聲音帶著濃厚的鼻音。

茉莉學姊給了我一個擁抱，在我耳邊說：「念荷，如果妳願意相信我，就答應我一件事。當妳因爲想念他而覺得痛苦的時候，就坦白告訴我，不用顧慮我是宋任愷的誰。妳並不孤單，我會陪妳一起哭，一起懷念他。我們一起走過這一段，好不好？」

她這番溫暖的話語使我再次熱淚盈眶，我在她懷裡用力點頭。

與茉莉學姊重逢的這一天，我們把大部分的時間都用來哭泣，沒說到什麼話，然而看著彼此爲宋任愷流下的淚水，卻讓我們感覺什麼都說了。

隔天早上，我從床上醒過來的第一件事，就是打開手機，確認通訊錄裡有茉莉學姊的名字，才確定那不是幻覺。

茉莉學姊眞的回來了。

她希望我保密，因此我沒有告訴任何人，連艾亭都沒說。

自那天起，茉莉學姊便與我保持聯絡。當她知道我常在半夜因噩夢而驚醒，便刻意選在深夜傳訊息給我，若是我還醒著，就會直接打電話，陪伴淚流不止的我說說話。

但一如她先前所言，有時我傳訊息給她，她無法即刻讀取，更遑論回電，可是最終她一定會跟我聯繫，這讓我稍稍安下了心，我深怕這樣的自己會造成她的困擾。

一個月後的週日上午，茉莉學姊約我吃早午餐。

不想再將艾亭拖下水，我向媽坦承自己要跟學姊出去，只是沒告訴她對方是誰。媽或許是見我這陣子氣色頗佳，精神也好了些，便沒再多問，放心讓我出門。

見到茉莉學姊後，我將兩樣東西交給她，分別是哆啦A夢的布偶，以及裝著珍珠項鍊的藍色絨布盒。

我向她說明這兩樣東西的來由，希望她能夠收下，學姊只是默默看著，然後把它們推回我面前。

「雖然這個布偶是任愷當初打算送我的生日禮物，但既然他給了妳，那麼它就是妳的了。」她淡淡地說：「我相信他是眞心想要送給妳，所以妳不必在意我，我也希望妳能夠收下。」

我一陣倉皇，「可、可是這條項鍊，是宋媽媽特別留給妳的，我再怎樣也不能拿——」

「我知道，所以我想拜託妳暫時替我保管這條項鍊，到了最後，我會向妳要回來的。」

我不理解她話裡的「最後」是什麼意思，但她眞摯的目光讓我打消了追問的念頭，只順從地將這兩樣東西放回包包。

過了一會，服務生將餐點送上桌，我才發現，茉莉學姊點的竟是歐姆蛋卷。

「茉莉學姊，妳已經敢吃蛋了？」我好奇地問：「我記得妳曾說妳小時候對蛋嚴重過敏，導致長大後依然不敢吃蛋，現在已經克服這個心理障礙了嗎？」

她微微停頓，才拿起刀叉切下一小塊蛋卷送入口中，莞爾道：「對呀。之前我在國外，有一段時間身體變得很差，什麼東西都吃不下，於是我媽天天煮雞蛋粥逼我吃，吃久了也就習慣了。」

她的微笑令我於心不忍，想必她也是因爲打擊太大才會如此。

注意到我的目光，她輕輕放下刀叉，「我想聽聽妳和任愷後來的事，可以告訴我嗎？」

於是我向學姊娓娓道來，包括我認識宋家母女的經過，以及與他們一家共同度過的快樂回憶。

這段日子以來，不管是艾亭還是爸媽，都不敢在我面前提及宋任愷的名字，像是怕觸痛我的傷口，每個人都選擇閉口不談。

只有茉莉學姊願意跟我說起他，她會專心聽我訴說我與宋任愷之間發生過的每一件事，在我情不自禁落淚時也會握著我的手，給我最溫柔的支撐。

明明最傷心最痛苦的人是她，她卻始終表現得那麼堅強，連同我的傷痛也一併承擔。這樣的茉莉學姊，我完全比不上。

就因爲茉莉學姊能包容我說的每一個字，我的悲傷總算找到了出口；也正因爲是她，我才覺得自己的疼痛能被理解，甚至感覺自己被原諒。

是她無私的關懷，讓我的心得到了寄託。

✦

高一那年的夏天，在我生命中刻下永遠無法抹滅的印記。

這已經是來到這座城市的第三個夏天，操場上響起的音樂迴盪在校園裡，無數顆汽球和彩帶在蔚藍天空下紛飛，熱鬧非凡。

與班導師話別之後，總是對我關心有加的輔導老師特地給我一個擁抱，祝福我未來一切順利。

「念荷，快點過來合照！」艾亭把我拉去和班上的女同學一塊照相。

艾亭推甄上了一所位於高雄的大學，八月就會離開台北，我們說好要把握時間多聚聚。

畢業典禮進行到尾聲，我從離情依依的會場抽身，獨自前往圖書館頂樓。

景色依舊，站在這裡我清楚聽到從操場傳來的悠揚音樂。

我走到矮牆前，低頭看向樓下屋簷上的菸蒂。

今早下過一場雨，菸蒂全浸泡在雨水裡。

我從角落的牆縫中取出一盒香菸和一把打火機，點燃盒裡的最後一根菸，放到矮牆上。

「宋任愷，我畢業了喔。」我對著那些菸蒂喃喃地說：「我就要離開這所學校了，我也不曉得今後還能不能再回到這裡，但是我相信自己會一直記得你，就像這三年來一樣。」

深深吸了一口氣，我啞聲道：「再見。」

我伸手朝香菸輕輕彈去，燃燒中的菸墜入底下那灘雨水裡，如星點的火花瞬間熄滅。

我繼續望著那些菸蒂好一會兒，直到手機鈴聲響起。

結束通話後，我隨即往校門口奔去。

「念荷。」

聽到熟悉的呼喚，我轉頭就看見茉莉學姊佇立於校門旁，興奮地上前拉住她的手，「茉莉學姊，妳怎麼會來？」

「我想給妳一個驚喜，恭喜妳畢業。」她送上一束鮮花給我，「為了慶祝妳畢業，我想請妳吃晚飯。妳接下來有空嗎？是不是要和妳爸媽聚餐？」

「我爸媽今天剛好有事沒辦法來，我們明天才要一起吃飯。見到妳好高興，謝謝妳來！」我難掩感動。

她捏捏我的臉頰，眼中帶著寵愛的意味，「不客氣，能看到妳開開心心地從高中畢業，我就心滿意足了。」

茉莉學姊在台中讀書，平日鮮少有機會碰面，只能靠訊息與電話聯繫，上次見到她還是在兩個多月前，然而我們之間完全沒有因爲分隔兩地而變得疏離。

我和茉莉學姊下午五點就去到餐廳裡用餐，餐廳的燈光讓她的氣色更顯蒼白，我憂心忡忡地問：「妳是不是又瘦了？臉色也不太好。」

「唉，我上個禮拜腸胃炎，吃什麼拉什麼，幸好現在好多了，我正打算好好吃回來呢，不用替我操心。」

「妳生活太忙了，要忙課業又要忙社團，如果能有個人在妳身邊照顧妳就好了。」

「妳這是在暗示我該交男朋友了嗎？」她眉毛一挑。

「不是，我只是擔心妳忙到無法好好照顧自己，沒有什麼特別的意思啦！」我趕緊澄清。

「也不是不行呀，如果能碰到像宋任愷一樣好的人，也許我會考慮考慮喔。」

茉莉學姊打趣般的回答讓我沉默了片刻。

我由衷道：「他一定希望妳能得到幸福。」

「嗯。」她唇角微勾，「以前他跟妳談起我時，說過我很多壞話吧？」

「沒有，他只說妳有多好，從來沒有抱怨過妳，是眞的。」

茉莉學姊笑笑地張口欲言，隔壁桌卻傳來一陣騷動。

與我們相鄰的一桌顧客嫌送餐速度太慢，與女店員起了口角，其中一名男子還故意刁難對方，怎樣也不肯輕易揭過。

學姊輕嘆口氣，接續著話題往下說：「他說我好，是指哪方面？」

「這個……」我的目光控制不住地不時往隔壁瞟去。

那名男子愈來愈出言不遜，擺明了就是在找碴，讓我難以專心。「比、比方說，我記得他說過，妳曾經爲了朋友，槓上我們學校的歷史老師，是個很有正義感的人。」

「是嗎？」學姊淡淡應了聲。

那名男子態度輕佻，言語下流，已經接近性騷擾的程度。

眼看女店員因爲受辱而紅了眼眶，卻只能默默咬牙隱忍，我不由得一陣憤慨，不料茉莉學姊猛地站起，將杯子裡的水往那名男子臉上潑過去。

茉莉學姊的舉動瞬時引爆衝突，那桌顧客大吵大鬧，連店長都主動出面關切，所幸店長也沒想要忍氣吞聲，當場就宣布送客。

那名男子悻悻然走出店門之前，還惡狠狠地瞪了茉莉學姊一眼。

我佩服不已，「學姊，妳好勇敢。」

「妳學長都說我很有正義感了，我要是還袖手旁觀，豈不是自打嘴巴嗎？」她的回答逗得我發笑。

我們在半個小時後離開餐廳。

走了一小段路，前方突然竄出兩個人將我們攔下，定睛一看，竟是稍早在餐廳鬧事的顧客，都是二十幾歲的年輕男人。

由於這間餐廳位處偏僻的巷弄間，路上行人稀少，我和茉莉學姊被那兩人逼得退至牆邊。

「剛才不是很威風嗎？怎麼現在一句話都不敢吭了？」其中一個男人毫不客氣地推了學姊一把，我不禁驚呼出聲，強烈的恐懼油然而生。

面對威脅，茉莉學姊處變不驚，她伸手護著我，從頭到尾不發一語。

「真的嚇呆啦？妳如果乖乖求我原諒，我也許會考慮放過妳。」男人和同伴囂張地笑出聲，此時他同伴恰巧手機響起，便走到一旁接電話。

「怎麼樣？我只給妳五秒鐘，妳若還不——」男人尚未說完，茉莉學姊就趁對方靠近的同時，朝他面上啐了一口，並迅速往他胯下用力一踢。

「快跑！」茉莉學姊抓住我的手往巷口衝去。

挨了茉莉學姊一腳的男人痛得彎下身，而他的同伴也因爲在講手機反應不及，衝出巷子之際，我還聽見那男人正不斷痛斥同伴。

我們不停奔跑，氣喘吁吁地跑上一座天橋，確定安全了才敢停下。

茉莉學姊看向上氣不接下氣的我，關心問道：「念荷，妳還好嗎？」

「我沒事，可是大概是跑得太急了，妳送給我的花束不小心掉在巷子裡了，對不起。」

「該道歉的是我，明明是要慶祝妳畢業的，卻讓妳碰上這麼可怕的事。」她面露歉意。

「這又不是學姊的錯。」我搖搖頭，「不過在那種情況下，妳竟然完全不緊張，還能冷靜做出反擊，好厲害！」

「怎麼可能不緊張？我也是會害怕的啊。」她噗哧一笑。

我很意外，「可是妳剛才……」

「因爲有個人再三囑咐過我要冷靜，他教了我防身術。」學姊頰邊笑意淺淺，「他說遇到危機的時候，首先一定要冷靜，找出逃脫的機會，所以我才強逼自己保持鎮定。等到那傢伙的同夥走到一旁講電話，我就知道機會來了，要是沒有那通電話，也許就不會那麼順利，所以我們運氣挺好的。」

「學姊妳會防身術？」我瞪大眼。

「是呀，只是沒機會用上。教我防身術的那個人千交代萬叮嚀，只要能暫時逼退對手，就要立刻逃走，絕不能留下來和對方拚鬥，畢竟保命才是最重要的。」

我望著學姊的笑臉，「感覺那位老師很嚴厲呢。」

「嗯，非常嚴厲，而且又很囉唆。」

她轉身靠在欄杆上，我也站到她身旁，與她一同眺望遠方的夕陽。

「茉莉學姊。」我開口，「妳覺得自己有可能再喜歡上宋任愷以外的人嗎？」

「爲什麼這麼問？」

「因爲我……想起一件事。」我抿抿唇，「宋任愷曾經告訴我，這輩子不會再喜歡上除了妳之外的人，所以……」怕學姊誤會，我趕緊解釋，「我不是想讓妳有什麼心理負擔，我也希望妳能再碰上眞心喜歡的對象！」

「我明白。」她定定地看著我，「他是什麼時候跟妳說的？」

「我和他最後一次碰面的時候，當時我們也是像這樣一起看著夕陽。」我沒告訴茉莉學姊，那時我本來要向宋任愷告白。「他說，不管是時光倒流，還是在別的時空見到妳，他還是會只喜歡妳一個人。」

茉莉學姊久久沒有出聲。

她的視線緩緩移開，用聽不出情緒的語氣低喃：「原來他對妳說過這麼殘忍的話。」

我一時語塞。

「那麼念荷妳呢？」她反問，「妳會再喜歡上別人嗎？」

我在怔愣片刻後，吶吶地回：「……我不知道。」

她握起我的手。

即使是在這樣炎熱的季節，茉莉學姊的手心依然冰冷。

「念荷，如果有一天，妳再次遇見讓妳動心的人，千萬不要錯過他，也不要爲了任何人輕易放手。知道嗎？」

我望著茉莉學姊好久好久，直到鼻頭微酸，才輕輕點頭，雖然我不曉得是否眞有那麼一天。

「茉莉學姊也是。」

她微微地笑了，沒有點頭，也沒有回答我。

大學開學後，我和茉莉學姊因爲各自忙碌，好一段時間沒見面。

除了課業與各式各樣的社團活動，週末我也沒讓自己閒著，在爸爸的鼓勵下考了汽車駕照，過得很是充實。

期中考結束，在高雄念書的艾亭邀我週末去找她玩，我欣然允諾。

坐了幾個小時的客運抵達高雄，一下車我就接到艾亭的電話。

「念荷，對不起，妳先去逛逛，或者找個地方喝點東西等我一下。我臨時有事得去處理，一個小時後我再去找妳！」

「沒關係，妳慢慢來。」

通完電話，我忖度著該如何打發這一個小時，最後決定到一間大型書店看書。

站在書架前捧著書看了三十分鐘，我後頸僵硬，雙腳也站得痠了，便走到角落的階梯坐下，休息片刻。

隨意地環顧四周，我的目光落在一個身穿黑色T恤的男生身上，他就坐在我正下方。

他低垂著頭，背影很好看，體格完美地落在結實與瘦弱之間，在那一刻短暫引起了我的注意。

「妳在畫誰？」

「哥哥。」

腦中浮現一段回憶，我呆呆地凝視著那個男生，而後從背包裡找出自動鉛筆和記事本。

我在空白頁上勾勒出這個陌生人的背影。

從前與宋嘉玟一起作畫的點點滴滴，隨著紙上的每一筆線條湧上心頭。

畫得正專心，我放在膝上的記事本冷不防被抽走，一名穿著時髦的年輕女子站在我身旁，臉色不豫地俯視著我。

「妳在幹嘛？妳在畫他嗎？」她看了那男生一眼，再看向我的畫，隨即忿忿地將記事本往我身上一砸，「妳沒事幹麼亂畫別人的男朋友啊？」

女子的喝斥喝引來側目，畫中的主角也聽見了，轉頭望了過來。

我嚇得連忙道歉：「對不起，我沒有什麼特別的意思，我只是……」

「幹麼？」那個男生步上階梯，來到我們面前。

女子又搶走我的記事本，翻給他看，「這個女的剛才在你背後偷畫你，噁心！」

對方接過看了一會兒，淡淡地對我說：「妳畫得不錯。」

他的話讓我愕然，卻也讓女子更加惱怒，「你幹麼讚美她？」

「這有什麼嗎？不過就是一張畫，何必這麼生氣？」男子不慍不火地把記事本還給我就走。女子依舊滿懷不甘，一邊跟上他，一邊旁若無人地大聲抱怨，兩人走出書店。

我沒想到自己這番舉動會害那男生和女朋友吵架，心裡很過意不去，與此同時，我發現那男生剛才坐著的地方，有一張悠遊卡，很有可能是他不小心遺落的。

對方應該還沒走遠，我撿起悠遊卡追了出去。那名女子站在電梯口對他激動咆哮，反觀他表情淡漠不爲所動，電梯門一開，他逕自踏進電梯，不等女子進去，便按下關門鍵。

女子氣得指著他大吼：「宋任愷，你別以爲我不敢，你會後悔的！」

電梯門還是關上了，她站在原地抹眼淚，直到另一邊的電梯門開啓才跟著離開。

我拿著悠遊卡呆立在一旁，完全忘記自己追出來的目的。

方才聽見她喊出那個男生的名字時，我的心跳瞬間停了一拍，不敢相信自己的耳朵。

那個人也叫宋任愷？

是同名同姓，還是只是同音？

半小時後艾亭抵達書店，發現我呆立在門口，手裡還拿著一張悠遊卡，好奇問：

「念荷，妳怎麼了？」

我將自己闖下的禍告訴她。

艾亭聽完哎呀了一聲，「妳別自責啦。其實我也認爲那個男生說得對，根本是他女友太大驚小怪了。可惜妳沒來得及把悠遊卡還給他。」

「原本是來得及的，但……」我輕咬下唇，「我追出去的時候，聽見那個女生叫他

『宋任愷』。」

「宋任愷？」艾亭歪了歪腦袋，沒多久一怔，「同名同姓？還是發音剛好一樣？」

「我也不知道，只是突然間聽見嚇了一跳，結果就忘了還他。」我苦笑。

她看著我手中的悠遊卡，慢慢瞪大眼睛，「我想到一個人耶，該不會是他吧？」

「誰？」

「我們高一的時候，學校不是有個跟宋任愷同名同姓的三年級學長？」她說，「妳看到那個人時，有沒有覺得眼熟？」

我回想後搖搖頭，「我沒印象，以前我沒有特別注意過對方的長相，所以現在也沒辦法確認。」

「也是，過去妳的心思都放在那個宋任愷身上，自然沒留意另一個宋任愷嘍。如果有他的照片就能確認了吧！」她摟摟我的肩以示安慰。

另一個宋任愷。

一個素昧平生的學長，卻是我認識宋任愷的契機，也是當年一切的開端。

我無法證實這個人就是那個宋學長，今後也不太可能再見到他，因此回到台北後，這件事就被我拋到腦後，甚至忘了對方的悠遊卡還在我手上。

等我再想起，已是一個月後。

那時我和同學去逛街，在手搖飲料店等飲料，茉莉學姊打電話給我。

聽到她說話帶著濃重的鼻音，我關心地問她：「學姊，妳怎麼了？妳在哪裡？」

「我在宿舍，有點小感冒，這幾天沒什麼時間能聯絡妳，想聽聽妳的聲音。」

我心生擔憂，「我記得兩個星期前跟妳通電話，妳也感冒了，妳的身體眞的不要緊嗎？週末我去台中看妳好不好？」

「我這裡沒什麼好玩的啦，而且我比較喜歡上台北見妳，妳就乖乖等我去找妳吧。」

「那妳……」正想再問她何時會回台北，隔壁另一間飲料店前來了四個男生，說話音量之大幾乎蓋過手機另一端茉莉學姊的聲音。

我下意識朝他們看去，其中一張面孔倏地攫住我的目光。

似曾相識的黑色T恤和修長身形，讓我很快確定他就是一個月前在高雄書店遇到的那個男生。

大概是我的注視太過直接，他一個長相斯文的友人似笑非笑地對他說了些什麼，於是他也朝我望了過來。

「念荷，怎麼了？」聽到茉莉學姊的聲音，我尷尬地略微側過頭，「沒、沒事。」此時眼角餘光瞥見那個男生已從店員手上接過飲料，我驀地一陣心急，匆匆對學姊說：「茉莉學姊，對不起，我晚一點打給妳！」

那群人拎著飲料走在前方，我沒多想便追上去，一把抓住那個男生的背包帶子。

四個大男生好奇的打量讓我吶吶地縮回手，雙頰發燙，「不好意思，我……」

「妳要找他嗎？」最先留意到我的斯文男子問。

開。

「對，因爲……」

「知道了。愷子，那我們先走嘍。」他二話不說便擺擺手，與其他兩人識趣地離

我也請和我出來逛街的同學先走一步，才向這個被朋友喚作「愷子」的男生緊張地解釋：「那個，大約一個月前，我在高雄的書店裡畫過你的素描，後來被你女朋友看到了……不知道你有沒有印象？」

他定定地看著我，「嗯，然後呢？」

「然後……你離開書店後，我在你之前坐著的階梯上撿到一張悠遊卡，可是來不及還給你。」

「喔，原來掉在那裡，那還我吧。」他攤開手心。

我連忙翻開包包尋找，找了一陣才猛然想到，「當、當時我不是帶著這個包包，悠遊卡應該是在另一個包包裡，下次我再……」

「這種搭訕方式有點拙劣喔。」他嗓音慵懶。

我的臉又熱了起來，「我、我是說眞的，不然我把我的悠遊卡給你。」

說完，我從口袋掏出自己的卡片。

他笑了笑，沒有接過，反而拿出手機，「知道了，那加個LINE，等妳找到我的悠遊卡再還我。」

交換聯絡方式後，他一聽到我的名字，便挑眉問：「妳叫念荷？」

「嗯。」

「妳念哪所高中？」聽完我的回答，他停頓了一下，「難怪一直覺得妳有些眼熟，果然是學妹，我對妳有點印象。」

我驚愕不已。

這個人眞的就是那個三年級的宋任愷？

「妳在高雄就認出我了？」

我老實回答：「其實沒有，我是高一下學期時轉學過去的，而宋學長你半年後就畢業了，所以我對你的印象並不深……」

「意思是妳並不知道我是誰，那妳怎麼會知道我姓宋？」他眼中毫無波瀾，「是不是因爲我的名字剛好跟妳認識的某個人一樣？」

我的心重重一跳，臉色微僵。

他凝視著我半晌，最後只淡淡地說：「東西找到再告訴我，先走了。」

說完，宋學長就走了。

爲什麼他會問我這個問題？他是知道什麼才故意這麼問的嗎？

我愣愣地杵在原地，完全忘記要回電話給茉莉學姊。

當天晚上回到房間，我果然在另一個包包裡找到宋學長的悠遊卡，接著，我從抽屜找出一樣被我珍藏許久的東西。

那是貼有「宋任愷」姓名貼紙的原子筆。

當年就是因爲這枝筆，讓我和宋任愷有了更多的交集，不再僅是點頭之交、隨時可以擦身而過的關係。

無論是最初的送錯情書，還是後來的這枝筆，如今回想起來，宋學長這個人都是關鍵性的存在。如果沒有宋學長，也許我就不會對宋任愷萌生出感情，更不可能走進他的生活。

我對著筆發呆了好一會兒，直到艾亭傳訊息給我，我順道向她證實那張悠遊卡的主人正是宋學長，下一秒她便撥電話過來。

「未免太巧了吧？居然眞的是他，而且你們還在台北再次相遇，眞不可思議！」她語氣中難掩驚訝，「他沒有找妳麻煩吧？」

「沒有。爲什麼這麼問？」

「他以前在學校的風評不是很不好嗎？雖然上次妳被他女友刁難時，他有幫妳說話，可是誰知道他的本性有沒有變啊，我自然會替妳擔心嘛。」

「但……我覺得他好像沒那麼壞。」不管是上次還是今日，我都沒有從他身上感受到任何威脅或危險的意味。

「那妳悠遊卡還他了嗎？」

「還沒，我沒帶在身上，所以他跟我要LINE，說等我找到悠遊卡再聯絡他。」

「他跟妳要LINE？他傳訊息給妳了嗎？」艾亭的音調因爲驚訝而提高不少。

「是還沒啦。我會給他LINE，只是覺得這樣比較方便把悠遊卡還他，他應該也是這麼想的。把卡片交到他手上之後，我們就不會再有交集了。」

艾亭有好一會兒沒有出聲，像是在顧慮什麼，卻不知道要如何開口，「……好吧，那妳小心點。假如那個宋任愷對妳有其他意圖，妳千萬不能理他喔，就算他已經沒那麼恐怖，他女友也不是好惹的！」

雖然我不認為宋學長會對我有什麼意圖，但艾亭這番話還是提醒了我，至少不能讓他和他女友因為我再起爭執。

那晚我沒有馬上聯繫宋學長，不料隔天下午，對方倒先打電話來了。

原以為他是來討要悠遊卡，然而電話裡的聲音卻不像是他的：「妳好，請問是唐念荷嗎？」

「我是。請問你是……宋學長嗎？」我有些疑惑。

「喔，我不是，我是他朋友。昨天我們見過，就是發話讓你們獨處的那個。」

經他這麼一提，我立刻想起他應該是那個長相斯文的男子。

他說：「是這樣的，聽說妳是愷子的高中學妹，我們剛剛聊起妳，正好他有些話想跟妳說，只是現在他不太方便講電話，所以請我代為聯絡妳。如果可以的話，妳能不能過來一趟呢？」

聽到這一串疑點重重的說詞，我不由得心生戒備：「宋學長想跟我說什麼？」

「這個我也不清楚，我只負責傳話。我們並不是什麼壞人，而且除了愷子，我們這邊還有其他人也認識妳，妳可以放心過來。」

我陷入了遲疑。

半個小時後，我走進一間KTV，在服務生的帶領下來到一間包廂。五光十色的包廂裡坐著幾名男男女女，歡唱聲和音樂聲震耳欲聾，但那些聲音在我走進去時，突然戛然而止，每雙眼睛都不約而同朝我看了過來。

打電話給我的斯文男子熱情招呼我，讓我坐在他和一名妝容豔麗的女子中間，現場卻不見宋學長的人影。

「念荷學妹，」那豔麗女子面向我，嬌滴滴地滿臉堆笑，「妳還記得我嗎？上回在高雄眞對不起，當時我心情不太好，才會拿妳發脾氣，妳可以原諒我嗎？」

認出她是宋學長的女友，我只得點點頭，侷促地問：「請問……宋學長呢？」

「阿愷他出去了，等等就回來。」她親暱地勾著我的手，「其實我也跟妳讀同一所高中唷，我和阿愷大妳兩屆，我們是同班同學。但妳應該不認得我吧？」

我頗爲意外，忍不住仔細端詳她，歉然道：「不好意思，我確實沒什麼印象。」

「沒關係，我也是聽阿愷說才想起妳的，畢竟當年那麼大的事，即便畢業了，我們這一屆也是無人不知無人不曉呢。」

「到底是什麼事？一直問妳都不說，妳就別再賣關子了吧。」斯文男子催促。

「就是我們畢業那一年，學校有一個跟阿愷同名同姓的學弟，他媽媽先是帶著他妹妹自殺，最後他也上吊身亡，還是念荷學妹發現的。」

聞言，斯文男子面露詫異，「我記得這件事，當年新聞還鬧得沸沸揚揚的。原來妳所說的『另一個宋任愷』，指的就是這個學弟，而念荷學妹是死亡現場的第一個目擊者？」

「沒錯，聽說學妹因爲打擊太大，還在醫院住了一段時間，眞的好可憐。但也難怪，親眼目睹男友自殺，怎麼可能不精神崩潰呢？」

學姊的語氣充滿憐憫與同情，然而她冰冷的指尖卻令我不由自主打了個冷顫。

斯文男怔住，「學妹和他是男女朋友？」

「是呀，那位學弟本來有個交往多年的女友，在念荷學妹出現後，他就把女友甩了，後來他前女友太傷心，選擇移民國外，他和念荷學妹就名正言順在一起啦，可惜最後是這種結局，眞是太悲慘了。」

聽到這裡，我才恍然驚覺這位學姊根本不懷好意。

她說出的每一句話都宛如往我心上扎下一針，疼得我幾乎要暈厥過去。我咬住下唇，眼眶發熱，恨不得立刻奪門而出。

「好了，先別說了吧。」發現我臉色不對，斯文男企圖結束這段對話。

「沒事的啦，都這麼久了，念荷學妹已經走出來了對不對？我知道妳心中還是非常思念那位學弟，才會忍不住接近和他同名同姓的阿愷，偷偷畫阿愷的背影，又在路邊拉住他，再誘導他跟妳交換LINE，甚至只是聽到『阿愷有話想對妳說』這句話，就興沖沖地跑過來。妳一定是對那位學弟太過念念不忘才會這樣，我能理解的。」

學姊皮笑肉不笑的諷刺，讓包廂裡的所有人對我投來異樣的目光。我也終於忍無可忍，猛地從座位上站起。

「請妳不要隨便亂說話，事實完全不是妳說的那樣。也請妳不要侮蔑宋任愷，我們從來就不是妳說的那種關係！」我淚眼模糊，悲憤地瞪著學姊，「我對宋學長更沒有任何想法，我只是想將他掉在高雄的東西還給他，妳不需要出口傷人！」

說完，我拔腿衝出包廂，卻迎面撞上宋學長。

「妳怎麼會在這裡？」

「……不是你找我來的嗎？」我從他困惑的眼神中慢慢明白了什麼，我擦去不小心滑落的眼淚，拿出悠遊卡交給他，「卡還你，我走了。」

最深的傷痛被這樣殘忍地踐踏羞辱，我的憤怒與悲傷無處宣洩，一路上只能安靜地掉淚。

宋學長的反應看起來像是不知情，但也不能保證他不是在裝蒜。不論他是不是被蒙在鼓裡，我都不想再與他扯上關係。

花了一夜好不容易平復下來的心情，卻被隔日的一通來電再次攪亂。

手機螢幕上顯示著「愷子」，我一度不願接聽，怕又被耍弄，但即使我心一橫切掉通話，手機依舊鍥而不捨地震動。

最後我只好接起，「喂？」

「妳在上課嗎？」

對方連個稱呼都沒有，但聽聲音，是宋學長本人沒錯。

「……有什麼事？」我悶聲問。

「我在妳學校門口，妳如果下課了，就出來一下。」

我愣住了，「你怎麼知道我念哪間學校？」

「稍微打聽一下就知道了。出來吧。」

察覺對方似乎是認眞的，我登時感到倉皇，脫口而出：「可是我還有一堂課。」

「那我等妳，下課後就出來。」然後他就掛斷了。

下午五點多，我忐忑地走出校門，一道頎長的身影朝我走來。

一看到宋學長，我便緊張起來。誰知他是不是爲了他女友，特地過來找我麻煩，我心生防備，不敢靠他太近。

「去逛夜市吧。」他忽然說。

「什麼？」我反應不及，「爲什麼？」

「吃晚餐啊，妳肚子不餓？」

「我不是這個意思，我是想問你爲什麼要找我去逛夜市……」

「當然是想跟妳一起逛，所以就來找妳，很奇怪嗎？」

他理所當然的態度令我瞠目結舌，摸不透他的意圖，遂加重語氣道：「當然奇怪。我和你不熟，悠遊卡也還你了，沒理由繼續跟你見面，而且我也不想又被你女朋友誤會，請你別再聯繫我了。」

「這妳不用操心，我們昨晚就分手了。」

我一驚，「分手了？」

「嗯，昨天她和我朋友以我的名義叫妳過去，我一知道這件事，就跟她分了。」

他說得輕描淡寫，我聽得目瞪口呆。

「騙、騙人的吧？你因爲這樣就跟學姊分——」

「晚點再說，先去吃飯。」他不由分說，拽著我往捷運站的方向走。

去到夜市之後，宋學長一攤吃過一攤，嘴巴完全沒停過，彷彿餓了很久。

我捧著他塞到我手上的水煎包，一點胃口也沒有。接著他在一台夾娃娃機前停下，不久便夾中了一個巴掌大的布偶鑰匙圈。

「夾中了，運氣不錯，給妳吧。」

當他將哆啦A夢的鑰匙圈遞給我時，我腦中一片空白。

陪他吃完將近半個夜市後，我們到便利商店找了個位子坐下。

我低頭對著哆啦A夢的笑容發呆，他給了我一罐冷飲，我心不在焉地打開，喝了幾口，味道酸酸甜甜，挺好喝的。

截至目前爲止，他的所作所爲並未讓我感覺有異，於是稍稍卸下了些許心防。

「你跟傳聞好像不太一樣。」我鼓起勇氣開口，「高中的時候，大家都說你是個危險人物，惹過不少事，所以我一直以爲你很可怕。」

「那妳現在覺得我是個怎樣的人？」

他深沉的目光讓我不自在地別過頭，謹慎答道：「就……好像沒有我想像中那麼可怕，而且我發現你身邊有不少朋友，沒有謠言說得那樣難以親近。」

宋學長似笑非笑，「跟妳這麼說過的人，也包括另一個宋任愷嗎？」

我微微一僵，不答反問：「你昨天說對我有印象，也是因爲當年那件事嗎？」

「嗯。」他坦承不諱，「雖然我不認識那個學弟，但畢竟跟自己同名同姓，自然會知道他，也多少聽過一些關於你們的八卦。明明與我毫無關係，但他出事以後，大家都跑來對我說，另一個我死了。」

這種說法使我莫名不快，我緊咬下唇，多喝了幾口面前的冷飲。

「宋學長，你說你跟女友分手了，應該不是眞的吧？」我換了個話題，「雖然學姊的行徑讓我很生氣，但倘若你爲此跟她分手，我也不會覺得痛快或開心。更重要的是，我不想再讓別人誤會是因爲我的介入，才會害得誰跟誰分手。」

一股熱意從胸口一路上湧至雙頰，我的情緒漸漸有些高漲，頭也有些昏沉。

我第一次定睛看向手中的冷飲，「這是什麼？爲什麼喝了頭昏昏的？」

「這是水果酒，妳喝太快了，妳沒喝過？」

我嚇一跳，我本來以爲這只是一般的果汁，「你爲什麼給我喝這個？」

「我認識的女生朋友都挺愛喝的，我以爲妳也會喜歡。」

這種說法……果然對他還是不能太過鬆懈。

雖不至於失去意識，但我的頭還是愈來愈重，我只好先低垂著頭，閉起眼睛休息，靜待不適感慢慢退去。

這時宋學長的聲音再次響起：「我會分手，是因爲她不止一次偷看我的手機，而且這次她還冒用我的名義打電話，這已經超過我的容忍範圍，所以我才會這麼做，與妳無關。」

我睜開眼睛抬頭看他。

可能是酒精的催化讓我少了考慮，我脫口問出：「但我還是不懂你今天爲什麼來找我？是想替女友向我道歉？還是純粹只是對我這個當年曾經與『另一個宋任愷』有過牽扯的學妹感到好奇？」

他拄著下巴，靜靜地望著我半晌，嘴角輕揚，「我也還在想理由。假若我們現在談起他，妳也會稱呼他爲『另一個宋任愷』嗎？」

我搖搖頭，「他是宋任愷，而你是宋學長。」

「但我也是宋任愷啊。」他目光微凝。

「乾脆我們叫他『宋學長』，妳就叫我『宋任愷』，這樣簡單多了。」

「我可以直接叫你的名字？」

「可以啊，我也只大妳一歲嘛。而且作爲朋友，直接叫名字不是很正常？」

許多回憶蜂擁而來，我再次搖頭，「你是……宋學長。」

說完，我的視線一暗，宋學長的臉在眼前放大。

嘗到他唇上的水果酒味那一刻，我清楚看見自己在他瞳孔中的倒映。

茉莉學姊來電時，我正好回到家。

已經沒有暈眩的感覺，但我的魂不守舍，連在電話另一頭的她都察覺得到。

「怎麼了？今天很累嗎？」

我用力眨眨眼睛，捏捏臉頰，努力讓自己清醒些，「還、還好。學姊妳感冒好了沒？」

「已經沒事了，現在又頭好壯壯了。最近氣溫好像會下降，妳可別像我一樣著涼喔。」

「好。」我抿抿唇，做了個深呼吸，「茉莉學姊，我最近……我……」

「妳最近怎麼了？」

我欲言又止，怎麼都說不出口，只得先換個話題：「沒什麼，我只是想問妳下次什麼時候來台北？我有點想妳了。」

她笑起來，「我也不確定，我會盡量找時間的。要不要先開視訊解相思呢？」

我摸摸還在發燙的臉，慌張地說：「不要不要，我現在頭髮很亂，非常邋遢，被妳看到會很不好意思！」

「好吧，那妳快點去洗澡，別太晚睡。」她溫聲叮嚀，「有什麼事都可以跟我說，知道嗎？」

不知為何，茉莉學姊最後這句話，讓我覺得她好似知道了什麼，我一時有些心虛。放下手機，我才發現自己把哆啦A夢的鑰匙圈帶回來了。

我眞後悔剛才沒有直接把它扔在那個人身上。

宋學長那雙眼睛頻頻浮現在我腦中，同樣記得的是他嘴唇的溫度，我躺在床上輾轉難眠，最後焦躁地坐起，紊亂的心跳遲遲無法恢復正常。

他怎麼可以隨便亂親人？

還以為他並沒有想像中那麼壞，不料卻做出這種出格的行為，簡直太過分了！

但更讓我氣惱且不解的是，從隔天起，他偶爾會傳訊息給我，字裡行間一派若無其事，顯然他不把那一吻當一回事。

幾天之後，我發現更讓我不解的，其實是我自己。

不知道為什麼，明明十分氣他，我卻沒想過要封鎖他。

每次他傳訊息過來，我總是會忍不住點開來看，無法做到置之不理。

不知不覺間，每天早上醒來，我開始習慣察看手機裡有沒有他傳來的訊息。

我到底是怎麼回事？

這種情形持續了一段時日，現在我看到貼有他名字的那枝原子筆，浮上心頭的也漸漸不再是那段珍貴的美好回憶，而是讓我滿腹怨氣的宋學長。

因此我下了一個決定。

晚上八點，我坐在一間便利商店等待，過沒多久，宋學長出現了。

他坐到我身旁，「之前約妳出來都不願意，怎麼會突然主動找我？」

我滿懷怨氣瞪他，「你不覺得你該先道歉嗎？」

他笑而不答，「找我有什麼事？」

見他還是不願道歉，我忿忿地從口袋掏出兩樣東西放到他桌前，「還給你！」

他先是看了眼哆啦A夢的鑰匙圈，目光定住在一旁的原子筆上，「這什麼？」

「這是你高三那年不小心掉在學校走廊上的筆。」我悶聲解釋，「我撿到之後，先是交給宋任愷，但他說筆不是他的，而是你的。當時我不敢接近你，加上這枝筆斷水不能寫了，所以就沒有還給你。」

宋學長拾起原子筆細看，問：「既然筆不是那個宋任愷的，妳爲什麼還保留到現在？」

我沒有作聲。

沒聽到我的答覆，他自行推測：「是不是因爲妳拿這枝筆去找他，你們兩個才會認識？」

答案不盡正確，但也八九不離十了。

我沒打算多做解釋，他便以爲我是默認。

他把玩起那枝筆，「那個宋任愷在妳心中是怎樣的人？」

「爲什麼問這個？」我納悶地反問。

「妳先回答我再告訴妳。」

我挺直了身子說道：「他很溫柔善良，是個體貼、正直，又非常孝順的人，更是我見過最好的男孩子。」

「那他會不會說謊？」他再問。

我頓了頓，想起過去他欺瞞家人自己和茉莉學姊分手一事。

「他是說過謊，但他說的都是善意的謊言，而且是爲了保護重要的人，才不得已說謊，他從來就不會惡意欺騙別人！」

聞言，宋學長陷入沉默，最後淡淡地說：「若眞是如此，那麼妳也許要對他失望了。」

我不解，「爲什麼？」

「因爲這枝筆不是我的。」

我傻愣了幾秒鐘，「怎麼會?應該是你不記得了，畢竟這是三年前——」

「我從來就不用這種筆，更不會在筆上貼名字。我自己的東西，我不會不清楚。」

他語氣中沒有一絲玩笑的意味，「要是那個善良的宋任愷，親口告訴妳這枝筆不是他的，那麼只有兩種可能，一是有人拿我們的名字惡作劇，二是他故意對妳撒謊。哪一種可能性較高，我想並不難猜。」

我呆了許久，囁嚅地道：「……你騙人。」

「我知道妳很難接受他在妳心中的美好形象突然破滅，但這確實是事實。假如他當時並非在不得已的情況下說謊，那就是有目的性地這麼做。至於背後的原因，妳可能得自己想了。」

宋學長這番話讓我有若被雷擊中，無法言語。

我慢慢失去思考的能力，僅剩下記憶中那張溫暖的笑臉，在腦海載浮載沉。

第十章　孫一緯

走出租屋處，我和一個住在隔壁棟公寓的朋友不期而遇。

他全身包裹得緊緊的，寒流的低溫讓他每次呼吸都從鼻間噴出淡白色的煙霧，他忍不住哀號：「孫一緯，台北冷死了，根本不能住人，你要不要跟我一起去台南玩？」

我看著他手中的行李，撇了撇嘴角，「有機會再說吧，你現在要回去了？」

「對啊，我要去搭高鐵了，你要去哪？」

「醫院，探望一個朋友。」

「是喔？那你快去吧。我們開學見，拜啦！」他咧嘴一笑，揮揮手就走。

有著爽朗笑容的這個人，和我讀同一所高中，是隔壁班的同學，名叫蔣智安。

我跟他其實算是「不打不相識」，被打的是他，打人的卻不是我，而是楊於葳。

楊於葳在學校走廊上興沖沖地比劃防身術招式時，不慎打中恰巧路過的蔣智安，兩人不但沒因此生了嫌隙，反倒還聊開了。

高中畢業後，我和蔣智安考上同一所大學，並在同一天搬進租屋處，因爲住得很近，偶爾會不期而遇。

過去的我冷漠孤僻，對誰都築起一道高牆，與蔣智安熟稔後，他才坦言其實最初不敢跟我說話，只是見過開朗活潑的楊於葳與我有說有笑，便認爲我沒有外表看起來難相處。因此後來我們再次碰上時，他才主動向我攀談。

蔣智安的父母在他高中畢業後就把台北的房子賣了，搬去台南，習慣在這座城市生活的他選擇留下。他疑惑爲何我家明明離學校不遠，還要特地搬出來住，我只說自己單純想要一個人生活，他便不再說什麼，不知道是否因爲他曾聽說過我家裡的事，才沒深入追問。

經過半年的往來，我覺得楊於葳當初所言或許沒錯。

姑且不論蔣智安過去怎麼看我，但他性情坦率直爽，我察覺不到他對我抱有偏見，而且他不會故意挖人隱私，不曾主動問及我的家事，更有意避開相關話題。他的個性和楊於葳有些相像，我和他相處起來頗爲輕鬆，沒有任何壓力。

只是促成我和蔣智安成爲朋友的楊於葳，如今卻已不在這裡。

病房房門是敞開的，我仍敲了敲門板，直到聽見對方開口邀我進入，我才提著禮盒走進去。

圓圓姊正坐在床上看雜誌，對我微微一笑。

我拉過一把椅子在她床邊坐下，「身體還好嗎？」

「沒事了，我本來自我感覺良好，覺得這次狀況不錯，說不定哪天還可以找你去喝下午茶，沒想到這麼快又回到醫院了，我這顆心臟還眞是難伺候，看來得等到下次出院嘍。」她自嘲。

「不一定非得等到出院啊，妳如果現在想喝下午茶，我也能奉陪。」

她忍俊不禁，饒富興味地看著我，「一緯你眞的很特別。我身邊其他人聽到我這麼說，通常都會安慰我『一定很快就能再出院了』、『以後情況就能穩定下來』，但你就不會說這樣的話。」

我略顯尷尬，「我確實不擅長說什麼好聽話，這是我的缺點。」

「不，我倒認爲這是你最大的優點。我從小就時常進出醫院，類似的話我聽過太多了，一開始還會傻傻相信，然後一再失望，導致我過去有很長一段時間誰都不信。你不會刻意說好聽話安慰我，我反而很高興。」她神態輕鬆，「你已經放寒假了吧？會回家嗎？」

「不一定，我正在考慮要不要去打工。」

「那過年呢？」

「再看看吧。」

我的回應換來她一個溫婉的笑。

與圓圓姊日漸熟識後，她也知道了我家裡的事，甚至包括我心理上的「病」。鑑於她和楊於葳交情匪淺，我相信楊於葳很早以前就跟她提起過我；而我也在這段時日中對她產生了信任，也不介意與她說起私事。

當她得知我和楊於葳一樣不喜歡醫院時，好奇地問我原因，我也老實回答她，當年爸出車禍，我陪媽在醫院守了一夜，最終爸還是走了，那是我永生難忘的一夜。從此醫院的消毒藥水味、極度潔淨的空蕩感，都會讓我想起那一夜。

聽聞這件事後，圓圓姊也曾擔心我來醫院探病，會不會造成我心理上的負擔，即便我口口聲聲保證不會，她還是不肯眞正放心，就像是此刻。

「現在你坐在這兒，那種『聽不見』的感覺還是在嗎？」

「嗯，只是程度不同而已。我想這毛病或許本來就無法根治，畢竟它其實是一種壓力下的表現，既然壓力無法完全去除，我只能學著與它共處。我逐漸懂得如何去適應，不會影響到生活。」

她這才安下心來，「那就好。不過，於葳是眞的相信你已經完全康復了吧？」

「嗯，我曾經對她說我已經痊癒了，當時她就要啓程去日本，我不想讓她繼續爲我操心。」

「她跟你聯絡了嗎？」

「還沒。」我頓了頓，「那妳呢？」

「我前些天收到她寄來的明信片，上個月她也有打電話給我。」

「是喔。」我淡淡應了聲，沒再多問。

一個小時後，我準備告辭，並告訴圓圓姊我過幾天會再來。

她拿出一張印有壓花的書籤給我。

「這是今天上午，我和另一位來探望我的朋友一起做的，我想送給你當作謝禮。」

「什麼謝禮？」

「你來看我的謝禮。於葳遲遲不與你聯絡，你卻仍一直遵守與她的約定，時常過來關心我，我眞的很感動，所以希望你能收下這個小禮物。」

她誠摯的語氣令我短暫語塞，「也不全然是因爲她，畢竟我也當圓圓姊是朋友，這根本沒什麼。」

這次她的笑容多了分感動，「謝謝你。」

晚上走出浴室，我用毛巾擦乾濕髮，坐到書桌前打開筆電。

等待電腦開機的過程中，我不時聞到一股淡淡的香氣，最後發現香味來自圓圓姊送我的那張書籤。

那張書籤在我進屋的時候被我順手擺在書桌上，我先拿起來仔細端詳，再湊近鼻間嗅聞。

是茉莉花的味道。

原來書籤上那做成壓花的白色小花，是茉莉花。

望著書籤，我想起圓圓姊說的話，也想起楊於葳。

她離開後，始終與圓圓姊保持聯繫，卻不曾給我捎來半點消息。

我從起初的不解與不悅，到現在忍不住開始懷疑，是不是有什麼特殊的原因讓她選擇這麼做？

我怎麼也想不通她心裡是怎麼想的，卻也不想讓圓圓姊去問她。

「我就是要讓孫一緯你無法隨心所欲找到我，這樣你才會明白我的重要。」

「所以爲了讓你不斷把我放在心上，想見我想得不得了，我決定不透露電話和班級，你也不可以私下調查喔！」

回憶起她過去的種種行徑，我就愈覺得她故意爲之的可能性極大，只是她若眞是因爲這個理由才不與我聯繫，未免也太荒謬了。

不過，還有另一種可能，那就是楊於葳已經對我失去興趣，甚至認爲沒有再跟我聯絡的必要。

答案究竟是哪一個？

✦

除夕前一天，家裡的那個男人打電話給我。

我沒有讓他來租屋處找我，而是跟他約在附近的便利商店見面。一段時間不見，他瘦了些，也多了些白髮，但精神看起來不錯。

「一緯，你明天會回家吧？」他眼中帶著明顯的期盼，「明天你回來和你媽媽吃年夜飯，然後初一，我想帶你媽媽到溫暖一點的地方走走，你也一起來，我們三個一塊出遊，好不好？」

我沒有回答他，而是問：「我媽最近怎樣？」

「她很好，等你回來看到她，你一定會嚇一跳。跟以前比起來，你媽媽的情況好轉了很多。」他神情雀躍，「所以一緯，你相信我，你媽媽絕不是再也不關心你，你只需要再給她一點時間，等她完全好起來，想法就會不一樣，到那時候你就可以搬回來了。」

我望著他的笑臉半晌，「至今爲止，我媽有主動跟你提起我嗎？」

他一時無話，過了幾秒才僵硬地點點頭，「有，當然有。你這麼久不回家，她當然會提。」

這傢伙眞的很不會說謊。

我沉默片刻，最後告訴他：「我不會回去了，明天我還有事。從後天起，我就要去打工了，一直工作到開學，如果家裡有什麼狀況，你再打電話通知我就行了。」

聞言，男人收起興奮的情緒，眼底浮上濃重的愧疚與挫敗。

自從媽媽親口說出要我離開家裡以後，他看我的眼神都帶著歉疚，畢竟他是那麼拚命想要彌補我和媽，結果卻是害得我被趕出家門。可能是因爲這樣，我搬出家裡後，他不僅按月打電話向我報告媽的近況，也會關心我有沒有什麼需要，偶爾還專程送東西來給我，半年來不曾間斷。

他知道我一旦下定決心，就不會改變，便不再出言相勸，只是低頭盯著自己交握的雙手。

「一緯，你媽媽她……已經不再像個小嬰兒一樣，需要時時刻刻有人陪伴，她現在能自己去醫院，也能照顧自己，就算一個人在家也沒問題。現在的她，已經可以像正常人那樣生活了。」他一字一句緩慢地說：「所以我打算過完年之後就去找工作，我有個朋友是客運司機，他說他們公司有職缺，我決定去考。我和你媽媽商量過，她也表示贊同。我覺得該告訴你一聲，免得你擔心。」

我久久沒有回話。

寒假結束，男人除了向我報告媽的近況，還傳來一張他穿著客運司機制服的照片。他開始上班後，我曾經回家一趟，當時媽正在陽台晾衣服。

我沒有叫她，就只是站在鐵門外看著她。她原先孱弱的身軀圓潤不少，氣色也很不錯。

眼見她的健康情況果眞明顯好轉，臉上也不再存在著過去的憂愁與緊繃，我便明白她的轉變不是因爲我的離開，而是那男人帶給她的安定。

這都是我和爸不曾給過她的。

見媽生活過得如此平靜愜意，我忍不住在心裡問自己：我是不是該從此退出她的生活？

我究竟還能不能期待，將來她願意再回頭看我的那天？

時間過得很快，轉眼間學期末再度來臨。

下課之後，我買好晚餐，在回家的路上遇到蔣智安，他問我週末有沒有興趣跟他去參加聯誼？

「下禮拜不是期末考？你還有心情聯誼？」我訝異道。

「你不懂，就是這時候才要聯誼，認識女生之後才有動力準備考試！」他流露出對於週末的期待，「這次聯誼的對象是別校的，聽說女生條件都很不錯，孫一緯你也來吧，我們這邊還缺一個人，隨時歡迎你加入。」

我啼笑皆非，「要湊人數的話，你找別人吧。」

「別這麼說啦，我也不是隨便亂找的，因爲是你才約的，你就考慮一下吧。」見我還是毫無興致，他搭住我的肩，「你老實告訴我，你是眞的沒興趣，還是其實心有所屬？」

「什麼啊？」

「我早就在懷疑了！除了高三那次在學校碰到你和楊於葳，我再也沒見過你跟哪個女生走得比較近。」

聽到蔣智安忽然提起楊於葳，我匪夷所思地說：「你不是才見過她一次嗎？怎麼到現在還記得這麼清楚？」

「當然，畢竟我會認識你也是她的緣故啊，加上楊於葳又是美女，我自然不會忘記。」

「你說楊於葳是美女？」

「她很正耶，還是我喜歡的類型。跟你混熟之後，我本來想請你幫我介紹，誰知道你說她去日本了。」大概是因為我臉上寫滿了驚訝與不解，他恍然大悟道：「我懂了，你一直對女生興致缺缺，是因為眼光太高。連楊於葳那樣的女生你都覺得普通，那大部分的女生你也必定看不上眼。算了，我還是去找別人好了。」

蔣智安果斷地放棄說服我，悻悻然地離開。

週末上午，我獨自來到市區圖書館，打算花點心思準備期末考。五樓的圖書室依舊鮮少有人出沒，我在窗邊的座位放下背包，隨即去到老位置察看。

圖書館女孩新寫來的信就在那裡。

昨天我和他的家人一起去爬山。

天氣很好，沿路開滿各式各樣的花，非常漂亮。這是我第一次爬山，也是自他開始進出醫院後，我們第一次出遊。

他告訴我，前天晚上他看了一集電視劇，劇中角色說：如果你看到美麗的風景，想要立即分享給某個人知道，希望對方也能看到同樣的景色，那就表示對方是你在意的人，也是你喜歡的人。

即使我不是他最想分享的那個人，但他這麼說的時候，我還是覺得幸福，因爲我正和喜歡的人一起看著這片風景。

只是不知道爲什麼，我同時也會想到你，希望能將眼前的感動與你分享。所以我想不一定只有喜歡的人，對重要的人也會有相同的心情，對不對？

當時我拍了好幾張照片，挑了很久，才挑出我認爲最好看的一張，沖洗出來送給你，希望你會喜歡。

信裡附了一張照片，清澄的藍天下百花齊放。

不知道是因爲這片景色太美，還是因爲這是我首度收到圖書館女孩的禮物，我心中微微震動。

看到她在信末標注的日期，我才意識到，自己居然和她以這樣的形式通信如此長一段時間。

對於自己至今仍未曾感到厭煩與負擔，我覺得不可思議，也曾思索過原因。

直到這次看見圖書館女孩信中「重要的人」那四個字，以及特地爲我挑選的照片，我好像找到了答案。

也許是因爲，她是唯一還沒離我而去的人。

無論是媽，還是楊於葳，過去我重視的這兩個人，都已經將我摒除在她們的世界之外；反而是這個素未謀面的陌生人，還繼續留在我身邊，陪我走過沒有她們的每一天。

而我漸漸習慣了身邊有著這樣一個人。

持續通信了一年半，她對我也早已沒了最初的小心翼翼，不時主動與我分享她身邊的大小事，即使我們連彼此的名字都不知道。

過去她曾提及，她無法輕易與他人接觸，唯一能信任的就只有在這封信裡頻頻出現的「他」。

從前她遭受別人的欺凌與傷害時，是他向她伸出援手，將她拉出黑暗的深淵，而他們就是在這間圖書館認識的。

自從認識了他，她才有了活下去的希望。

就在今年，那個男生因爲生病開始頻繁出入醫院。在寫給我的信裡，她除了傾吐自己對那個男生的心意，也透露可能失去他的恐懼，經常惶惑不安，只有在與我通信的時候，她的心才能平定下來。

我們都在對方身上找到寄託。

彼此陌生，卻也彼此需要。

◆

大一暑假前夕，我去醫院看圓圓姊，她向我報告她隔天就能出院的好消息。

「眞的？恭喜。」我由衷向她祝賀。

「還是先別說恭喜了，要是沒多久又回來，那我不就糗大了？」她笑著開了自己的玩笑後，接著掏出手機，「一緯，我有段音檔想讓你聽聽。」

她將手機的音量調大後再按下播放鍵。

「孫、一、緯！」一道高亢響亮的女聲從手機傳出，「我明明就是個大美女！你不准隨隨便便去聯誼，知不知道！」

我登時愣住。

那女孩說話的語氣有著強烈的熟悉感。

半晌，我問圓圓姊：「是楊於葳嗎？」

「是呀。」

「她沒頭沒腦地在講什麼？」

「我也不知道，她錄了這段音檔傳給我，要我播給你聽。」圓圓姊笑個不停。

我滿頭問號，一時間竟不知該作何感想，「那她幹麼不直接傳給我？」

圓圓姊無奈聳聳肩，「我這個妹妹的心思連我都捉摸不定，過去她應該讓你吃了不少苦頭吧？」

「嗯，我常被她要得團團轉，現在回想起來，我發現她這個人實在很詭異。」我腦中快速閃過一幕幕與楊於葳相關的回憶。

「怎麼說？」圓圓姊好奇地問。

我思索片刻，「真要形容的話，就是我完全掌握不到她的行蹤吧。以前我們玩過一個遊戲，誰先發現對方誰就贏，贏家可以問輸家任何問題，一整個學期下來，我沒有贏過她半次，她還藉此要脅我做了一堆有的沒的事。一開始，她宣稱自己擁有能在人群中隱形的能力，我還當她是在吹噓，但後來也不得不半信半疑了。她的神出鬼沒確實很不可思議。」

圓圓姊又笑，「那你豈不是很不甘心？」

「是很不甘心，而且我常被她的突然現身給嚇到。如果能贏她一次，我可能還不至於感到那麼奇怪。」我頓了下，「不過她眞正讓我嚇出一身冷汗的倒不是這件事。」

「那是什麼？」

「有一次我們坐在公車上，她睡著了，怎麼都叫不醒。起先我以爲她是裝睡，故意鬧著我玩，漸漸才發現不太對勁，她一動也不動，彷彿連呼吸都停止了……最後是我一邊用力搖晃她，一邊大聲叫她，她才終於醒過來。」

圓圓姊唇角的笑意微微凝結。

她安靜了下來，過了一會兒才問：「那……你曾在她身上看過類似瘀青的痕跡嗎？」

「瘀青？」這次我回憶的時間長了點，「印象中是有看過一兩次，但那好像都是她住院打點滴時留下的，說到這個，她也挺常生病，動不動就感冒發燒。」

見圓圓姊又陷入沉默，我不禁問：「怎麼了？」

「沒事，於葳偶爾也會捉弄我，所以我才好奇她是不是也會以相同的方式嚇唬你。」她從容說完，掀開身上的被子就要下床，「我去一下洗手間，一緯你幫我把冰箱裡的草莓，還有抽屜裡的濕紙巾拿出來好嗎？那是我哥帶來的，等等我們一起吃。」

「好。」

待圓圓姊走進洗手間，我從冰箱取出草莓，接連打開櫃子的三個抽屜都沒找到濕紙巾，卻被最下層抽屜裡的一樣東西吸引住目光。

那是一張被裱框起來的素描畫像，畫中的主角是一名年約三十的男子。

而畫像底下壓著一幅相框，我忍不住拿起來細看。

那是一張幾年前拍的照片，背景同樣是在這間醫院，坐在病床上的正是圓圓姊，她的容貌看起來比現在青澀許多。

但我很快發覺這張照片的怪異之處。

對著鏡頭燦笑並且比出勝利手勢的圓圓姊，位於照片的右方，她的身子明顯向左傾，然而照片的左方除了一張空蕩蕩的椅子，什麼也沒有。

無論怎麼看，這都是張取角失敗的照片，爲何圓圓姊會帶在身邊，還特別放入相框？

圓圓姊從洗手間出來時，我還來不及把照片放回去，尷尬道：「抱歉，我在找濕紙巾，可是沒找到。」

「啊，那應該是用完了。」她不甚在意地走到我身邊，「這是我十八歲時的照片喔。」

見她未面露不悅，我決定直截了當地問出心中的疑惑：「這張照片是拍壞了嗎？取景的角度好像偏了。」

她深深一笑，「沒有拍壞喔。」

我頓了頓，轉而望向那張素描畫像，「那畫裡的這個人是誰？」

「他是我的朋友，前幾年經常來醫院探視我，這張畫就是他送給我的。」

「那他現在還有來看妳嗎？」

圓圓姊輕輕搖頭，於是我就此打住，不再追問下去。

正準備起身告辭，圓圓姊叫住我，「今天聽到於葳給你的留言，你開心嗎？」

我沒有正面回答，「我懷疑那其實是她睡覺時說的夢話，我完全聽不懂她在講什麼。」

「確實是呢。」她噗哧一笑，「那如果我說，有個方法，或許可以讓你搶在於葳之前先發現她，你會有興趣知道嗎？」

「什麼方法？」

「你還記得我曾經送你一張壓花書籤嗎？如果你想找到於葳，就在腦中一邊想著她，一邊默念那朵花的花名五遍以上，也許就有機會了。」

「默念花名？爲什麼？」我不解。

「以前我想找某個人時，曾用過類似的方法，結果眞的成功了。不過這純屬個人經驗，不一定有效，你就當作是一種神奇的咒語，參考看看吧。」她莞爾。

不得不說圓圓姊的建議有些弔詭。

但對我而言更莫名奇妙的，就是楊於葳在那通語音留言之後，仍然沒打算跟我聯絡，也沒再託圓圓姊傳話給我。到後來我幾乎就要相信，那通語音留言只是她在睡夢之中的囈語。

當時光流逝，與楊於葳之間的空白愈來愈長，從前的回憶也跟著愈來愈遠。漸漸地只有在與圓圓姊見面的時候，我才會想起她。

✦

祝你耶誕快樂。

不確定在你看到這封信時，耶誕節是否已經過了，但我還是想對你說這句話。

今年本來要和他一起去耶誕城看燈會，可昨晚他又陷入昏迷，到現在都還沒醒來。

我在他的床邊寫這封信，希望信寫完後，他就會睜開眼睛。

抱歉最近總是在信裡對你說這些事，但寫信給你，是現在唯一支撐我的力量。

飄揚著各式耶誕歌曲的熱鬧大街上，我在販售手工飾品的攤販前停下腳步。

一條鑲著時鐘墜飾的紅色編織手環讓我駐足許久，最後還是買下了。

回信給圖書館女孩時，我將手環一同放入信封，作爲耶誕禮物，也當作是給她的鼓勵。

等到女孩再寫信過來時，除了帶來那個男生已經甦醒的好消息，居然也回送我一條墨藍色的同款手環，看得出她頗費了一番心思。

春末的某個平日下午，我在房間打報告，卻因隔壁大樓的施工聲而一直無法靜下心。

一個心血來潮，我決定帶著筆電去市區圖書館繼續完成報告，回程時再繞去家裡看看。

假日就少有人煙的五樓圖書室，平日更是淪爲空城。專心打報告的這段期間，門口始終無人進出，等到桌上的筆電被窗外投入的餘暉逐漸籠罩，我才驚覺時間已經不早了。

伸個懶腰，我去了一趟位於四樓的洗手間，準備待會就離開圖書館。從洗手間出來後，正要步上通往五樓的階梯時，一個背著書包的纖瘦身影從樓上走下來，於是我稍微往旁邊一讓，再往上走。

進到圖書室，裡頭依舊空無一人，然而這幅景象卻讓我心中漸漸生一絲異樣。剛才那個在樓梯間與我擦肩而過的女孩……

我快速走到最後一排書架。今天並不是我往常會過來取信、放信的日子，但剛來的時候，我還是習慣性地過去查看了一下，當時底層的書本與書架間空無一物。

這次我再過去，赫然出現了一封信。

我二話不說就拿著信跑下樓，卻不見那個女孩的蹤跡。

方才我並沒有特別留意那個女孩的長相，再怎麼努力回想也只能得到一個形容模糊的纖瘦身影。她似乎是剛下課的高中生，不過關於這一點我也無法百分之百確定。

兩年來僅透過書信聯絡的圖書館女孩，居然近在咫尺，差點就見著了。我低頭看著她寫給我的那封信，心跳微微加快，某個最近一直在我心底徘徊的念頭不可抑止地湧現。

我想要知道她是誰。

想親眼看見這個女孩的臉，想知道她的名字，想聽到她的聲音。

這一次的錯過，讓我無法繼續忽視這份心情。

於是在下次的回信中，我向圖書館女孩提出了見面的要求。

等待回覆的這段期間，我都處在心神不寧的狀態。

畢竟我和她能讓彼此住進心裡這麼長的歲月，就是因爲這種互不相識的關係帶給我們莫大的安全感，而提出見面的要求，無疑是深具冒險性的賭注。安全感一旦被打破，這段關係便有可能就此結束。

因此當我再次收到圖書館女孩的回信，心中滿溢的忐忑讓我一度怯於拆信。

這次的信件內容僅有寥寥數語，我卻反覆看過多次。

對於我所提出的要求，圖書館女孩在開頭就做出回應。

她說「好」。

我們選在七月一日的下午兩點見面。

地點在圖書館的大門口，爲了方便相認，我們約好要戴上彼此在聖誕節送給對方的編織手環。

我提前於一點半抵達圖書館，一到約定時間，我立即走到大門口等待，仔細留意一張張從身前經過的面孔。

響亮的蟬鳴，頂上的烈日，從路面冉冉升起的熱氣，都在述說著這是怎樣一個盛夏。然而我一點也不覺得炎熱，手心還不時滲出冷汗，我忍不住深吸一口氣。

我已經很久沒有這麼緊張過了。

時間一分一秒過去。從下午兩點到兩點半，兩點半再到三點，圖書館女孩一直都沒有出現。

心念一動，她會不會以爲碰面地點在五樓的圖書室？於是我在三點十分的時候跑上五樓探看，裡頭空無一人。

我不肯死心，再次回到大門口守候，直到下午五點，我才決定放棄。

爲什麼她沒有來？

莫非臨時出了什麼事？

掛懷了一兩天，我寫信問她那天是怎麼回事，但下次再去取信時，卻發現我的信還好好地放在原處，沒人動過。

她沒有來拿信。

繼續等了一個星期、兩個星期、一個月，她還是沒有將信取走。

自那年暑假起，我不再收到圖書館女孩的來信。

她再也沒有出現。

未完待續

後記
一個來自遠方的故事

動筆寫下這篇後記，最想跟你們說的第一句話就是「好久不見」。睽違一年，終於又推出新故事給大家了。

已經很久沒有寫篇幅這麼長的小說，而這也是我首次爲同一個故事寫兩篇後記，相當不習慣。

我喜歡在看完整個故事之後，再去看後記，這樣才能保證無損閱讀樂趣，不至於被作者爆雷。所以當馥蔓要我爲《來自何方》上冊撰寫後記時，老實說眞的是一個頭兩個大。後記本來就夠難寫了，想不到還會碰上更難寫的，那就是上冊的後記，到底要怎樣才能不爆雷啊！

原本打算跟馥蔓耍賴，等下冊完結再繳交一篇後記就好，但我想她應該只會回我一句「誰管妳？」，只得決定作罷。

（開玩笑的，我們的總編輯很溫柔，不會這麼回我，哈哈。）

《來自何方》這個故事，對我來說相當特別，是我第一次分別用男女主角兩方的視角穿插進行寫作，而這也是我第一次採用這樣的題材。

不過，所謂「這樣的題材」究竟是什麼，要等到下冊才會眞正揭曉。只是在看完上冊之後，相信大家多少能察覺到一些蛛絲馬跡，說不定已經有聰明的讀者猜出謎底。歡迎大家在下冊還未出版之前，與我分享你們的猜測，我很期待能知道你們是怎麼想的。

《來自何方》一書角色眾多，劇情也比我過去的作品更複雜曲折。我個人認爲即使先翻到結局那一頁，也很難明白究竟是怎麼回事，所以大家應該不大會因爲忍不住先翻看結局而踩雷。（搔頭）

還請大家耐著性子，循序漸進地讀完這個故事吧，不然很有可能會看得一頭霧水，也少了很多閱讀樂趣。

後記的標題是「一個來自遠方的故事」，起因於我原本打算將這個故事取名爲《來自遠方》，不過這樣就和我喜歡的一部漫畫撞名了，所以才改成《來自何方》。然而，不可思議的是，書名只是更改了一個字，看待這個故事的角度就變得不同，這個部分就等到下冊的後記再跟大家說明。

再來就要談談《來自何方》的劇情發展了。

始終無法忘懷宋任愷的唐念荷，在與宋任愷同名同姓的宋學長相遇後，兩人是否會擦出更多火花？念荷未來是否眞的會步上宋任愷的後塵？

而宋一緯是否眞的從此與圖書館女孩失去聯繫？又是否還有機會再見到充滿謎團的楊於葳？

所有答案都會在下冊一一揭曉，希望能在揭祕的這段過程裡，帶給大家不同於以往的閱讀感受。

寫到這裡，我只有一個感想，那就是不能爆雷的後記眞的很難寫。（揮汗）

爲了避免不小心說溜嘴，請原諒我只能先聊到這裡，等下冊出版的時候，再與大家盡情暢聊，我已經開始期待那天的到來了。

那麼，我們下冊再見！

晨羽

國家圖書館出版品預行編目資料

來自何方 / 晨羽著. -- 初版. -- 臺北市；城邦原創出版 ： 家庭傳媒城邦分公司發行，2018.06
面；公分

ISBN 978-986-96522-2-3（上冊：平裝）

857.7 107009123

來自何方（上）

作　　者／晨羽
企畫選書／楊馥蔓
責任編輯／楊馥蔓、廖雅雯

行銷業務／林政杰
總 編 輯／楊馥蔓
總 經 理／伍文翠
發 行 人／何飛鵬
法律顧問／元禾法律事務所　王子文律師
出　　版／城邦原創股份有限公司
台北市中山區民生東路二段 141 號 6 樓
電話：(02) 2509-5506　傳眞：(02) 2500-1933
E-mail：service@popo.tw
發　　行／英屬蓋曼群島商家庭傳媒股份有限公司城邦分公司
聯絡地址：台北市中山區民生東路二段 141 號 11 樓
書虫客服服務專線：(02) 25007718・(02) 25007719
24小時傳眞服務：(02) 25001990・(02) 25001991
服務時間：週一至週五09:30-12:00・13:30-17:00
郵撥帳號：19863813　戶名：書虫股份有限公司
讀者服務信箱 email：service@readingclub.com.tw
城邦讀書花園網址：www.cite.com.tw
香港發行所／城邦（香港）出版集團有限公司
地址：香港九龍土瓜灣土瓜灣道 86 號順聯工業大廈 6 樓 A 室
email：hkcite@biznetvigator.com
電話：(852)25086231　傳眞：(852) 25789337
馬新發行所／城邦（馬新）出版集團 Cité(M)Sdn. Bhd.
41, Jalan Radin Anum, Bandar Baru Sri Petaling,
57000 Kuala Lumpur, Malaysia.
電話：(603) 90563833　傳眞：(603) 90576622
email：services@cite.my

封面設計／黃聖文
電腦排版／游淑萍
印　　刷／漾格科技股份有限公司
經 銷 商／聯合發行股份有限公司
電話：(02)2917-8022　傳眞：(02)2911-0053

■ 2018 年 6 月初版
■ 2024 年 2 月初版 12.6 刷

Printed in Taiwan

定價／280元

ISBN　978-986-96522-2-3